归故乡

武歆 / 著

作家出版社

目 录

第一章　灵隐寺梦境

A

夜晚经常失眠的钟叶，从法国来中国的前一天晚上，却是畅快地睡了一个好觉，但依旧没有好得彻底，天快亮的时候，被一个清晰的梦境慢慢地摇醒，以至于一年后，她站在德国科隆大教堂前突然回忆起这个梦境时，画面依旧那样完整，甚至纤毫毕见——

在一个仲秋时节的凌晨，一个中国女人独自前往中国杭州灵隐寺。进山的小路上都是上香的虔诚老人，星光下看不见他们的面容，只能感觉他们脚步生风，夸张变形的身影扫过那个中国女人，一切都是无声无息的。疾步行走的老人险些将那个脚步迟疑的中国女人挤倒。灵隐寺的寺门紧闭，像是道行深厚的僧人嘴巴。听说要到早上七点钟才能洞开寺门。无事可做的中国女人选择继续前行。山路越发陡峭，很快看见头顶上方茂密的树影中出现昏暗的亮光。中国女人紧走了几步，顿觉光亮无边，石壁上、石阶上晃动着巨大的人影，原来山顶上还有一座寺庙，寺门早已大开，但是走进去，繁星下却不见一人。恍惚中中国女人倒是看见了“韬光寺”三个字悬在眼前。山泉声若有若无，空气清凉甘甜，中国女人感觉自己就要走进寺门，就在这时似乎有人喊了她一声，她扭过头，没有人，在这无意间的一瞥中，女人看见身边有一个白色的木牌，风吹雨淋，已经破旧不堪，上面一行黑字却在星光下格外醒目：“你因何而来，为何而去”。

钟叶感觉自己梦中的那个中国女人下意识地“唉”了一声，随后她就被那悠长无限的“唉”声唤醒了。恍惚了好一会儿，钟叶竟然不知道自己身在何处，随后感觉到些许的凉意，这才终于回过神儿来，发现自己大半个身子已经裸露在被子外面——她在巴黎，在自己家中。

钟叶扭亮床边的奶白色台灯，疲惫地呼出一口气。她看见有灰白色的气息在夜晚的卧室里慢慢飘移，逶迤地环绕在她的床前。这一刻，她还是有些恍惚，不知道这灰白色的气息是来自刚才的梦中还是早已隐藏在自己的卧室里。

钟叶把白皙的长腿收回被子里，可心却如何也收不回来了，还在固执地想着刚才那场清晰的梦，一时搞不清楚梦境里的中国女人是谁。

应该不是我？钟叶自语道，假如是我的话，这个梦境不能成立——尽管中国人都知道“灵隐寺”大名，可我没有去过呀？至于那个“韬光寺”，我更是闻所未闻。怎么会做这样一个清晰而又奇怪的梦？

“你因何而来，为何而去？”钟叶念叨着这句梦中记下的话，不知是属于梦中的那个中国女人，还是原本属于她自己。她坐起来，闭着眼睛，沉默了一会儿，想去艾瑞克那里，可是走到艾瑞克卧室门前，猛然停住了脚步。她揉了揉眼睛，似乎努力让自己从梦境中走出来，回到令人气愤的现实中来。

她缓慢地回到自己卧室。

卧室里灰白色的气息越发浓重了。

钟叶和艾瑞克马上就要回北京了。两个就要度假同行的夫妻，却在临行前的晚上分床而眠。就在今天晚上，艾瑞克忽然抱着被子，去了另一间屋，说是心脏不舒服。但他的背影异常坚定，好像与心脏没关系。

不舒服？钟叶刚才睡前，反复咀嚼着这三个字。

无论如何这都不像是一件正常的事。的确，最近两个人产生了一些矛盾，而且大有蔓延的趋势。可以这样讲，现在的矛盾，依旧是过去矛盾积累之后的继续延续。

钟叶现在发现，她和艾瑞克有着身上毛细血管一样的、无所不在的矛盾，遍布在他们生活中的每一分钟。

艾瑞克不是一个爱说话的人，性格沉闷，在他身上没有一点儿法国人的浪漫，甚至大有中国传统社会的保守。刚刚相识的时候，钟叶就喊艾瑞克“艾夫子”，艾瑞克很高兴，甚至认真纠正，“不，应该是孔夫子”。所以有段时间，钟叶就喊他“孔夫子”。艾瑞克答应得异常清脆，仿佛小学生课上回答老师问题。钟叶面对这个小她三岁的法国男人，总感觉不太真实，仿佛这场婚姻是别人的事情，与自己毫无干系。

这次中国之行，说是两个人去度假，其实还有另一项重要任务，要回钟叶的祖籍——江西省赣南市崇义县，为钟叶的爷爷钟谭林扫墓、祭奠，同时还要参加“钟氏宗祠”的开祠，以及“钟氏族谱”的修谱。钟叶的父亲钟大同已经在钟叶哥哥、姐姐陪同下提前去了赣南。听说这次隆重的家族活动，还有广东、江西、湖南等地的钟氏族人前往，再加上当地的族人，传说将有二百多人参加，甚至可能还要多。

五年没有回国的钟叶，当然想要回国看看，最初她只想独自回来，不想带艾瑞克。结婚一年多来，他们相处不太愉快，仔细想来倒是没有太大的矛盾，都是一些鸡毛小事漫天飞扬。可这些零碎的鸡毛，如今已经堆积成了沉重的大山。钟叶想要主动去公开、明确两个人之间的矛盾，却始终没有与艾瑞克坐下来开诚布公地谈。她起先觉得是自己没有时间，可后来看上去，艾瑞克似乎也没有时间。他们都没有心情坐下来敞开心扉。

钟叶想要努力拨开那些鸡毛，移开鸡毛山，寻找真正的症结。她思前想后，认为她与艾瑞克之间的矛盾，除了艾瑞克思想保守固执之外，还有艾瑞克父母的原因。他们的思想在艾瑞克背后不断地发酵，不断地覆盖艾瑞克的精神。

艾瑞克的父亲是一位个子瘦高的法国人，母亲是一位体态丰腴的德国人。半年前，艾瑞克的父母——两位已经离异多年的夫妻，突然相伴从普罗旺斯地区的马赛市来巴黎看望他们的儿子和中国儿媳。钟叶得知后，顿感慌乱，她知道艾瑞克与他父母感情不好，结婚前后，他们这对小夫妻与那对离异老夫妻只见过两次，之后再也没有见过。如今两个身上带着熏衣草香味儿的老人主动前来，钟叶手足无措，不知如何应对。她开始失眠，之后为自己设计了多种表现，最后又全部推翻。她觉得最初设计的那些行为，有些故意迎合的味道，不是自己的风格，她不想委屈自己，就像她绝不屈从艾瑞克一样，她一定要坚守自己的人生准则。钟叶最后决定，还是继续自己的行为方式——对他人之事不闻不问。钟叶就是这样的人，包括对待艾瑞克，只要不涉及她的感受，她好像永远不会生气。

两个法国男人，一个中国年轻女人，一位年老德国妇人，这四个人的一桌晚餐，那天吃得很是愉快。这让在座的四个人都没有想到。

钟叶见到餐桌旁艾瑞克离异父母彼此亲热的样子，暗中猜测公婆是否准备重新在一起生活，她也难得见到艾瑞克脸上绽放出笑容。于是她鼓足勇气，想要创造和谐的外部条件，让公婆重归于好，要让艾瑞克在分享父母和好的气氛中，增加他和父母的亲近关系。钟叶想要祝福的举动，开始慢慢萌生，甚至有点激动了。她想在这个全家人特别温馨的时刻，做出一个大胆的举动，从而彻底扭转艾瑞克对她情感过于奔放、不懂得收敛情绪的印象。

艾瑞克结婚初期或是更早之前，曾经抱怨钟叶没有温情，不像是来自传统的中国，好像是来自巴西或是阿根廷。为什么不能含蓄一些呢？艾瑞克张着双手，无辜地耸着肩膀，“孔夫子”艾瑞克把钟叶比作“墨西哥辣椒”。

那天晚上，做了一桌子中国菜的钟叶，尽管非常疲惫，最终内心那种强烈冲动，让她化作了突然的温柔行动。

钟叶举起红酒杯，祝福公婆幸福愉快，能够早日和好，重新建立家庭。并且温婉地说，重归于好，不失为一种切合现实的选择。

钟叶没有想到，公婆脸色大变，极不礼貌地用刀叉敲了一下碟子。要知道，这样的举动，几乎就是代表愤怒了。

餐桌旁的空气瞬间冻僵了，硬邦邦的，能够冻死人。

艾瑞克看着钟叶，揶揄道，你什么时候成了联合国秘书长，或是美国总统？

钟叶不是一个忍气吞声的人，她立刻板起脸问道，你什么意思？

艾瑞克并没有因为钟叶脸色不好看而终止揶揄，说，我觉得你在尽情发疯！

钟叶气得嘴角抽动，反问道，你不是希望我温柔吗？希望我东方式的温柔？

艾瑞克几乎已经冷笑了，说，你以为你刚才的举动是玫瑰吗？不，是辣椒！已经辣得我喘不上气来了！

钟叶瞪了艾瑞克一眼，闭紧了嘴巴，嘴角处像是插了两把寒光闪闪的利剑，似乎只要她动一动嘴巴，两把利剑就能飞出去杀人。

公婆住了三天，语焉不详地回马赛市了。后两天他们再没在一个桌子上吃饭。公婆前脚走，又因为钟叶调高电视机音量，艾瑞克讥讽她不注意别人感受。本来钟叶因为公婆的事情，一肚子火气还在憋着，还没有尽情撒出去，没想到艾瑞克又要寻衅滋事。

钟叶问他，你到底要我怎样？你说我不懂温柔，不关心别人。可是我温柔了，关心别人了，在你眼里，依旧是我不对。你想要我做什么？

艾瑞克浅灰色的眼珠儿流露出浅灰色的光。他们看着对方，谁都不说话了，再次开始了漫长的“冷战”。

钟叶回溯她和艾瑞克的这场婚姻，应该承认，从一开始就没有得到艾瑞克父母的祝福，甚至也没有得到艾瑞克亲属的祝福。没有得到家人、亲属祝福的婚姻，很可能是不幸福的婚姻。这个道理不仅适用于中国夫妻，也适用于中外夫妻。

钟叶在与艾瑞克走进婚姻之前，她已经在法国生活了四年，她自认为了解法国，了解法国人，她相信与艾瑞克结婚之后，不会出现中国家庭式的矛盾，尤其是中国特色的婆媳矛盾不会出现，可是结婚后她才发现并非这样。尽管她和离异的公婆不住在一起，包括在婚礼那次，他们也只见过两次面，但感觉家庭矛盾依然存在，似乎就隐藏在身边，随时可能飞溅。钟叶发现当今世界真的已经“大同”，国内遇到的问题，国外依然会遇到。

回想去年新婚，钟叶和艾瑞克到德国度假，住在科隆的艾瑞克的舅舅家，那时钟叶就已经感觉艾瑞克的舅舅对她只是礼仪上的友好，内心并不友好。人是有感觉的动物，人与人之间的气息，闭着眼睛都能嗅出来，根本不需要通过具体的事，只是一个肢体动作或是一个飞速闪过的眼神，就能立即被对方捕捉到。钟叶从看见艾瑞克舅舅的第一眼起，就知道这个叫“波尔”的光头家伙心里在想什么。波尔舅舅对艾瑞克影响很大，可以说就是艾瑞克的“精神教父”。艾瑞克之所以学建筑设计，也是受了波尔舅舅的影响。最近这段时间，钟叶常想一个问题，为什么我和艾瑞克之间发生的问题，我们自己不能解决呢？为什么不能抛开周围人的影响呢？我们之间的症结到底“纠”在哪里？

艾瑞克现在巴黎一家规模不大的建筑设计所工作，正在准备考建筑设计师，整天沉浸在建筑世界里，可他还没有自己满意的作品诞生，所有的设想都还梦幻般地停留在图纸上。眼下，他正准备为一所社区文化中心设计图纸，可是还没有找到灵感，处处显得特别焦虑。其实，钟叶对于艾瑞克的焦虑非常理解，因为每当看见艾瑞克焦虑的时候，她就似乎看见了自己的状态。

早年的钟叶是一个豁达开朗的姑娘，是一个可以用笑声解决任何问题的人。来到法国留学后，学习和生活的双重压力，让她开始变化。她在巴黎大学搞比较文学的研究，成天泡在资料、书籍里，但至今还没有理想的成果；她还想将来拿完比较文学的学位，再去搞社会学的研究，考取社会学的学位，可这所有的规划都还是“在路上”。

钟叶和艾瑞克在各自领域奋发努力，他们毕竟看到了些微曙光。但在婚姻问题上，却始终黯淡无光，而且总是老伤添新伤，伤口始终没有彻底愈合。钟叶不想放弃这段感情，她感觉艾瑞克也不想放弃，只是两人还没有找到走入对方心灵的契合点。她总是这样开导自己：或许艾瑞克还年轻的缘故吧。

本来这次回中国，钟叶跟哥哥讲，她想自己来。艾瑞克打算今年度假还去科隆，虽然最后遵从了钟叶的意见，但不是心甘情愿。钟叶知道，科隆有艾瑞克的初恋女友。去年在科隆，钟叶也见到了那个身材苗条、模样俊俏的法国女孩。波尔舅舅讲，那个女孩是因为伤心才离开巴黎的，在波尔舅舅的眼里，那个女孩才更适合艾瑞克。那个女孩注视艾瑞克时的深情的目光，钟叶能看出来，女孩儿还在期待着什么。可是钟叶的哥哥却极力劝说钟叶，一定要跟艾瑞克一起来中国，一起去赣南。

钟叶的哥哥钟铁亮在北京做大生意，听姐姐说，照钟铁亮现在的趋势发展，用不了几年，就能上胡润富豪榜。钟铁亮为了让钟叶和艾瑞克一起来，打了无数次越洋电话，甚至把往返机票的钱以及所有的花费，全都打到了钟叶的银行卡上。对钟铁亮的热情，艾瑞克很是反感，他涨红着脸说不会用别人的钱去度假，甚至讥讽钟铁亮的发财之道，贬低中国富豪的种种行为。钟叶知道一些关于中国富豪的负面新闻，她可以指责，甚至诅咒，但艾瑞克讲出来，钟叶还是不高兴，她希望艾瑞克不要用国外一些偏激的新闻视角来看待中国，一定要去亲身感受，不要戴上有色眼镜。钟叶从艾瑞克表情上还能看出来，他并不接受她的观点。可最后在钟铁亮锲而不舍甚至有些令人无法想象的低三下四的努力下，艾瑞克勉强答应跟随钟叶来中国度假，但还是个性很强地表示不用钟铁亮的钱，并且有言在先，这次度假，两个人要分开花钱，以此表明他的清白。

钟叶对哥哥如此热心全家集体前往赣南祭奠，感到不可思议。因为在过去的岁月里，她从来没感觉到哥哥的家庭观念如此之重。钟铁亮整日埋头生意，当年她出国时都没有送她，几年来及至她结婚后，钟铁亮很少跟她联系。有一次钟叶主动联系，钟铁亮的第一句话却是硬邦邦的“有事吗”，外柔内刚的钟叶立刻反击道:“问候你一声，算件事吗？”钟铁亮“咯噔”一下不言语了，从此兄妹二人更是很少来往，也是因为实在没有话讲，如今却因了爷爷的忌日而热络起来，钟叶能不感到奇怪吗?

当钟叶、艾瑞克离开巴黎时，钟叶在心里安慰自己，但愿这次旅行会让艾瑞克改变什么。她想好了，这次中国之行后，假如她和艾瑞克之间的矛盾还是不能解决的话，她有可能要考虑分居，甚至是离婚，她想成全艾瑞克和那个身在科隆的巴黎女孩儿。钟叶甚至在心里赞美自己，我是一个情感大度的中国女人，不会让那个法国小女孩骂中国女人小家子气。

钟叶、艾瑞克来到了北京，他们将在北京停留一天，第二天上午奔赴赣南。钟叶不想让这次度假在别扭中度过，起码来到中国了，她是主人，况且眼下他们还是夫妻，即使不是夫妻，也不能慢待了朋友。钟叶想要努力忘掉来之前的那个巴黎夜晚，想要暂时忘掉艾瑞克突然抱着被子、独自去了另一间屋子的背影。她想，一切都等到回法国再说吧。

夜幕降临，钟叶请艾瑞克在“全聚德”吃完烤鸭，看着天色尚早，又提议去酒吧。

为什么？艾瑞克问。

想请你喝酒。钟叶说。

艾瑞克眨了一下灰色的眼珠，没有再问，却不住地用眼睛瞅着钟叶，似乎想要猜测出来什么。钟叶看也不看他，径直向前走。尽管平日里钟叶对艾瑞克有年龄上的居高临下的宠爱，可是艾瑞克对此宠爱，总是有些毫不在意，似乎心安理得地享受，可一旦钟叶板起脸来，艾瑞克还是有些发憷，他有时半是认真、半是调侃地说，中国女人，一半烈焰，一半柔水。钟叶回敬说，那就看你能不能把“烈焰”装进“柔水”里。艾瑞克说，我不是……在努力吗?

艾瑞克爱喝红酒，可他很少去酒吧。钟叶更没有时间去酒吧了，可是钟叶今天晚上特别想喝酒，尽管平日里她对酒精没有特别的向往。

秋季北京后海一带，用“灯红酒绿”来形容恰到好处，如今北京的夜生活，似乎比纽约和巴黎更加灯火阑珊。后海一带，西方人、东方人；女人、男人；情侣、朋友……各种关系、各种族群、各种腔调的人，汇聚在这有着老式青砖瓦房的地方，窄小的路面上人流拥挤，一边是喝酒的地方，一边是闪烁着亮光的水面，空气中弥漫着啤酒泡沫的香味儿，还有各种笑声、抽泣声以及无法辨清的其他声音。

当艾瑞克望着身边川流不息的人，得知已经来到后海时，眼睛亮了一下。北京后海的酒吧在国外很有名气，艾瑞克在法国都知道。

钟叶带着艾瑞克走进一家挂着红灯笼的酒吧。这是一所四合院，穿过青砖铺地的厅堂，走过一间大屋子；再穿过去，又来到一个带着水池子的后院。艾瑞克四处张望，以为走进了俄罗斯套娃里面。钟叶想大院子的后面可能还会有院子，还会有厅堂，还会有更加幽深的景观，但她不想再往里走了，她想快点儿喝酒。她有一种无名的躁动。

钟叶站住，告诉一直跟在她身边的服务生，我们在外面坐吧。

服务生是个帅气的小伙子，看上去见多识广，他没有理会钟叶，却对着艾瑞克，指着大院子，用英语说，这院子是北京文物，以前住过大人物。在这里喝酒有情调。

钟叶有些生气，用汉语对服务生说，你应该对我讲，今天是我请客。

服务生没有任何尴尬，转过身子，讨好地对钟叶说，这些日子没有雾霾，在院里喝酒，爽哩。

艾瑞克看着水池里游动着的红色锦鲤，对服务生高兴地点头，连说“OK”。

院子很大，除了中间的水池子，还有两棵枝叶繁茂的大树，几乎把院子上空完全遮蔽住了，要是白天的话，这里肯定树影婆娑，充满慵懒的情调。尽管眼下已经天黑下来，但是树枝上的小灯泡已经亮了，大院子里充满了悠长、闲适的意味。围绕着水池子的是三把高大的蓝色遮阳伞，伞的下面是一张小圆桌，周边摆着几把造型奇特的木椅子。皎洁的月光和橘黄色的灯光，非常适宜情人喝酒。在一把伞的下面，坐着一对年轻的情侣，他们衣服颜色异常夸张，非常时髦，看上去年岁不大，像连体婴儿一样如胶似漆。他们眼前的小圆桌子上，摆满了各种酒瓶子，看上去豪放而气派，还有一点青春的颓废。

钟叶走到靠近里面的大伞下，疲惫地坐下来，她的视线正好对着水池子，能够隐约看见水池子里的红色锦鲤。艾瑞克也坐了下来，他选择坐在钟叶的旁边，这样他和钟叶拥有了同样的视角，也能看到水池，也能看到锦鲤。

我想喝啤酒。钟叶说。

艾瑞克说，好，一样。

钟叶要了半打青岛啤酒，因为艾瑞克只知道中国的青岛啤酒。钟叶对服务生又特别嘱咐，一定要冰镇的。刚才被钟叶打击过的服务生，现在已经听从钟叶的调遣了，他已经看出来这对中外男女真正的关系。

啤酒端了过来，同时一股白色的凉气也飘浮过来。

钟叶举起啤酒，示意了一下艾瑞克，然后喝了大半。

艾瑞克耸了一下双肩，喝下去一瓶。

浅蓝色的大伞，在灯光下变成了深蓝色。由于酒精的作用，平时很少喝酒的钟叶，脸颊瞬间变成了暗红色。

秋季，是北京一年中最好的季节，没有春季的沙尘，也没有冬季经常降临的雾霾，而夜晚的秋季，又是伤感中带着精神欲望的最佳时段。此刻，钟叶的欲望就是倾诉。艾瑞克早就看出钟叶的想法，大概青岛啤酒的好味道，促使艾瑞克做出了洗耳恭听的姿态。从在巴黎戴高乐机场登机，到北京首都机场落地，一路上漫漫十个小时，两个人没有说多少话。

现在，似乎都有了倾诉和倾听的欲望。

艾瑞克好像已经猜透了钟叶的心思，首先说道，你爷爷是我们这次度假的一个中心任务，是吧？所以我想听你讲一讲你爷爷的故事。

钟叶看着月光和灯光交织下的艾瑞克，望着他亚麻色的头发，心情稍微愉悦起来，艾瑞克真是猜到了她的心思。

钟叶讲述着没有见过面的爷爷，艾瑞克能够听出来，钟叶的语气中带着骄傲。钟叶说，爷爷现在还活着的话，已经是110岁了。爷爷有一个好听的名字，叫钟谭林；爷爷有文化，青年时代本来有机会去法国留学的，但他追随共产党闹革命，开始出生入死；再后来，也是有机会当领导干部的，可他却选择做了一个普通的老表。爷爷这一生获得过高尚的荣誉，也受过许多卑微的委屈，但是爷爷一生不悔，没有怀疑过自己的追求。

艾瑞克问道，你爷爷的爱情、婚姻呢？

你为什么想问这个问题？钟叶问。

艾瑞克不说话，只是微笑着，他的亚麻色头发泛起金黄色的光泽。许多时候，在不同的光亮下，艾瑞克头发的颜色总是在金黄色和亚麻色之间跳跃、变换，搞得钟叶有时真不知道艾瑞克头发到底什么颜色。

钟叶说，我知道你什么意思，你想要从我家的祖上寻找答案，寻找我们之间婚姻矛盾的根源。

难怪你是学习比较文学的，总是富于联想。艾瑞克摊开双手，一副很委屈的样子。

钟叶说，你就是不问，我也要告诉你。

我爷爷钟谭林一生有过三段感情：第一次是包办婚姻，短暂得只有一个晚上，没有爱情、没有生育；第二段感情，没有结婚，只是爱情，但却刻骨铭心；第三段的感情终成婚姻，但那个女人却又悲惨死去。

钟叶感慨道，我爷爷的这三段婚姻，对他人生有着重要影响。

艾瑞克认真听着，似乎产生了兴趣。他这才知道，原来钟叶的父亲是钟叶爷爷最后一次婚姻所生，在钟叶父亲之前，还生有两个孩子，都先后夭折了。钟叶的父亲，是钟叶爷爷钟谭林生命中最重要的人，但是钟叶父亲却对钟谭林有看法。这种看法也只是钟叶感觉出来的，父亲并没有讲给她。对于父子之间的矛盾，艾瑞克倒是完全能够理解。

钟叶还告诉艾瑞克，赣南很有特点，尤其是民居和宗祠的建筑特点。对建筑的话题，艾瑞克并不在意，首先他没有来过中国，还没有感触；另外他认为最好的建筑是在西方。现在艾瑞克有兴趣的是，假如当年钟谭林去了法国留学，并且定居在了法国，那么他遇上出生在法国的钟叶，此刻他们的关系，又会是什么样子呢？

钟叶听出艾瑞克的弦外之音，立刻说，生活没有假设。

艾瑞克倒是认同。

钟叶继续喝酒。艾瑞克也跟着喝，不时地看着手里的青岛啤酒商标。

喝了酒的人，往往不管别人的感受，永远继续自己的话题。

钟叶继续自己的讲述，她认为爷爷是一个有理想有信仰的人，尽管受过委屈，但至死没有后悔自己的人生选择。说完这个观点，马上又说起艾瑞克的波尔舅舅，钟叶指出艾瑞克的舅舅是错走人生之路的人。

钟叶在艾瑞克面前大力赞颂爷爷，其实她对爷爷没有什么感情，甚至对爷爷的“红色往事”也没有想要太多深入了解的欲望，只不过在艾瑞克面前尽量表现出维护家族荣誉的自尊心。在这一点上，艾瑞克和钟叶的表现却极为相同，甚至可以讲完全吻合。

大概酒精的缘故，艾瑞克也有了讲述的欲望，他向钟叶说起自己的家世。

艾瑞克的祖父是波兰人，在“二战”时参加了反法西斯战争，后来定居在法国，并取得了法国国籍。艾瑞克的舅舅波尔，“二战”后住在民主德国，是一位共产党员建筑师，在柏林墙倒塌之前逃到了联邦德国，娶了一位大他三十岁的联邦德国有钱的病女人，后来这个女人死了，波尔也就继承了遗产，过上了无忧的生活。艾瑞克的妈妈年轻时，从民主德国前往法国巴黎上学，后来结识了艾瑞克的父亲，二人结婚成家。艾瑞克的父母在艾瑞克很小的时候离婚，波尔舅舅没有孩子，非常关心艾瑞克，甚至把艾瑞克当成他的儿子。

艾瑞克第一次说起自己的家世，显得颇为感慨。钟叶清楚，其实艾瑞克内心很是自卑，每当钟叶问起他家庭情况时，他尽管大方讲述，但还是为自己不是纯正法国人感到自卑，他为自己是波兰后裔感到不自信，话里话外总是尽力掩饰。

两个人很快喝完了半打啤酒，艾瑞克似乎兴致更加浓厚，又要了半打，并且声言，这是他请客的。

在中国北京的秋季夜晚，因为啤酒的缘故，这一对矛盾夫妻的话多了起来。可就在这时，旁边那对连体婴儿一样的恋人，不知因为什么原因，原本还在喁喁私语，突然爆发起了冲突，激烈地争吵起来，声浪几乎要掀翻头顶上的遮阳伞。女孩儿站起来就走，男孩儿在后面追，服务生也赶紧跟过来，拦住他们，让他们结完账再走。

艾瑞克有些幸灾乐祸地说，中国人现在很有钱，法国的奢侈品都让中国人买走了，可是富裕起来的中国人，却是越发地焦虑。

难道高雅的法国人避免焦虑了吗？钟叶斜睨着眼睛。

艾瑞克摊开双手，说，我知道，你又要说那件事了，可那只是……个案，不代表整个法国。

钟叶指着刚才那对年轻情侣坐的地方，说，他们也是个案，不代表中国年轻人的现状。

钟叶想要说的那件小事很简单，去年夏季的一天，巴黎下大雨，钟叶骑自行车赶路，在自行车道上，不小心把一辆停在路边的摩托车撞了，摩托车只是后视镜碎了，还有一点漆皮掉落，就因为这么一点小事，对方根本不听钟叶解释，立刻叫来警察，把钟叶送进警局，因为钟叶骑自行车没有戴头盔，所以责任认定钟叶要负全责，最后对方硬是通过律师费、评估费、修车费等，把那辆半新不旧的摩托车重新翻新、喷漆，竟让钟叶花了三千欧元赔偿。这件事，就连土生土长的艾瑞克都承认那个法国青年做得实在过火，有失法国人的脸面。

可能因为钟叶重新提起那段“法国遭遇”，还有刚才那对年轻恋人的激烈争吵，兴致本来很高的钟叶、艾瑞克再次陷入沉默中。

他们互相看着对方，又不知道该讲什么了。

壹

钟谭林在临终前两年里已经不能走路了，一个整日坐在轮椅上的老人，还能做些什么呢？钟谭林做了一件大事，他写了许多留给后辈人的信。从某种方面讲，这些信件就是钟谭林的个人回忆录。信的原件已经保存在钟谭林家乡崇义县“党史办”。而信的复印件，钟家的每个孙儿、孙女还有外孙、外孙女，人手一份。

钟叶也收到了姐姐寄来的复印件，当时她只是大致地翻了几下，随手就放下了。她一直没有时间看，或者说对这些信没有放在心上，那些小楷毛笔字写得太过紧密，也让她始终静不下心来。如今在北京飞往赣南的飞机上，钟叶开始看起信来。一直在电脑上专注地看欧洲各国建筑设计经典的艾瑞克不会说汉语，当然更不会认识世界上这唯一的方块字了，所以他根本没有注意钟叶看什么乃至表情上的变化。

钟叶读着爷爷钟谭林写给他（她）们这些后辈的文字，初始觉得那些文字特别陌生，仿佛来自遥远的天际。是呀，她对爷爷本来就是陌生的，除了偶尔从父亲那里听来一些关于爷爷经历的只言片语之外，何况这些陌生的文字？可是……可是这些用毛笔写在黄色信笺上的小楷字体，写得非常工整，很难想象是一个耄耋老人所写。她想象着爷爷在写这些文字时的神态，肯定是写上一会儿、停下一会儿；也可能专注地看着他的这些文字，像是看见了自己的后人。

钟叶觉得那些字充满了特别的耐心，仿佛写上一千年都不厌烦。尽管钟叶没有见过爷爷，连照片都没有见过，没有什么特别的感情，可是眼前的这些文字，使得开始还有些心情浮躁的她，渐渐地平静了下来，透过这些浸透着感情的文字，她好像看见了爷爷的鼻子、眼睛、嘴巴、耳朵，看见了爷爷壮实、敦厚的身体，也好像看见了爷爷正在随着机舱外面翻滚的白云飘浮过来，亲切地坐在了她的身边，温暖地说，孙女呀，你叫钟叶？好名字。阿公喜欢这个名字。我就叫你小叶子吧，好吗？哦，你答应了，好。爷爷钟谭林开心地笑着，甚至还跟孙女开起了玩笑，小叶子，你去赣南看望我，阿公感谢你呀。你晓得吗，在咱们的家乡赣南，鼻子不叫鼻子，叫“鼻公眼”，耳朵不叫耳朵，叫“耳朵眼”，脸上的这些东西，都有个“眼”字，有趣吧？

爷爷钟谭林的声音那样清楚，像是只说给她一个人。钟叶听到这里，无声地笑起来，她没有任何的惧怕，也没有了任何的疑惑。

爷爷钟谭林的声音，继续在孙女钟叶的耳边缓慢地响起来，钟叶闭上眼睛，认真地听下去。尽管因为爷爷的口音问题，她有时听不明白；爷爷的讲述，有时也会显得混乱，甚至前言不搭后语，可她听得认真，并且在倾听中认真地归纳、总结，所以一切都能顺理成章。

爷爷钟谭林说，我十六岁那年……是民国五年，对，是民国五年。小叶子，在咱们赣南的乡下，你可能不晓得，十六岁的后生仔，已经是要给家里挣钱的年龄了，不，已经是挣大钱的年龄了，不仅要管饱自己的嘴巴，还要给家里挣来钱。不然的话，就会被乡邻笑话。

我出生在赣南崇义县乡村的一个中农家庭，在当时看来，钟家的家境还算不错，每天都能食上半饱的饭。我的阿爸、姆妈还算开明，在我十岁那年，他们终于下决心把我送进了私塾，不是阿公当着孙女的面夸海口，我喜欢读书、识字，特别用功，脑袋上从来没有挨过塾师的教鞭，手掌上也没有挨过塾师的板子。那时候我不知道，就这样读书下去，将来会是什么样子。我没有想那么多，就是一门心思读书、识字。

可是有一年，我感觉家里有事了，我看见阿爸、姆妈的脸上都是愁云，后来才晓得，原来县上的苛捐杂税不断增加，名目繁多，很多庄户人家都承受不住了，再加上那一年天灾人祸，久旱缺雨，各种口音的持枪的兵们，一队队地从家门口过，他们走得飞快，走得狗赢！这些兵们还会顺手拿走农民家里的东西，不给，就用枪托说话！

钟家就这样败落了，好端端的一个家，说是跌苦，马上就没饭食了。我不清楚还有没有其他的原因，可能阿爸、姆妈不便告诉我吧，总之家里没钱了，揭不开锅了，就连房上的瓦破碎了，也没有钱再换上新瓦了。家里整日都是哀叹声，每个人脸上都是沉重的愁容。

我只得离开私塾了。塾师是个矮个子，早年的秀才，十个手指头上留着长长的焦黄的指甲，他用长指甲的手摸着我的头，特别惋惜地说，不让仔读书，你家爷佬会……后悔一辈子的。

后来经人担保，我去了县上的一家杂货店。我们家和开店的，东拉西扯地能攀上亲戚，按辈分算，开店的是我的表兄。我们都是“谭”字辈儿的，表兄叫钟谭生。我会识字，也会算术，我就边当店员干活，边帮表兄钟谭生记账，至于将来的前途，我不晓得。据说阿爸还是有他的打算的，多少年之后我才知道，阿爸是打算儿子将来能够自己开一家小店；等攒够了钱，有了经商的经验，再开一家大店。可是，我辜负了阿爸的希望，没有在表兄钟谭生的杂货店干下去，改变这一切的，也就是改变我前途命运的，是一个叫陈子杰的人。

陈子杰是县上高等小学校的校长，我们可以算作“忘年交”了。小学堂离我们的杂货店不远，陈校长经常来店里买纸烟，也买一些简单的生活用品，毛巾、肥皂、牙刷、针线，有时也会称点儿盐，一来二去的，就和我这个小伙计熟了。陈校长个子不高，身材瘦弱，常年穿着灰布长衫，没看他有过第二件长衫。陈校长的头发剪得很短，戴着一副黑边圆眼镜，鞋子总是很旧，鞋后跟和鞋帮都破了，要不是长衫遮住了，真是太难看了，可我是一个心细的后生仔，暗地里早就注意到了，我没有当着陈校长的面明说。陈校长很和蔼，每次买东西，都要跟我说上两句话，临走时，脸上也总是带着笑容。后来，陈校长知道我是因为家中变故没有再求学，很是遗憾，尤其是有一次他考我，我给他背诵了岑参的边塞诗《碛中对》，当我背诵完最后两句“今夜不知何处宿，平沙万里绝人烟”时，陈校长高兴地拍着我的肩膀，一连说了好几个“好、好、好”，夸我有远大志向。也就是从那以后，陈校长再来买东西时，经常和我谈论国家大事，跟我讲一些崇义县的时局，虽然只是三言两语，无头无尾，我听得也不太明白，但还是给我打开了一扇窗户，让我知道了许多新奇的事情，闻到了外面的空气。可能是受了陈校长的影响，我开始向往外面的新生活，我想到南昌去，想到上海去，想到广州去……阿爸希望我将来做小买卖的想法，早就被我抛在了脑后。

后来表兄钟谭生为了扩大生意，也可能是为了让我躲开陈校长，命我挑担子去周边乡村卖货。我是不愿意整日待在铺子里，枯燥乏味，能把人憋死，于是我高兴地挑起担子，哼着小调儿就去了。那时，我常常是昼头走出店、下昼头才能回来，累得浑身像是散了架，可心不累，正好符合我的心思，感觉心里头亮堂了许多。我走乡串户，接近贫苦的山区农民，了解了他们的生活和想法。我对待贫苦农民从不苛刻，可以赊账拿货，深得山民的信赖。可是为了赊账的事，我也没少挨表兄钟谭生的训斥，说我假装圣人，为此还克扣我的工钱。多少年之后我才明白，正是这段接触贫苦山民的经历，让我真正体味了穷人的生活，我的思想也开始转变了。

这一年的暑期，我又认识了一个非常重要的人物。这个人可是不简单，竟然跟我纠缠了一辈子，当然这都是后话了。这个后生仔叫杨大清，大我两岁，在南昌国立农业专科学校读书，放暑假回到县上，在杂货店买东西时认识了我。杨大清是一个思想激进的进步学生，眼睛不大，总是闪亮，后来县警察局的警察骂他，说光是看他的眼睛，就知道这后生有“反骨”。小叶子，你明白“反骨”吧？就是造反的意思。

正是在结识陈子杰校长之后，又接触了这位杨大清学生，杨大清的激进更加速了我思想上的变化。杨大清偷偷让我看他带回来的书，我至今还记得其中的一本书，书名叫《伏虎集》，后来陈子杰校长告诉我，像《伏虎集》这样的书，都是宣扬无政府主义的，我们不仅要砸烂一个旧政权，还要建立一个新世界，无政府主义没有指明未来的路。当时，我分不清什么无政府主义、什么新政权、什么未来，只是看了《伏虎集》这样的书，我心潮澎湃，整日坐立不安，总是特别激动。可能当时我也像杨大清一样眼睛闪光发亮，大概我也长“反骨”了吧。反正那时表兄钟谭生看我的眼神都不一样了，像是看一个吓人的怪物。

杨大清不仅思想激进，讲话也激进。我跟他在一起，总觉得耳边响起震耳欲聋的爆竹声，他每一句话都像是点燃了清脆的爆竹，不仅让我耳目一新，还总是能让我处在激动之中。比陈子杰校长讲给我的还要让人怦然心动。

就是因为杨大清的影响，我思想上有了剧烈的变化，我不想在杂货店做工了，一刻都不想再等待了，我要出去闯荡，要成就一番大事业。我的变化，表兄钟谭生看在眼里，暗地里告诉了我阿爸、姆妈，我的想法立刻遭到家里反对。阿爸不让我在县上住了，连夜赶过来，不由分说，转天一大早就把我领回了乡下。在乡下的那段时间我特别苦闷，又无处发泄，整日蔫头耷脑的，打不起精神来，可心里却燃烧着一团火。那团火已经快把我烤焦了，已经快把我变成一个四处滚动的大火球了。

一年以后，因为家里穷得实在过不下去，我再次来到县上。这一次，阿爸、姆妈没有阻拦我，可能时间长了，他们已经放心了。可他们哪里知道，我心里的那团火还没有熄灭，而且燃烧得更加凶猛了。

我来到县上后，没有去找钟谭生，一来听说钟谭生不做杂货店了，二来担心他告诉我阿爸。我去找了陈校长。陈校长是我最信任的人，不找他，还能找谁？陈校长让我在学校做了校工，生活上有了着落。

离陈校长近了，我感觉特别痛快，也从陈子杰校长那里，看到了《共产党宣言》和《新青年》这样的进步书籍。在乡下憋闷了一年，终于可以长舒一口气了。我都想蹦起来唱歌儿。

可是好景不长，阿爸又从乡下来到县上，硬是再次把我拉回乡下，我不走，红头涨脸的阿爸就以死来要挟我，他手里举着一大碗石灰水，硬是当着我的面要喝下去。我只得屈从，再次离开县上。到了乡下我才知道，原来家里给我订下了婚姻。

小叶子，民国七年，我十八岁了，你一定会理解阿公的，我实在抵御不过阿爸和姆妈的催婚，终于接受了包办婚姻，与邻乡一位姓刘的细妹子成了亲。家里哪知道我的理想，我的理想不是结婚，不是生个毛伢子，一辈子过安稳的生活，我已经有了大志向，我要做展翅飞翔的大鹏鸟。说起来，当时我想得也很简单，就是必须离开家，《新青年》那些进步书刊都明确告诉我了，年轻人只有离开家，才能拥有广阔的人生未来。

迎亲的那天，从早上开始，一段接一段的程序。我的这场婚姻，其实已经简化了很多，要是按照习俗，是要从相亲开始的，要经过送庚帖、订婚，睄节、报日子，最后才是迎亲。每个程序都要费上一段时间。可能是阿爸、姆妈担心我提前知道了会逃婚，所以才和女方家商量好了，消息捂得严严实实，硬是结结实实地瞒住了我。家里人代替我相亲了，直接由媒人持了庚帖，去了女家；女方家把生辰八字填到了庚帖中，重新送回我家；看了庚帖，把我阿爸和姆妈笑坏了，我和那个姓刘的细妹子，生辰八字特别吻合，媒人直呼“上天一对、地造一双”。后来听说姆妈把女方的生辰八字放到了神台上，这是当地民俗，三天过后，只要我们家无人生病，没有打破碗碟等不吉利的事发生，就是表明祖先和神明同意这门亲事。

多少年之后我才知道，我们家在那三天里，一切都顺顺当当的，甚至我阿爸多少年头疼的毛病都好了。当时全家大喜，我和那个细妹子的婚事就这样定了下来。随后我们家立刻备好了果、酒等礼品，向刘家“报好”，至于剩下的彩礼和嫁妆的事，双方早都商量好了，因为刘家穷，出不起嫁妆，再加上双方家里特别看重这段婚事，可以讲是双方家里的“情投意合”在促进这件婚事，也就省了这些钱财，于是……就把我“绑婚”了。

迎亲前还有一些习俗，比如“睄节”，也就是“送果子”的仪式，这个仪式需要在将近一年的时间里——端午、中秋、春节——给女方家送各种礼物，如此漫长的形式，因为怕我知道，也全都省略了。后来，当刘家得知我逃走之事后，特别后悔，认定是因为没有认真履行“睄节”这个程序，所以才会出现如此不幸的结局。

可是，一切都晚了。

迎亲那天，在咱们赣南，叫“归亲”，这是婚姻“六礼”中最后一礼了，那天我就像木头人一样，任由旁人肆意摆布。

小叶子，阿公现在跟你讲这些事……真的……好像我又看见了迎亲的队伍，由两根斑竹上披着红布条连成的彩旗在前，后面是一对纸扎姓氏的大灯笼，再后面便是花轿、扛盒，还有一只“嘎嘎”叫的活公鸡，迎亲的队伍在鼓乐和爆竹声中喜气洋洋地出发了。

一路上热闹非常，我看见了所有人的笑脸，唯独没有我的笑脸。后面一些程序我都不记得了，只记得来到女方家，女方家人“哭嫁”时，所有女眷都开始大哭，哭得像是开了一场盛大的音乐会，最后我也都要掉泪了。后来接上了新娘，我继续木头人一样按照程序进行……夜晚降临，终于结束了“闹洞房”，欢喜的人群都散去了，这才安静下来。

茅草屋的洞房里，破旧的木头桌子上，红红的蜡烛燃烧着，屋里到处都是晃动的影子，蜡泪已经流了一桌子，还在继续流，又从桌面上流到了地下；烛光把红红的窗帘映得更红了……可是我心里已经打定了主意，绝不与已经拜了天地的细妹子同房……至今我还记得她的面容，她乞求地看着我，脸上带着绝望的目光，分明是在问我，她有那么让人讨厌吗？我在心里告诫自己，绝不能心软，只要稍微软下来，我就走不了啦，我就丧失理想了。

我记得到了下半夜，夜空电闪雷鸣，忽然下起了大雨。那是我人生记忆中最大的一场雨，仿佛茅草屋子外面有许多人在放声歌唱，也像是有许多人在号啕大哭。

经过了一整天的折腾，再加上结婚前的紧张、担心，还有我面对洞房蜡烛时的麻木、无语，细妹子终于熬不住了，她没有脱衣服，蜷缩着身子，歪在床上的角落里，慢慢地睡下了。

在晃动的烛光里，我看见她的脸上淌着泪珠儿，已经干了，又被新的泪水覆盖……我扭过头去，咬咬牙，趁着黑夜逃走了。

就在我出了茅草屋的那一刻，大雨更大了，变成了暴雨，淹没了世间的一切……

小叶子，你说阿公是不是太狠心了？怎么能这样狠心地对待一个新婚的细妹子呀？

第二章　梦会阿公

B

仲秋时节的赣南，天气依旧溽热，空气中隐藏着看不见的水汽，不要说甩起胳膊大步走路了，就是站在枝叶繁茂的香樟树下待上一会儿，尽管周边绿荫遍地，可还会感到额头上、脖子上、后背上有水珠儿在悄然游走，不知不觉间已经湿透了全身。外地人甚至本地人，没有重要事情都不会出来，都在空调屋子里待着，躲避外面的潮湿和闷热。

钟叶、艾瑞克是下午到达赣南的，走出机场，立刻周身大汗，感觉空气异常黏稠，呼吸似乎都有些困难。车子开到宾馆，他俩步调一致地冲进屋里，空调开到最低，冲进浴池“哗啦啦”洗澡。可并不解热，洗完澡的身子马上又大汗淋漓了。钟叶不住地用手帕扇着风，艾瑞克看得烦乱，又不好发脾气，毕竟来到了中国，在北京的那天夜晚，他又吃了钟叶的烤鸭，喝了钟叶的啤酒，底气早就不足了。艾瑞克是个花钱抠门的人，只要让他少花钱或是不花钱，他就会特别高兴，短时间内满脸笑容，倒是很有耐心地启发钟叶，说，你们中国不是有句俗语吗，叫作心静自然凉。钟叶看着同样满脸汗水但表情温顺的艾瑞克，感慨地说，没想到我的老家这么热，只能委屈你了。艾瑞克站起来，绅士般地提醒，应该去看一看她的父亲。钟叶说刚才姐姐讲父亲正在睡觉，晚上一起见面吧，还要把你隆重介绍一下。艾瑞克耸了一下双肩，脸颊红了。许多时候，艾瑞克特别羞涩，受到表扬时，神态像个大男孩，这让钟叶又有些怜爱他。

这时，有人按铃，钟叶打开门，是姐姐。刚才就是姐姐去机场接他俩的。艾瑞克礼貌地站起来，给姐姐让座。姐姐关心地问他们刚才睡会儿了吗？钟叶说天气太热，哪里睡得着，光想着流汗了。

看上去姐姐和钟叶不像是一家人，钟叶个子高，腿长，皮肤白皙；姐姐比钟叶矮了半头，身材有些臃肿，长相也不好看，脸上已经有了好几块明显的黄褐斑，刚才来宾馆的路上，钟叶还问姐姐她从巴黎寄回来的护肤品使得怎样？姐姐皱了眉说那么贵的东西，怎么舍得用。钟叶埋怨姐姐不要整天都是丈夫、孩子，自己也要注意打扮一下。姐姐笑着说，我这个年龄，没有那必要，再说整日上班，打扮什么呢？

姐姐比钟叶大五岁，在一家事业单位做会计工作。姐姐看上去成熟稳重，而且极有耐心，不像钟叶外表看着文静、典雅，骨子里却是个急脾气的人，搞不好就要发脾气。姐姐曾经对钟叶开玩笑说，你继承赣南人性格最彻底，赣南人表情不着急，可是性格暴烈。钟叶不解，是吗？

姐姐关心钟叶在法国的生活，她不会视频，在儿子的帮助下，经常给钟叶发邮件问候；每到重要的节日，中秋节、春节呀，总要给钟叶寄去一点礼物。钟叶也是惦记姐姐，但都是生活上的，两人在精神上没有多少交集，邮件交流的都是生活上的事；有时候钟叶忙起来，常常忘了给姐姐回邮件，姐姐也不责怪，依旧关心妹妹。

姐姐询问第一次见面的妹夫艾瑞克，这里的条件还好吧？你适应吗？

经过钟叶的翻译，艾瑞克连说很好。

姐姐告诉他们，这家宾馆是五星级宾馆，在赣南市属于高档的，参加“开祠”的族人很多，条件好的宾馆一下子住满了，要不是哥哥提前预订，这里肯定住不了，要住到旁边不远处的一家，听说那家宾馆条件差很多。

艾瑞克听了，笑容顿时有些尴尬，下意识地看了钟叶一眼。钟叶知道艾瑞克目光的含义。但因为姐姐在场，她装作没有看见艾瑞克的表情，故意没理他。钟叶和艾瑞克结婚一年来，或者说在结婚前，他们之间经常会发生奇怪的症状，往往会因为一句话、一个眼神，而导致瞬间愉悦、瞬间凝滞，至于更大的分歧，其实倒也能够理解。比如艾瑞克坚决反对婚前同居，在他们结婚前，对于钟叶浴后的裸体，他视而不见，甚至提醒裸体走动的钟叶快点穿上浴衣，否则你会生病的。钟叶对于艾瑞克如此的“残忍”，最后一笑了之。

姐姐继续说，这两天来自各地的钟氏后人都在市里集合，今天是最后一天，明天大家就要到崇义县去住。姐姐让艾瑞克要有思想准备，县上的条件不比市里，相对要差一些。艾瑞克感谢姐姐的周到，他对住宿条件不介意；艾瑞克只是心里想好了，一会儿姐姐走了，还要跟钟叶强调一下，住宿费他是要付给钟叶哥哥的，绝不会用他的钱。

天还亮着，但已经到了吃晚饭的时间，在一间包房里，艾瑞克第一次见到了钟叶家人——父亲、哥哥、嫂子、姐姐、姐夫，这对于钟家来说，可谓是一次“异地全家福”。

父亲钟大同让钟叶和艾瑞克分别坐在他的两边，左右看着，嘴巴里不住地说“好，好呀”。这是钟叶在法国生活五年来第一次回国，也是五年里第一次见到父亲，看见父亲身体硬朗，精神很好，而且思维敏捷，想到去年和艾瑞克在教堂举行婚礼时，身边一个亲人都没有的场景，顿时感慨万端，禁不住热泪盈眶。

家人非常理解钟叶的心情，姐姐赶紧把纸巾递给她，并且用手轻拍着妹妹的胳膊。艾瑞克也能理解她此刻流泪的心境，所以看钟叶的目光，也有了些许的温暖。艾瑞克绽放温暖的那一刻，钟叶能够迅速捕捉到，她在心里总是不解，在当下法国人只是同居、不想结婚的状况下，艾瑞克却能够坚持结婚。从艾瑞克的举动来看，他对她应该是有“爱”的，没有“爱”，怎么想要结婚？在法国结婚之后的离婚，那将是一场非常严重的经济损失，可艾瑞克不怕，结了。但他却又不能时刻甜蜜，这到底为什么？

钟大同看着艾瑞克，问了艾瑞克的工作和家庭情况，又说女儿性格要强，读书多了，照理应该更加稳妥，可是一些简单的事情反而不会处理，还请艾瑞克关心、理解她。钟叶翻译了父亲的上半段话，下半段的话她没完全翻译，而是断章取义地赞扬了她自己。艾瑞克也是一个聪明的人，他已经从钟大同的表情和手势上看出大意，但是碍于钟叶家人在场，他没有揭穿钟叶故意漏译的小伎俩。

艾瑞克在钟家人面前，举手投足显得极有礼貌，但对于钟叶的哥哥钟铁亮，他显得有些矜持，甚至好几次敬酒时，不知是有意还是故意，或多或少都有些怠慢了钟铁亮。

钟铁亮看上去不像钟家人，仔细再看，又有点儿像，但又总是让人有些犹疑。在钟铁亮长相这个问题上，钟叶小时候曾经问过父亲，父亲只是说，是你的哥哥，没错。父亲还说，他比你大了30岁，小时候跟你长得一样，大了，变了。钟叶当时还不不相信，但奇怪的是，钟铁亮小时候的照片，家里一张都没有。父亲的解释是，当年从赣南出来时，照片丢了，再说那时候穷，哪有钱照相呀？

钟铁亮不仅长相和父亲钟大同不像，他身上那种喷涌的霸气，钟家人好像也没有。大概是金钱的支撑，还有事业的蓬勃，让这个六十岁的男人，无论是表情还是体态，都荡漾着舍我其谁的冲天豪气。改革开放初期，当钟铁亮从公安局预审员位置上辞职以后，在所有人不可思议的质疑声、惋惜声中开始了大张旗鼓的崭新生活。那时候，钟铁亮可能没有想到，在他前进的道路上，竟然充满着那么多的荆棘险阻。他开始是做服装生意，把服装从广州倒腾到北方，然后批发给个体商店，因为进货渠道有问题，在进第二批货时，遭遇了人生的第一次滑铁卢，手头上的钱被人干净利落地诈骗走了，货物也没有收到，这对于曾经整天跟狡猾的嫌疑人打交道的预审员来说，几乎就是滔天大耻；随后他又转战餐饮行业，借钱开起了一家京味饭馆，很快随着掌勺的大师傅带着女服务员卷走饭馆部分财产之后，饭馆又理所当然地倒闭了；紧接着，钟铁亮又做过电脑组装生意、化工产品和农副产品……逐渐在暴风骤雨的商场上打拼过来，站稳脚跟，后来又巧借外力，开始涉足房地产业，在这个最具中国特色的行业中，钟铁亮终于走上了富豪的轨道，并且从此一帆风顺，不可阻挡。

尽管钟叶没有跟哥哥讲艾瑞克绝不用他的钱，可是精明的钟铁亮已经从艾瑞克的表情上看出了问题，他不动声色，可他射出的目光中已经在告诉身边的人，我怎么会跟这个年岁小我一半的小法国佬生气呢？但是钟铁亮心里的潜台词谁都不知道，只要这次能够顺利完成“我”的事，一切问题都不在话下，小小的法国佬的表情算什么？虽说钟铁亮不动声色，但是钟叶太了解哥哥了，钟铁亮的心思，钟叶早就猜到了。

钟叶知道艾瑞克在和钟铁亮暗中较劲儿，她没有想到平日里只是关心图纸的艾瑞克如此关注生活中其他的事，更是搞不清楚，钟铁亮与他何干，难道就因为钟铁亮要给他花钱，他就如此愤怒吗？她又再次发现，她真的不了解艾瑞克，不清楚他在想什么。一时间，钟叶觉得有些悲哀，“同床异梦”几个字倏然浮现在眼前。

钟叶坐在餐桌边，看着眼前的亲人，此时此刻只有她明白，艾瑞克面对她家人的微笑中更多是出于礼节，并没有真情投入，但她实在不想在这个场合让大家知道她婚姻不快，所以尽量做出高兴的样子，以“艾瑞克第一次到中国，不了解国情”为由，处处为艾瑞克圆场，同时还表现出和艾瑞克的幸福生活状态。另外她又在心里一再叮嘱自己，一定要控制好艾瑞克对待钟铁亮的态度，谁知道钟铁亮会不会突然发火呢？发火，倒是正常；不发火，高风亮节的钟铁亮，反而让钟叶琢磨不透，再联想到钟铁亮邀请他们回来的殷勤态度，这所有的一切，真是太奇怪了。钟叶听姐姐讲，现在钟铁亮的脾气很大，而且随着资产的不断增加，比过去已经大了不知多少，如今不仅能够忍受艾瑞克的不恭，还在祭奠爷爷这件事上以及对“钟氏宗祠”的开祠，表现出不可思议的热诚和特别的耐心；更让她感到奇怪的是，哥哥身边总是跟着一个神秘莫测的男人。听姐姐讲，那个面色焦黄、眼神怪异、总是把双手完全缩进袖管里的矮瘦男人，总是随在钟铁亮的身边。这个人是谁?

钟叶思绪万千，直到父亲喊她，大家一起举杯团聚时，她才猛然醒过来。艾瑞克却做出最近从来没有过的亲昵举动，附在她耳边悄声问道，你在想什么？亲爱的。

还算是比较愉快的钟家晚宴过后，已是晚上八点钟了，紧接着还有第二项日程——所有来到赣南的钟氏族人的一次集体会议。

在宾馆的大会议室里，站在讲台上的，是一个身高一米五的老年人，看样子他是今天晚上主持大会的人，这位老者介绍自己姓钟，住在崇义县，今天是特意从县上赶过来接大家的。众人一起鼓掌。老者受到鼓励，自豪地介绍说自己今年已经八十五岁了。拥挤的大会议室里，再一次响起掌声和赞叹声。这些高低不一的赞叹声，因为口音、声调的不同，仿佛大海上的波涛。

除了钟叶的父亲，钟家所有人都出现在会议室里。艾瑞克环视四周，眼睛里透着新异、好奇的光芒，不住地低声询问场上的情况，钟叶小声给他翻译，二人显得极为亲密。

八十五岁的钟姓老者讲着地道的赣南话，钟叶听不懂，身边好几个热心的族人又给她翻译，钟叶听完，再翻译给艾瑞克。那几个族人对于一个外国人参加这样的活动感觉好奇，不时地向钟叶询问艾瑞克的情况，钟叶耐心回答，艾瑞克也是笑脸相迎，氛围极为融洽。

钟姓老者声音洪亮、底气十足，他像领袖一样挥舞着短小的手臂，讲述着“钟氏宗祠”的开祠。他郑重地告诉大家，三天后将要举行盛大的钟氏宗祠的“开祠”仪式。

细心的艾瑞克担心会不会和钟叶爷爷的祭奠仪式重合，脸上写满了非常担忧的神情。

钟叶像个骄傲的小母鸡，昂着脑袋，说，我们钟家人能有这么傻？我们早就算好了时间，集体活动和自家活动相隔三天，一共七天时间，这就叫井水不犯河水，井水、河水都是水。

艾瑞克好像一下子喜欢上了这次活动，显出期盼的神情。钟叶都有些奇怪，本来艾瑞克对这些不感兴趣，就像他发誓不会学习汉语一样，对待汉语倒也没有什么深仇大恨，理由很简单，就是没有兴趣。但是现在，完全变了，开始进入角色。

钟姓老者不仅年岁高，学问也高，是一个识文断字的人，他给远道而来的族人讲有关宗祠的民间学问，三言两语，头头是道。他习惯地挥舞着短小的手臂，亮堂地说，大家不晓得，这里的人，就是再懒的骨头，就是那些叫花头，都要规矩地去宗祠，为啥？乡里所有的红白喜事，上灯修谱，表彰功德，还有打板子，都是在祠堂里商定的。为啥呢？祠堂里有神明呀。每个村子里都有宗祠，少的十几座，多的几十座，乡邻们信服呀。

大部分钟姓族人都是第一次来赣南，也是第一次参加开祠，因此听得兴致勃勃，钟姓老者更是平添了讲话的兴致。

钟姓老者继续讲道，有人住的地方，就要有族规。国有国法，家有家法，乡间也要有族法，你们晓得吗，在我们乡下呀，上至爷佬子，下至毛伢子，违反了规约，是要黜族的，终身不许入祠，族人合众攻之，为啥？就是要人们遵圣训、崇礼教、积阴德、勤职业、宗正学。

钟姓老者一口气说了这么多的话，会议室里的一百多人竟然鸦雀无声，老者精神更加勃发，继续挥舞着短小的手臂，朗朗说道，当年在咱们赣南的乡下，洋毛子的教堂也是不少呀，信教的人家在原来贴“芳传东海”的门匾上，贴上了“哈利路亚”，还贴上了啥“神爱世人”“家靠上帝恩常在”，那会儿真是世道乱了，可后来咋就把洋毛子的“哈利路亚”给赶走了呢？靠的就是咱宗祠，靠的就是血缘的力量。

这时，一个半大孩子来找妈妈，在会议室的门口，操着广东腔的普通话大喊道，妈妈你快出来，你是不是又在听传销呀，我告诉爸爸去。

会议室里原本一派安静，小孩子有趣的喊声，一下子就把严肃的人们给逗乐了，随即一片喧哗，会议室里当即就乱了，有的人笑着出去了，还有人起身说话，还有的接听电话。

钟姓老者大声喊起来，说他还有话讲，还没说完呢，可老者再也控制不了局面啦，会议室里乱成了一锅粥。大家也知道明天去崇义县集合的事，见钟姓老者也没有新的安排和说明，再加上屋子里闷热，不通风，也就都稀松地散了，没有兴趣再听老者的忆旧。都想去周边转一转，顺带商量一下旅游的事。

艾瑞克听完钟叶的翻译，颇感兴趣，与人流逆行，走到钟姓老者身边，热情地请教。大概因为艾瑞克的西方人面孔，刚才受到挫折的钟姓老者又恢复了精神，问了艾瑞克的情况，又开始讲起来。留下的人虽然不多，可能出于好奇，一边悄悄打听艾瑞克的身份，一边坐下来倾听。钟姓老者没有站在讲台上，而是站在走道上。老者首先回答艾瑞克提问，说现在县上还有洋人的教堂，传教士和牧师当然早没有了；教堂的繁盛程度根本无法和宗祠相比，并且骄傲地强调，中国的宗祠战胜了洋人的教堂。

艾瑞克打听现今中国乡下有没有除了教堂之外的西方建筑，钟姓老者理解成了另外的意思。艾瑞克让钟叶重新翻译，钟叶还没来得及再问，老者却又继续他自己的话题，讲述当下宗祠的强劲作用。

钟姓老者说，你们到了乡下，会听到很多关于宗祠的传说，单就“击鼓传餐”和“百犬同牢”传说，那就迷死了人。

钟铁亮始终站在旁边倾听，钟铁亮身边那个双手始终缩在袖管里的矮个男子，也在目光注视钟姓老者，但依旧面无表情而且居高临下。

钟姓老者想要把自己肚子里的东西，全都一股脑地倒出来，大声说，你们知道“击鼓传餐”吗？这是一个真实的故事，发生在赣南的江州，一个叫车桥镇的义门村，皇上曾经用“义门”二字来褒扬陈氏族人，义门的陈姓始祖叫陈旺，乃是南朝皇帝的后人，他年老回乡，住在义门，以忠孝节义为本、勤俭耕读传家，整个陈姓家族一同劳作，财产共有，最后同食同住的族人达到三千多人，食饭时要击鼓才成。

钟姓老者说，啥时咱们钟姓族人也能“击鼓传餐”呀！

大家都摇头嬉笑，感慨地议论说，这种事呀，现在只能是幻想了，就是刚才这个简单的会，开了一半就散了，还能同吃同住？别说三千人在一起，三十人都不成呀，最多也就是三口人。还有人说，如今年轻人有几个是跟父母住在一起的？过去的事不可能重现了。

钟姓老者还想要讲“百犬同牢”的传说，眼见大家如此议论，干脆也不争辩了，双手抱拳给大家行了个礼，率先走了。矮墩墩的背影，涂抹了伤感的色彩，看了让人有些心疼。

艾瑞克有些遗憾，想要走开，转过身子，没想到正好面对钟铁亮，稍微怔了一下，还是礼貌地点点头。钟铁亮也只是抽动了一下嘴角，算作回答，然后二人错开了身子，各自走了。

离开会议室，艾瑞克直接回屋，钟叶则去了姐姐屋。姐夫告诉她，你姐在姥爷那儿，钟叶跟姐夫简单说了两句话，去了父亲那里。

钟大同精神很好，身子笔直地坐在沙发上，正跟大女儿说话。见二女儿来了，脸上显出高兴的神情。姐姐在一旁说，爸爸就是惦记你，看见你，比见谁都高兴。钟叶卖乖说，当然了，谁让我离爸爸最远呢。

父女三人高兴地说了会儿话，钟大同感慨地告诉钟叶，这次赣南之行，已经特意嘱咐铁亮在时间安排上宽松一些，让她和艾瑞克在赣南家乡多待些日子，毕竟钟叶没有回来过，难得的一次机会，下次再来，恐怕不知什么时候了。

钟叶明白父亲的心意，也明白这是父亲暗含地告诫她，一定要处理好艾瑞克和钟铁亮的关系。别看钟大同快八十岁了，脑子特别清楚，刚才饭桌上的短暂时光，已经看出艾瑞克和钟铁亮的紧张关系。钟叶当然清楚，父亲也会看出她和艾瑞克并非饭桌上表现出来的那样和谐。她不想让父亲操心，她和艾瑞克的紧张关系，连姐姐都没告诉，就是担心家里为她担忧，如今看来还是没能瞒住，她想好了，回去跟艾瑞克谈一谈。

为了转移话题，钟叶问起父亲多少年没回来了。父亲感慨地说，四十年没回来了，这日子过得真是快呀。随后父亲回忆了当年家乡一些难忘的人和事。父女三人又说了会儿话，钟叶看看时间不早了，对姐姐说，咱们回去吧，让爸爸早点休息。

钟叶回到屋，见艾瑞克正在看电脑上的图片。还没等钟叶说话，艾瑞克马上告诉她，那个老者讲的故事很有意思，只是遗憾没有完全讲完。并且又感叹，这里的人太没有耐心了，总是急匆匆的，为什么呢？说着，自己又是摇头遗憾。

钟叶告诉他，别遗憾，这次在赣南时间比较充足，可以见缝插针地在周边走一走，感受一下赣南文化。艾瑞克立刻同意。

在来赣南之前，钟叶还以为艾瑞克会期待家族祭奠之后的庐山之行，毕竟他是度假来的，而她是来祭奠，二人有很大的区别。可是现在，艾瑞克这么快就喜欢上了这里的文化，这倒让她非常高兴，暗想说不定这次祭奠，还能改变艾瑞克一些固执的想法。

艾瑞克见钟叶若有所思的样子，问她怎么了？钟叶说，没什么，累了。艾瑞克说，早点睡吧，明天还要早起。

贰

钟叶是在半夜里醒来的。

醒来后，她再也睡不着了。她侧过身子，看了看另一张床上的艾瑞克，见他睡得香熟，还有轻微的鼾声。她回过身，看着黑暗的屋子，过了一会儿，她把壁灯轻轻地打开，拿起爷爷钟谭林的书信。

似乎就在书信拿在手里的瞬间，钟叶看见爷爷悄然而至，再次坐在她床边的沙发上。看不见爷爷的脸，只能看见爷爷身体的大致轮廓，钟叶当然知道不可能看见真实的爷爷，她也知道看见亡人的面容，不是一件大吉大利的事，眼前的一切应该都是虚幻的，都是她想象出来的。可就是这种虚幻的感觉，却让她很快消散了恐惧。她感到奇怪，记得第一次阅读爷爷书信的时候，她偶尔还会觉得害怕，害怕一个死去的人坐在自己身边讲话——尽管是自己的爷爷。可是现在没有了这种害怕，一点儿都没有了，消失得无影无踪。坐在她身边的爷爷钟谭林，浑身散发着祥瑞的气息，她触觉不到来自另一个黑暗冰冷世界的恐惧。

小叶子，相信你总有一天会到赣南来，你会来看望阿公的，别说你去了巴黎，就是去了月球上，你也会来的，只是没有想到……你来得这么快呀。你还记得上次阿公给你讲的故事吗？你不应该忘，这么短的时间，你怎么会忘了呢？你是有文化的人，哪能轻易忘记爷爷的经历？

钟谭林继续讲述着，虽然还是夹带着赣南口音，遣词造句依旧还是混乱、颠倒，不知所以然；但是钟叶已经适应了许多，她已经能够自然梳理爷爷的讲述。要知道钟叶可是学习比较文学的，她有清晰的梳理能力，自然也能听得明白、清楚。

钟谭林说，我在雨夜逃婚之后，来到了南昌。那时阿公在南昌只认识一个人，就是在国立农业专科学校上学的杨大清。我去找了杨大清。杨大清听说我逃婚出来，成了一个单只佬，立刻竖起大拇指，连声赞叹，还兴奋地抱起我，在原地“呀呀”地转了几圈，预测我将来肯定会成为一个英雄豪杰。

短暂的激动过后，我就忘了英雄豪杰，想起了食饭的问题，我不能总在杨大清这里食饭呀？我得找个活计，先把肚子的问题解决了，想来想去，我还是熟悉杂货店，想在一家杂货店暂时栖身。杨大清听了，立即反对，认为那样苟且偷生的话，还跑到南昌城来做啥？继续在乡下杂货店，做一只浑身脏土、任人踢打的土狗罢了。他豪气地讲，只要有我一口饭，就会有你钟谭林的一口饭。杨大清拍着胸脯说，我们是好兄弟，你不要觉得跌面子。

我感激杨大清，可是想起来每天还要刨走他碗里的一口饭，这终究不是一件持久的事。

有一天，杨大清放学回来，兴奋地告诉我，他有一个同学，阿爸是做瓷器生意的，生意很大，是个大商人，生意已经做到了外国，家里很有钱。但是这个大商人又特别喜爱人才，资助过不少有天赋的后生仔读书，杨大清准备把我介绍给这个同学的阿爸。我听了有些犹豫，觉得不好意思，最后经不住杨大清的劝说，去见了那个瓷器大商人。杨大清和他的同学，两个人相互配合着，添油加醋地把我夸成了一朵花。面目慈善的大商人沉吟片刻，忽然问我想不想到法国去留学？我当时愣住了，资助读书上学又改成了资助国外留学？

大商人讲了缘由。原来南昌城最近有公派学生到法国留学，其中一个学生突然得了重病，去不成了，空出来一个名额，因为时间紧，还有眼下时局的变化，已经来不及再考取新生了，有关方面决定，如有学生想去补空缺，可以去，但必须自费一部分费用。大商人对我说，这可是个好机会，你有如此天赋，可以去留学呀。我面露难色，大商人知道我想的啥，说可以资助我留学的费用。我看着大商人，又看了看大商人身边面露嫉妒神色的儿子。大商人明白我的意思，指着他的儿子，摆手说不适合。杨大清见我犹疑的样子，赶紧替我应承下来，并且拉着我一起鞠躬致谢。大商人非常和气，着急地对我说，还有几天时间，先跟家里说一声吧，眼下时局紧张，局势变幻莫测呀，一定要快些决定。大商人说的“时局紧张、变幻莫测”，我倒是明白，因为广东国民政府组织的北伐军，当时已经从南面打过来了，马上就要攻打到赣州了。虽说赣州距离南昌还有不近的路途，但是战事不好讲，一天一个变化，北伐军要是占领了赣州，下一步肯定会攻打南昌，至于何时攻打，不过就是早晚的事。一个晚上，就有可能局势大变，到那时到处子弹横飞，谁敢上街呀。

离开大商人的家，刚走出院子，杨大清就说，这件事不要犹豫了，夜长梦多，明天我就陪你去讲，马上答应下来。我特别感动，还是觉得这件事实在太过突然，一点儿思想准备都没有。后来杨大清也冷静下来，说谭林呀要么你赶快回去，跟你家爷佬子商量一下？我说我是逃婚出来的，回去，阿爸不把我腿打折了？杨大清皱着眉头，没有了办法，觉得这件事真是棘手。

就在第二天傍晚，突然发生了一件事，彻底改变了我的人生轨迹。说来不可思议，那天晚上，杨大清像一条机警的狗一样冲进我租住的民房，脸庞涨得红通通的，不大的眼睛睁得大大的，眼珠子都要从眼眶里蹦出来了，他激动地告诉我，刚才从赣州方面传来消息，北伐军已经攻克了赣州城。我惊住了，不是说北伐军准备要攻打吗，怎么一天一夜的工夫，赣州就被北伐军占了？

杨大清说，什么叫革命？这就是革命！革命就是闪电！革命就是疾风！革命就是摧枯拉朽！

杨大清挥舞着双臂，仿佛挥舞着两面旗帜，高昂地说，十月革命的炮火终于在这片古老的大地炸响了！

我也被杨大清的激情所感染，感觉自己变成了一尊大炮，心脏变成了一发炮弹，轰隆隆打向远方的反动派。

杨大清说，我要回赣州，我要参加北伐军。

我也激动地说，我跟你一起回去，我也要革命！

就这样简单，我没有去法国留学，也没有跟那个慈眉善目的瓷器大商人打招呼，而是跟随着辞学的杨大清义无反顾地返回赣州。

从南昌到赣州，八百里的路程，我们俩星夜兼程，走路、搭马车、坐小船，遇上什么交通工具，就搭乘什么交通工具，那才真叫走得狗赢呀！有时为了节省钱，饱一顿、饥一顿，就是一个念头，想着要快一点回去，去参加已经到了家门口的北伐军，机会真是难得呀。可是很快我们俩的脚上就起了血泡，归家的速度慢了下来。

那天黄昏，我和杨大清为了争取时间，走了一条僻静的小路，遇到一个衣衫褴褛的人，看不出他的年纪，脸上都是泥水，头发都变成一绺一绺的，浑身散发着一股臭气。他有气无力地拦住我们，伸手想要讨口食，我们俩也是一天没有吃东西，哪里有食给他？可没想到，这个“叫花头”突然从怀里掏出一把手枪，枪口直直地对着我俩。我像木头人一样站在那里，倚着一棵树，一动不敢动了。还是杨大清勇敢、机灵，借着翻口袋给“叫花头”看的机会，突然蹿上去，一下子就把“叫花头”扑倒在地。我也受了启发，猛扑过去，我们两人没费力气就把“叫花头”制服了。哪里想到，刚才还很凶恶的“叫花头”，立刻跪在地上，磕头求饶。原来这个“叫花头”是从赣州城里跑出来的逃兵，他告诉我们，现在的赣州城已经大乱，北伐军占城后没几天，听说广东的大人物陈炯明叛变了，北伐军迅速撤离了赣州，城里已经完全失控。他不想再提着脑袋当兵了，偷了长官的一把手枪跑了出来，原本想着手里有枪，应该有口食的，哪里想到出来就开始拉肚子，拉了几天，再加上没食的，身上已经没劲了，别说对付我们俩，就是对付一只兔子，他都打不过，刚才真是冒了险。

我和杨大清赶走了那个士兵，呆坐在地上，一时没了主意。眼看就要到家了，北伐军却又走了，下一步怎么办？我想起了陈子杰校长。杨大清觉得这是好办法，于是我们秘密潜回家乡去找陈子杰校长，请求陈校长给我们人生指点……

艾瑞克醒了，翻身坐起来，看见钟叶开着灯，倚在枕头上，手里拿着一沓信，知道她又在看她爷爷钟谭林的信，没说什么，平静地坐起来。

艾瑞克晚上睡觉前不洗澡，早上出门前再洗澡；晚上睡觉不穿睡衣，哪怕一个大背心都不穿，光着屁股睡，但是晚上小解起来，却是严谨地穿好睡衣，绝对不像钟叶那样裸身走来走去。钟叶适应他晚上不洗澡，但是不适应他晚上小解时穿戴得那么齐整。屋里只有妻子，有必要那么衣冠整齐吗？钟叶还喜欢一丝不挂站在窗前，裸体眺望逐渐暗下来的巴黎夜空，还有逐渐亮起来的巴黎天空，当然艾瑞克要是陪伴她一起裸身观望，那样会更加愉悦。可是艾瑞克不，他不喜欢那样做。一个不肯在妻子面前裸体的丈夫，是不是有些问题？

在巴黎，艾瑞克保守。来到北京，他保守。来到赣南，他依然这样。钟叶忽然气愤起来。她也不明白，为什么要在故乡气愤起来？！

他为什么要这样！钟叶感到艾瑞克的行为，让她蒙受耻辱。

钟叶听着卫生间里冲水马桶声，她更加气愤，她想明天再要一个房间，要跟他分开。

艾瑞克从卫生间回来，坐在床边，愣怔了一下，然后脱下睡衣，很快睡着了。

屋里又安静下来。钟叶逐渐让自己平息下来，她想还是回到巴黎再说吧，不要在自己的家乡，闹出什么不愉快的事。

已经消减愤怒的钟叶，还是没有丝毫的睡意，她再次拿起爷爷的信，继续看起来。

爷爷的声音又在她耳边响起来。

钟谭林说，我和杨大清回到崇义，找到了陈子杰校长，这才知道陈子杰离开了学校，加入了国民党，已经在县党部任职了。陈子杰给我俩讲了许多革命道理，还给我们看中山先生的书，我们第一次知道了“三民主义”;在陈子杰的引领下，我和杨大清到处宣讲革命思想，唤醒农民觉悟，开展对地主土豪的斗争。

时间过得好快，1927年的新年来到了，我和杨大清想象着革命的前景，总是觉得浑身的劲儿使不完。

可是好景不长，就在这一年，形势突变。

有一天，陈子杰急匆匆找到我和杨大清，领着我们来到空无一人的一座小山上，告诉了我们一个晴天霹雳的大事——蒋介石背叛了革命！赣州总工会委员长已经被蒋介石在江西的爪牙所杀，江西的朱德培等大小军阀开始到处“清党反共”，崇义县的反动县长徐长奎见形势又变，以为工农不敢“闹事”，立即恢复了北伐期间已经废除的苛捐杂税，老百姓又过上了暗无天日的日子。在这些苛捐杂税中，最令老百姓痛恨的是“石灰捐”。

小叶子，你没有在赣南住过，更没有在家乡崇义生活过，家乡有个特别的习俗，积肥和造纸，都要用当地的原料，石灰。特别是造纸，必须要有石灰。崇义是江西的造纸重镇，不敢说江西的纸张都是来自崇义的，但是赣南地区的纸张，绝大部分都产自崇义。造纸离不开石灰，反动县长徐长奎恢复了“石灰捐”，等于掐住了百姓生活的脖子，这还怎么活呀？一时间，崇义百姓怨声载道。哀叹声笼罩着大街小巷。

怎么办？不能等死，要跟县府斗争。不能让他们掐住我们喘气的脖子。与其等死，不如造反。

我和杨大清站出来了，带领穷苦的百姓前往县府，要求取消“石灰捐”。想起来，至今还是心潮澎湃呀，我和杨大清走在队伍的前面，百姓们走在我们后面，我们举起胳膊，高呼着口号“取消石灰捐”，我们站在县府大门前，喊了半天的口号，县府门前站岗的警察，举着大枪，枪口顶在我们的胸膛上，手指头放在扳机上，只要一动，子弹就会射进我们的胸膛，可是我们不怕，身上的汗毛都没有抖一下。我能感觉，那些汗毛变成了坚硬无比的钢针。谁要是扑上来，我们的汗毛都能变成长矛、长刀，狠狠地刺死他们。

杨大清小声问我，你在想什么？我跟杨大清说，我现在耳边响着十月革命的炮声。杨大清激动地说，是呀，我听见了响彻在冬宫里的“乌拉”声。我们俩并肩站在一起，我们的坚定，也让身后的百姓有了信心；经过多天的斗争，反动县长徐长奎终于软了下来，答应取消“石灰捐”。

我们取得了胜利。

可是，取得胜利的当天黄昏，陈子杰派人通知我们赶快转移，徐长奎要在深夜捉拿我和杨大清。

那会儿，我没有回乡下的家，和杨大清住在县上小学堂的校工宿舍里，是陈子杰帮助我们安排的住处。那天晚上得到消息后，我和杨大清逃到了山上，躲过了徐长奎的追杀。听说县上警察局的警察，把我和杨大清住的地方翻了个底朝天，还抓走了几个无辜的校工，校长也被警察连拉带拽，推推搡搡地带去县府，接受严厉的问询。

因为逃得急，我和杨大清啥东西都没带，只好在山上采集野果子食。我们在山上东躲西藏，待了十多天，想着总不能像野兔子一样躲在窝里，那还怎么革命？我们商量下一步怎么办，最后决定还是要找陈子杰。

我和杨大清化了装，故意把脸涂黑了，还在裤腿上抓上一把泥巴，来回揉搓，假扮成给县上药房送药的青年药农，下山去了县党部，找陈子杰拿主意。我们多了心眼，没有直接登门，而是躲在周围悄悄打听，幸亏我们没有直接上门，原来陈子杰在几天前国民党大规模的“清党反共”中被抓，已经下了大牢，还被戴上了死囚的镣铐，至今生死不明。

后来，我和杨大清经过多方打听，才知道陈子杰之所以被抓，原来他还是一名共产党员。

杨大清惊骇地问我，谭林，还救不救姓陈的？

救呀，为啥不救陈校长？

他可是共产党?！杨大清的眼睛再次瞪大，像是看见了洪水猛兽。

联俄联共、扶助农工，这可是中山先生说的，不对吗？我反问杨大清，蒋介石叛变革命，我们全体工农就应该诛之、杀之！

杨大清想了想，又想了想，终于缓慢地点点头。

我和杨大清为了营救陈子杰，带领几个人起来造反。我们首先想到的那几个人，都是跟我们去过县府示威请愿的，都是身强力壮的后生仔；我们悄悄找到他们，讲了造反的事；原来他们早就想造反了，只是没有领头的，听我们说了，一拍即合；于是我们几个后生仔举起了大刀、梭镖、鸟铳，成立了“暴动队”；最初我们想杀到县上的大牢，牺牲生命也要营救陈子杰，因为没有经验，再加上寡不敌众，劫狱没有成功，虽然没有死人，但还是有好几个人受了伤，我们只好退回到了山上。

怎么办？接下来怎么办？队伍已经拉起来了，不能就此散了！那就继续干吧，哪想到后来声势越来越大，从最初的单纯劫狱，变成了一支杀富济贫、令县长闻风色变的队伍。

我们这支“暴动队”，是崇义县上第一个造反的队伍，许多地主豪绅都被吓坏了，屁滚尿流地找到县上要求“剿匪”。县长徐长奎比地主豪绅还要紧张，他本想让县上警察局去山上“剿匪”，又担心山高林密，一旦“剿匪”不成，挫伤士气，反而会让“暴动队”声势壮大，不如一次就彻底“剿灭”。

镇定下来的徐长奎开始调查“暴动队”的人员，很快得知，不过就是两个书生挑头闹事，都是有勇无谋的后生仔，终于放下心来。

但又担心这两个后生仔被“红匪”利用，最后决定还是要先下手为强，快点铲除“暴动队”。

徐长奎开始暗地求援南昌方面，并且招兵买马，让地主豪绅出钱买枪，准备成立“剿匪队”。地主豪绅为了保护自己的利益，纷纷拿出银两交到徐长奎的手上，徐长奎早就清楚这是一箭双雕的事，所以在“剿匪队”成立的同时，他自己的口袋里也装满了银两。

小叶子，你如何也不会想到，阿公一个读书人，一个差一点儿就去了法国留学的后生仔，怎么就会上山拉起了暴动队伍，耍刀弄枪，成了徐长奎嘴里的“土匪”？可事实就是这样，也算是时势造英雄吧。

徐长奎的“剿匪队”终于成立了，一百多人，手里的家伙都是齐刷刷的“汉阳造”，比我们手里的大刀、梭镖、鸟铳不知好上多少。杨大清有些发慌，担心“剿匪队”上山，我们这十几个人咋对付？

就在这时，大救星来了。一支一千多人的队伍来到了上堡。这支队伍是共产党的队伍，是和徐长奎的“剿匪队”不共戴天的队伍。这支队伍的来到，打乱了徐长奎上山“剿匪”的步骤。

小叶子，多少年之后我才知道，这支队伍是朱德、陈毅率领的“八一”南昌起义的部队，他们来到上堡，并非是要长期驻扎，而是短期的“整训”——这就是后来著名的“上堡整训”。

上堡在我们崇义县的西部，地广人稀，周围都是崇山峻岭，特别适合隐蔽休整。我想带领我们的“暴动队”去参加朱、陈的部队，这样徐长奎就奈何不了我们啦。可是杨大清反对。杨大清不大的眼睛又瞪大了，这后生，不管是高兴的事，还是愤怒的事，只要遇上大事，都会瞪大眼睛，他那双瞪大的眼睛，我一辈子都不会忘记。

杨大清对我说，暴动队是咱俩冒着生命危险拉起来的队伍，一旦加入朱、陈的部队，我们就会被人家吞并呀，人家枪多、人多，以后我们说话还有谁听？我们就会像细伢子一样被人家使唤，你干过杂货店，这样赔本的生意能做吗？不能做呀！

我觉得杨大清的话特别刺耳，又无话反驳他，最后碍于我们之间的兄弟情义，我打消了加入朱德、陈毅部队的想法。但是，我在先前的接触中，认识了一位叫王尔琢的团长。

这个王尔琢可不是简单的人，长得眉清目秀，而且识文断字，还很会打仗，我就是从王尔琢那里学到了不少打仗的知识，特别是进行游击战的学问。这个王尔琢要是活到新中国成立，不是元帅，也会是大将。可是……后来他死了，在一次反叛行动中，他为了拉回更多被蒙蔽的战士，只身骑马追赶叛兵，被一名叛变的营长杀害了，他的死让许多被蒙蔽的战士醒悟了，这些战士又重新回到革命队伍里来。王尔琢牺牲后，朱德、陈毅特别悲伤，在隆重的追悼会上写下了感人的挽联。

后来，朱德、陈毅的队伍在“整训”后离开了上堡。我们“暴动队”又处在徐长奎的包围之中了。

徐长奎为了从豪绅们手上拿到更多的银两，以“剿匪队”上山“剿匪”为名，又要豪绅们摊钱。这时，乡绅们已经看出了徐长奎的打算，有些后悔起来，眼见“暴动队”也没再下山，都拖延着不给钱，所以“剿匪队”也就迟迟没有上山，对山上的警戒也多少松懈了许多。

有一次，我下山到县城，准备到我表兄钟谭生的杂货店里剪布、称盐，另外再打听一下县上的情况，哪里想到，钟谭生的店铺已经盘给了别人，他竟在县府上谋了一个差事，吃起了官饭。这真是让我惊讶不已，动荡世界，什么事都会发生。就像我一个学生变成了“土匪”，他一个开杂货店的家伙，竟然变成了县府上的人，变成了一个吃官饭的人！

也正是表兄钟谭生这次的人生变故，让他十四岁的儿子，在三年以后走上了另一条道路，参加了国民党的军队，成了那边的人，甚至多年以后，成了国民党的将军……哦，不说了，那都是后话了，说起来话太长了，还是以后再告诉你吧。

我没有找到钟谭生，却从杂货店的新店主嘴里，听到了一个振奋人心的消息，崇义县上大名鼎鼎的陈子杰，已经在多方面力量的共同营救下出狱了。后来，我经过多方联系，终于见到了陈子杰校长。

陈校长消瘦了许多，身体特别虚弱，说上几句话，就会不住地咳嗽。他告诉我，他在狱中没有承认加入共产党的事，敌人也没有找到具体证据，加上众多有头有脸人物的集体担保，最后县上只能释放了他。

我回到山上，把这个消息告诉了杨大清。奇怪，杨大清没有我那样激动，只是若有所思地说，他原来还是共产党呀，他没有死，活了下来，说明什么呢？我不明白杨大清为什么不高兴，只是更加糊涂了。我总是觉得，杨大清越来越令人费解了，而且心思越来越重。

与陈子杰重新建立关系后，我觉得又有了主心骨，后来不久，在陈子杰的介绍下，我也加入了共产党。我劝杨大清加入，他犹豫不决。

我生气了，问他理由。

杨大清理直气壮地说，你认为共产党可靠吗？

我质问道，你这话……啥意思？

杨大清说，你还记得那个冤死的王尔琢吗？他是被谁杀死的？他是被自己人杀死的！共产党杀自己人，所以共产党不可靠。

我说，这是两回事，杀他的那个营长是个叛兵。叛兵，不是共产党了。你晓得吗？

杨大清看着我，看了好半天才说，我还是不了解共产党，我得再等等、再看看，啥时加入，以后再说吧。

这件事，还有上次没有投奔朱德、陈毅部队的事，这两件事加起来，我和杨大清之间产生了微妙的间隙。

钟谭林长舒了一口气，轻声地说，小叶子，我真的没有想到，这些早年的事情你还能听进去？阿公真是高兴呀。阿公没有想到，我一肚子的话，竟然都跟你说了……我晓得你为什么能听进去，因为你的身上流淌着赣南人的血！你是赣南的女儿。

第三章　苏区往事

C

来自全国多地的钟氏族人，热闹非凡地在赣州市集中了一个晚上，第二天一大早，在一片各种口音翻飞的喧闹声中——包括艾瑞克的法语、钟叶的“中法交叉语”以及钟叶和艾瑞克突然使用的英语——开始向目的地，那个不被外界熟知的崇义县进发。

这是一场类似电视直播节目的“族人迁徙”。在数不清的小轿车旁边，妇女的教训声、小孩子的哭声，连接成了汽车启动的马达声；每家每户都是大兜小兜提着吃的东西，有的大人总是担心孩子饿着，不住地往小孩子嘴巴里塞好吃的，看上去不像是去祭祀，倒像是旅游大军去游山玩水；虽然场面乱，但都以家庭为单位，各自行动。有的人家客居一晚，彼此熟悉了，见面后相互打着招呼，乐呵呵地快乐启程，挥手说“崇义见”。随着汽车引擎声此起彼落，宾馆门前瞬间一派安静了，车子、人都走了。很快飞过来一批小鸟儿，在地上欢快地蹦跳，寻找着孩子们丢下的食品渣儿。小鸟儿们肚子滚圆，刚飞起来马上又落下去，舍不得走。

神通广大的钟铁亮，无论在什么地方，都能让人感觉他有一只看不见的手在悄悄布局，在推动着事态向他设计的结果发展。不知道通过什么关系，他搞来了三辆红色奥迪轿车，车身洗刷得明镜鉴人。钟家人在钟铁亮的安排下分成三拨儿：哥、嫂和那个双手缩在袖管里的人坐一辆；姐姐、姐夫和父亲坐一辆；特殊照顾钟叶、艾瑞克，让他们两人坐一辆。

三辆红色轿车像是迎亲的队伍浩荡行进。

不得不承认，钟铁亮考虑得非常周到，每辆车都配了一名当地的司机，每个司机都有步话机，一路上三辆车相互通话、彼此协调、互相照应，因此行进非常顺利。

为钟叶、艾瑞克开车的司机姓蔡，是个年轻小伙子，留着小平头，眼睛像蛇芯子一样机灵，人也爱说话，遇见稀奇的东西总是主动介绍。虽然小蔡话多，但也有分寸，要是钟叶没及时搭腔，他就不讲话了，瞬间就能安静下来；钟叶要是再问起他什么，他再接着说，言谈之中倒是拿捏得很有分寸。

艾瑞克喜欢小蔡的处事风格，立刻拿出一件小礼物送给小蔡。小蔡客气地接了，是一个外国人头像的小挂件，他礼貌道谢后，立刻挂在挡风玻璃上。把人家送的小礼物，当场吊挂在车上，让平日极为吝啬的艾瑞克相当高兴。小蔡也很懂生活艺术，他把后视镜及时调整了一下，这样钟叶、艾瑞克无论在后座有什么肢体语言或是表情变化，他都不会看见。当然，钟叶和艾瑞克也不会看见他的脸上状况。

轿车平稳、快速地前行，车厢里洋溢着和谐的气氛。

过了一会儿，钟叶打起哈欠。打了一个，又打了一个。

艾瑞克绅士一样，用歪头、闭眼的动作，示意她稍微睡一会儿。来到赣南，特别是开始向崇义县进发，艾瑞克好像变了一种情绪，变得快乐起来。早上起来时，他见钟叶双眼红肿，问了，才知她一夜没睡，一直在看爷爷钟谭林的信。

想睡，可是……睡不着。钟叶说，随后将立刻到来的哈欠，赶忙用手捂住，转过头向艾瑞克讲起读信的感受。并且告诉艾瑞克，你知道吗，当年在瑞金还有周边地区，也有外国人，他们跟中国的共产党人一起崇拜马克思。

你祖父……信上讲的……艾瑞克问。

钟叶点点头。说，我爷爷在信上讲，当年他去过一次瑞金，还见过一位大胡子的德国人。

大胡子的德国人？艾瑞克疑问道。

这个德国人，名叫马克思。钟叶说。

马克思？艾瑞克更加疑问。

钟叶不再逗他，她知道，艾瑞克真的不知道卡尔·马克思。于是，向他讲了马克思在中国人心中、特别是革命者心中的巨大影响。马克思在当年的赣南苏区，革命者都“认识”他，他的知音无所不在。当然，还有伟大的列宁。就连小学校的名字，也是以“列宁”命名的，叫“列宁小学”。

钟叶接着说，我爷爷在信上讲，当年赣州是白区，瑞金才是红色天下。崇义吗，也算是白区。

艾瑞克问，你祖父信上说的德国人，是传教士吗？

怎么会是传教士？传教士不会出现在我爷爷的信上。钟叶笑起来，说，不是，是共产国际的人。你明白共产国际吗？

艾瑞克摇着头，显现出来一副漠不关心的神情。

钟叶不再跟他讲这些太过遥远的事，其实这些事情，距离她也是非常遥远的，要不是读了爷爷钟谭林的信，她怎么会知道这些，也不会发生任何兴趣。现在让她感兴趣的原因，是汽车正行驶在她从来没有回过的故乡土地上，而且还伴随着爷爷的信。她望着窗外，偶尔会把自己想象成爷爷的同代人，假如的话，那时的她又会是什么样子？会不会是一个受尽欺负的童养媳？或是同样艰辛的送郎妹？

艾瑞克的兴致，依旧沉浸在昨晚听那位老者关于宗祠的介绍，他很吃惊，没想到在中国广袤乡土的大地上，宗祠这些民间东西并没有消亡，这与他过去概念中的中国不一样。政府尽管不鼓励建宗祠，但也不反对，如此开明，让他感到非常惊讶。特别是钟叶的父亲，年岁大了，一生没有离开过中国大陆，思想却不保守，非常乐于接受新事物。这同样让他没有想到。

艾瑞克问钟叶，你祖父在信上还写了什么故事？

我爷爷的信上，什么都有。钟叶说。又问，你想知道什么？

比如宗祠……宗祠……艾瑞克似乎表达不出来。

钟叶直了身子，目光向下，看着这个来中国之前、突然不与自己住在一屋的人。

艾瑞克忽然矮了目光，怯怯地问，你祖父信上的故事……能告诉我吗？

钟叶说，你有兴趣？

艾瑞克脸红了，嗫嚅道，哦……私人信件，我……我不好知道吧？

没关系。钟叶说，我爷爷在临终前讲过，这些信是写给他后辈们的，你现在是我丈夫，按中国的辈分排列，你是我爷爷的孙女姑爷，完全可以看的，而且可以全部看。

真的吗？艾瑞克眼睛闪亮了一下。

虽然你与我分居，但还没有离婚，依然是我丈夫。钟叶平静地说。

艾瑞克怔了一下，立刻纠正道，我们……没有分居，没有。

那天晚上，你为什么抱着被子独自去了另一间屋子？钟叶终于把心里想说的话讲了出来。她吃不得一点委屈，巴黎那天晚上艾瑞克抱着被子去另一间屋子的背影，至今她还在憋闷之中，甚至觉得受了奇耻大辱。

艾瑞克摇摇头，不再说话了。钟叶长舒一口大气。她看见艾瑞克着急的样子，其实心中怒火已经消减了。但她觉得肯定有原因，她一定要找到真正的原因。只不过她放弃了现在找原因。时间还有，不怕他不讲，钟叶一定会让艾瑞克讲出原因，而且还要是真正的原因。

过了一会儿，钟叶本想继续揶揄他，话到嘴边，没有说。沉吟了片刻，钟叶问，你不懂中文，怎么看？

有办法呀。艾瑞克说，你晚上看信时读出来，我不是……看了吗？

你是让我朗读？钟叶问。

艾瑞克似乎有什么事瞒着钟叶，在钟叶目光的直视下，他终于说出来。原来，他要把中国之行所见所闻记录下来，通过电子邮件，传给他的波尔舅舅。

钟叶想起他在电脑键盘上一边敲击、一边琢磨的神情，现在终于明白。但又不明白艾瑞克为何现在才告诉她。这样的事，难道也算是秘密？

你的波尔舅舅为什么这么关注你的中国之行？钟叶问。

艾瑞克好像也不理解，摊开双手，又慢慢地摇摇头。

钟叶说，好吧，你就写你的随想吧。我也可以把爷爷信上的内容念给你，也让你接受中国革命教育。

艾瑞克也没有计较钟叶的用词，只是高兴起来。钟叶清楚，艾瑞克为波尔舅舅做事，不管做什么，他似乎都很高兴。都是心甘情愿的高兴。

难道为我做事，他就不高兴？钟叶暗想。

车子里短暂沉默下来。

小蔡听不懂身后那些外国话，而且听得头疼。见他们终于不讲话了，于是适时地放了一首CD——赣南民歌。

钟叶虽然听不懂歌词，但是婉转的曲调、动听的旋律，听了还是无限的感伤。赣南一带的民歌都是忧伤的。因为歌曲的缘故，钟叶感慨起来。

感慨就像漫无边际的潮气，把钟叶完全包裹起来。

后来，汽车停下来，小蔡打开了车门，外面的热气已经喷涌而进。

汽车在休息区停了下来。

钟叶下了车，率先走到父亲的车边，隔着车窗，问父亲怎样。钟大同蛮精神的，连说不累。钟叶让父亲下车活动一下，钟大同说不用，接着马上嘱咐钟叶，路上多为艾瑞克讲解一下，他第一次来中国，来到赣南，不要怠慢了人家，并且告诉女儿，他感觉艾瑞克挺好的，是个规矩人，好好过日子吧。钟叶的眼圈红了，朝父亲点点头。尽管她努力掩饰自己的情绪，可她和艾瑞克之间微妙的关系，其实父亲已经看得明白。她感觉父亲虽然老了，但思维依然敏锐。

大家简单休息了一会儿，给钟铁亮开车的司机说，中午就能赶到县上了，建议大家继续赶路，到了目的地再好好休息。

于是，三辆红得耀眼的汽车继续前行。

钟叶问小蔡，崇义周边情况如何？小蔡告诉钟叶，崇义周边几个县，于都、瑞金、宁都、兴国，彼此距离不太远，也就在方圆二三百里内，这片地区保留了许多古老的民居和古代遗迹，一会儿到了崇义县，吃完午饭，下午有时间可以去走一走，非常值得一看。

艾瑞克问钟叶下午不休息，困不困？钟叶说你懂得关心人了。艾瑞克无辜地睁大眼睛，说，我一直都是关心你的呀！钟叶笑起来，随后对小蔡说，你给我们做向导，如何？小蔡愉快答应。

果然，午饭之前来到了崇义县。住进宾馆后，很快进餐厅吃饭。

钟叶、艾瑞克吃完饭，走出餐厅，发现小蔡正在门口的一棵香樟树下抽烟，看见他俩，他掐灭烟头，立刻奔过来，看得出是在等他俩。

钟叶惊讶地说，你没吃饭呀？小蔡说，我们司机吃得快，早就吃完了，不是说出去转一转吗？钟叶不好意思地说，真去呀？开了一上午的车子，你歇会儿吧。小蔡连忙摆手说，习惯了，这才多长时间呀，一点儿不累。

这时，钟铁亮走过来，对钟叶说，我都安排好了，让小蔡带你们周边走一走，来一次不容易。

原来哥哥也想到了。钟叶连忙感谢。钟铁亮说，你是我妹，怎么还说谢话？快去吧。

钟叶、艾瑞克赶紧上了车。但就在上车的瞬间，钟叶心里却有点不舒服，哥哥连这么一点儿小事都设计了，似乎所有人的一切都在他的“关照”之下。钟叶不想被人“设计”，也包括这些颇为周到细致的“好设计”。所以，她又想到了不肯正面回答问题的艾瑞克，莫非他也有“设计”？毕竟在遥远的德国，还有一个始终认真遥望、密切关注的波尔舅舅，以及波尔舅舅身后那个让人怜爱的漂亮的法国姑娘。

钟叶刚刚愉悦起来的心情，似乎又被打了折扣。

果然，时间不长就到了一条安静的小路。

小蔡停好车，不紧不慢地凑过来，也不说话，神秘地用手指向左边。钟叶顺着小蔡手指的方向看去，在两棵高大无比的樟树中间，一条鹅卵石铺就的小路隐隐约约地展现在眼前。因为小路两旁都是碧绿的小草，蛇一般的小路显得神秘莫测。

这是哪里？艾瑞克眼睛闪亮地问。

小蔡从艾瑞克表情中猜出他在问什么，卖关子说，是个世外桃源的小村子，法国绝对没有。

小蔡在前带路，钟叶、艾瑞克紧随其后，走上了那条法国绝对没有的细长小路。

崇义的天气虽然也热，但没有赣州市那样黏稠，毕竟这里有山，抬眼远望，四周都是绿色的山峰。有清凉的风不知从什么地方吹拂过来，在周边无忧地荡漾，天蓝得仿佛无边无际的大海。

小路尽头是一座单孔小石桥，青石砌筑，看着敦厚、结实，说它两百岁、三百岁一点儿都不夸张。桥面上是闪着水珠儿的青石板，角落处已经发黑，像是被松树枝子烧过；桥柱上还有一些绿色的苔藓，一朵一朵的，仿佛百无聊赖的人雕刻上去的。桥下是潺潺的溪水，干净、透亮，轻轻地吸一口，能闻到水的香味儿。干净的水带着甜味儿。

艾瑞克拿出相机拍摄，忙不过来了。特别拍了那座桥，一连拍了好几张。

下了小石桥，又是一条奇怪的小路出现在眼前，这条小路一头大、一头小。

小蔡站住，指着这条小路，问道，钟老师，您看看，小路像啥？

艾瑞克也睁大眼睛，好奇地看着眼前静谧的小路。

钟叶没有答案。小蔡这才提示她，像不像“棺材路”？钟叶恍然大悟，随后翻译给了艾瑞克。

这样的“棺材路”在赣南乡下到处都是，很有特点的。小蔡说。

为什么要建成“棺材路”？钟叶不解。

小蔡说，钟老师，我没啥文化，只是听大家说“棺材”与“官财”

谐音，讨个吉利吧；另外还有一个原因，崇义一带大路很少，都是曲折的小路，很容易形成这样的“棺材路”。

钟叶翻译给了艾瑞克。艾瑞克伸出大拇指，说了一句“中国特色”，经钟叶翻译后，把小蔡逗乐了。

走出安静的“棺材路”，远远地看见了前面错落有致的民居。都是灰白色的墙壁，坡形的屋顶上覆盖着墨黑色的瓦；封火山墙分为三阶，像是比邻的门楼，墙头覆以黛瓦，远看就像是折叠起来的芭蕉叶。

“棺材路”没有了，变成了侧身而过的窄巷。这里的窄巷很有特点，一边是高高的墙壁，一边则是一丈多宽的沟渠，渠里流淌着清凉的水，潮气漫天，清凉宜人。奇怪的是，走着走着，又忽然发现旁边的沟渠消失了，当然清水也就没有了，地遁了一样；但是再走上一会儿，流淌的清水又赫然出现，沟渠也仿佛神话一样再次显现。

钟叶让小蔡解释这忽隐忽现的奇怪沟渠，小蔡含笑不讲，算是留了一个扣子。钟叶也不再问，转移话题，认定村子里应该有一个大水塘。

小蔡笑了，眼睛遥向前面。

果然一个大水塘赫然出现在前面。圆圆的，就像一面阔大的圆镜子。水塘周围都是灰白和黑色相间的房屋，远望如同水墨画一般。

小蔡手指大水塘说，全村的人都吃这里的水。

艾瑞克问，干净吗？

艾瑞克没有告诉钟叶，在他来中国之前，他的父母秘密嘱咐他，一定要小心中国的食品和水，他们在讲这番话时，尽管艾瑞克没有看见他们的表情，但从声音里能听出来，透着格外的担心。本来艾瑞克小心谨慎，如今见了这水塘，听说村民竟然直接饮用，不免有些怀疑。目光中带着惊疑的神色。

小蔡说，周边没有工厂，上游也没有工厂，而且都是活水，流水不腐，绝对干净，村民们吃了几辈子了。

钟叶却奇怪另一个问题，塘水？难道没有水井吗？

小蔡夸赞说，钟老师就是细致，一般外地人想不起来这样问，一会儿到村里问老人吧，让他们给你解释。赣南的村子很少有水井，你们猜为什么？很简单，跟风水有关。

艾瑞克不明白“风水”，钟叶给他解释了几遍，他还是不明白。钟叶干脆不讲了。

在大水塘的一隅，也就是面对东边的方向，有许多五颜六色的摊位，摊位的后面都是低矮的瓦房；走过去才发现，里面还有人居住；因为房子里面黑，只看见里面有老人、小孩走动，却不清楚在做什么。

在这些花花绿绿的摊位上，有纪念品、工艺品，有各种小吃，还有琳琅满目的生活用品。艾瑞克还发现了几本原版的外文书，大仲马的《三个火枪手》、司汤达的《红与黑》，这些外文书赫然摆在一个小孩儿红肚兜的旁边，这让艾瑞克很是惊讶，他立刻拍下这样的“组合”，转身对钟叶说，看上去这里有些封闭，其实不是，现代生活的气息与古老淳朴的乡村构成了和谐的画面。

艾瑞克不住地拍照，还让钟叶即刻翻译小蔡的介绍，他说现在有些后悔，守着一个中国太太却没有学习中文，真是不应该，要是懂中文的话，可能会理解得更加透彻。

钟叶笑说，现在学习也不晚。

艾瑞克摊开双手说，晚了，还是晚了。

小蔡在一旁笑起来，对钟叶说，艾先生很幽默。钟叶说，他幽默？我还真没发现。他是一个索然无味的人。

在这个赣南特色的村子里转了一会儿，在小蔡的引导下，他们在大水塘旁边一家居民的门前停下来，一个满脸皱褶的乡村老人坐在一把古旧的红木椅子上，正在树下悠闲地乘凉，他的目光有些苍茫，像在遥望几千年前的一幅画作。

小蔡对老人说，我们在您这里歇会儿。

老人倒是热情，唤孙女从屋里拿出几个小凳子让他们坐，还关心地问他们喝水吗？

小蔡谢过，用当地话跟老人聊天。

老人看着艾瑞克，悠长地说，这个村子有千年历史了，早年村子里也来过洋人，还在村子里住过呢。

老人爱说话，在钟叶温和的提示下，老人讲起村子的历史。他用手指着身后石柱上的对联，让小蔡给念出来。

小蔡站在石柱前，叉着腰，朗朗念道：“池临户外观鱼变，柏绕……”小蔡不认识后面那个“隄”字，朗诵声低了下来，转脸看着钟叶。钟叶站起来，走到石柱前，继续念道：“柏绕隄前引凤飞。”

老人点点头，先是咳嗽了一声，说道，池，就是塘呀，村子里要是没水塘，风水不好。

老人把一双乌黑的赤脚穿进木板拖鞋里，利落地站起来，“哒哒哒”地领着他们三个人进了屋。

这是堂屋，没有什么家具，显得特别空旷。老人站在中间，让他们侧耳静听。艾瑞克耳朵好使，立刻听出有潺潺的流水声，但不知水声来自何处。

老人跺着脚下的石板地面，地下发出空洞的声响，老人告诉他们，石板下面是空的，清水就从堂屋下面穿过。钟叶这才恍然明白，刚才进村时为什么忽然不见了沟渠、转而沟渠又能再次出现的原因。当艾瑞克明白整个村子完全被水系环绕、自由穿越时，惊讶中国人的聪明，并且觉得这也是建筑风格的另外一种体现。钟叶看见艾瑞克脸庞微红，知道他又激动了——他就是这样，高兴、亢奋、愤怒，都会快速表现在脸上。这倒让钟叶不用费心就能掌握他的情绪。当然，钟叶现在唯一不能准确掌握的事，是他为什么不回答“那天晚上，你为什么一个人去了另一间屋子”这个看上去如此简单的问题。

水从房屋下面穿过，夏天一定凉爽。艾瑞克说。但是他又有疑问，问老人，闹水灾时，会不会水漫房屋？

老人听完钟叶的翻译，骄傲地告诉他们，在一千多年的历史中，不论干旱还是闹水，村子里面的水系不会改变，永远都是一样的。

钟叶又提出了水井的问题。

老人连忙摇头说，这里不能打井，打井的话，会坏了水系，还会破了风水。

艾瑞克连声说好，赞扬村民们尊重自然。他还感慨，没有想到在如此偏僻的小村子里，仅是一个水的问题，还有这么大的学问。

老人兴致颇高，带他们几个人走出堂屋，又来到里面的天井，指着角落里一口半人多高的陶缸说，水清时，天晴；水浊时，阴雨。

钟叶、艾瑞克看着陶缸里面满满的水，追问预报天气变化的缘由。老人笑起来，露出一口残缺的牙，随后把儿媳妇唤了过来，让儿媳妇讲给大家。原来早年村上人认为这口陶缸是天赐之缸，奉如神明，后来村子上来过省里搞科研的人，给出了这口陶缸预报天气的原因——在狭小的天井里，可能云彩、光影、砖瓦、湿度等诸多的原因，导致这口陶缸里面的水会因为天气变化而发生清、浊。

老人蹦出两个字：科学。

感情很少外露的艾瑞克，忽然走上一步，握住老人的手，幽默地说，您应该获得科学奖。

老人明白了艾瑞克的话，高举手臂说，那就领奖。

大家都欢笑起来。

几个人又在村子里转悠了一会儿，小蔡提醒说，时间不早了，应该回去了。

在回去的路上，钟叶、艾瑞克都很兴奋，又感遗憾，没能多待一会儿。

艾瑞克继续赞叹道，没有想到，简单的“水”，却隐含着建筑学的学问。

钟叶说，中国文化，博大精深。

你后悔去法国……了？艾瑞克认真地问。

没有后悔。钟叶说，不过我无论走到哪里，填写祖籍时，都会填上“赣南”。

艾瑞克点点头，目光望向车窗外面，不说话了。钟叶知道，他一定想起了他原籍波兰的祖父，这是他生命中的一个结，每当有人问起他的家世时，他都不好意思讲出自己并非正宗的法国人。他曾经在一次醉酒之后，大声地质问自己，我为什么总是害怕被问起家族之事呢？

你在想什么？钟叶问。

我在想……你是一个可爱的女人。艾瑞克说。

你在说谎。钟叶说。

艾瑞克又不说话了。

叁

吃过晚饭，艾瑞克照例拿过电脑，又把随身携带的速溶咖啡沏好，一切安排妥当，准备打开电脑时，忽然面露痛苦。

钟叶忙问，你怎么了？

艾瑞克用手指着肚子，感觉肠胃不舒服，想要呕吐但又吐不出来。

艾瑞克说着，脸色大变，心想从法国来之前他们的提醒和担心，果然发生了。

晚饭有问题。艾瑞克断定。

钟叶不高兴，大家都吃了，你有问题，我们怎么没事？

艾瑞克委屈起来，我哪里知道？

钟叶想了想，断定水土不服导致，说着变戏法儿一样拿出来比指甲盖大不了多少的一个小瓶子——“胃肠安”，让艾瑞克伸出手，她倒出 4 粒放在他的掌心里，又拿来水杯，不由分说让艾瑞克马上吃下去。

艾瑞克看着手心里的小药粒，充满疑惑。钟叶说，你看什么，吃吧，我还能害你？艾瑞克犹豫着喝了下去。

钟叶让艾瑞克躺在床上，她搬过来一把椅子，坐在他的床头，让他好好地休息。

时间不长，艾瑞克感觉肠胃舒服了许多，他摆弄着手中的小药瓶，问这种神奇的药从哪里来的？钟叶告诉他是在北京买的，中国一种很有效力的中成药。艾瑞克奇怪她怎么预感到他会肠胃不舒服。

这就是夫妻。钟叶说，夫妻共同生活30年可以互换器官。又说，像我们这种跨国夫妻，可能要60年，或者更长时间……

艾瑞克望着钟叶，一时间不知道说什么。

钟叶想要打破尴尬，于是说，我要读信了。你不是要听我读吗？

肠胃已经舒服的艾瑞克坐起来，把笔记本电脑放在膝盖上，做开始记录的准备。

你刚好一点儿，还是应该休息，今晚不给你读了。钟叶又要改变主意。

那你做什么？艾瑞克问。

看看爸爸去。钟叶说。

艾瑞克理解地点点头，重新躺下，脸上流露出遗憾的神情。

钟叶来到爸爸的房间，姐姐也在，正在陪着爸爸说话。平日里主要靠姐姐照顾爸爸，钟叶感觉爸爸跟姐姐在一起时情绪比较放松；跟她在一起时似乎有些客气。钟叶知道，越是客气，越是证明自己跟家里联系少了，生分了。她想好了，以后不能只顾自己，应该多跟家里联系，就是钟铁亮，也应该多联系，毕竟是兄弟姐妹。

钟大同看着钟叶，问艾瑞克在干什么？钟叶说了艾瑞克肠胃不舒服的事。钟大同身子向前倾了一下，连忙问怎么回事？钟叶说就是水土不服，已经吃了药，现在好些了，睡了。随后又把艾瑞克下午去小村子的事讲给了爸爸，还说他特别想要了解爷爷钟谭林的人生经历，他对中国的现在和过去都有浓厚的兴趣。

钟大同听了，不住地点头，目光随即也变得深邃。

屋子里很是安静，都能听见屋子里家具发出的“嘎吱”的声响。

钟叶问，爸爸，你在想什么？

钟大同直言不讳地说，我在想……你们的爷爷。

钟叶稍微怔了一下，联想到昨天晚上一夜未睡读信的情景，感觉真是奇怪了，为什么每次想到爷爷时都是在晚上。白天里好像谁都没有提过，尽管大家来此都是为了祭奠爷爷。也可能……因为来自于另一个世界的事，就应该发生在晚上吧，夜晚与亡灵，似乎更加对应。

钟大同看着眼前的两个女儿，颇为感慨地说，这次来赣南祭奠你们的爷爷……这一路呀，眼前总是出现他的面容，好像他就坐在我的旁边，不眨眼地看着我，甚至我都能听见他的呼吸声、心跳声。

爷爷到底是个什么样的人？钟叶从爷爷留下的信里面知晓一些，但还是禁不住问爸爸。

你们可能想不到，我对他……有看法。钟大同脸色严峻地说，即使你们的爷爷现在活着，我也会这样说。他就是坐在这里，我也会这样讲。

钟叶和姐姐都没有想到，父亲倔强地认为，钟谭林尽管为了革命出生入死，令人称道，让人歌颂；可另一个问题是，他对不起生命中的三个女人，尤其对不住第一个女人。

钟叶第一次听到父亲如此观点。她的确没有想到。

钟大同漫长地讲述起来：当年钟谭林“逃婚”以后再没回过家，除了回家有生命危险，其实他还有原因，还有不能示外的原因——不想见到钟刘氏。钟刘氏是个好媳妇，钟谭林跟她仅是名分上的夫妻，两人都没有同房呀，可是钟刘氏一直住在钟家，没有回过娘家，一次都没有回过，尽职尽责地完成钟家媳妇的职责。这是个好女人呀。

崇义县的反动县长徐长奎，在绞尽脑汁地捞完白花花的银子后，终于把“剿匪队”成立了，接下来就开始到处抓“匪”，首先要抓的就是杨大清和钟谭林。可是抓不着，“匪”都在山上，山上道路崎岖，树密林深，找人犹如大海捞针。于是有人出了坏主意，抓不着“匪”就抓“匪属”，于是徐长奎下令，第一个就抓了钟刘氏，随后托人往山上捎话，让钟谭林赶快带队伍下山，向县府投降，否则就杀了钟刘氏。

“剿匪队”里有个人不能不说，这个人是副队长，叫李山鸿。这是一个后来跟钟谭林有着密切联系的人。

李山鸿不是跟徐长奎一个鼻孔出气的人，他本是穷苦出身，也是吃了上顿没有下顿的人，仅是因为体格健壮，还会几下子拳脚，就被徐长奎“好言好语”招到了“剿匪队”，并被委以副队长。会拳脚的李山鸿，身上有股子江湖气，认为徐长奎赏识自己，自己也要有所回报，所以在“剿匪队”干得很卖力，很快成为“剿匪队”的顶梁柱。

但是因为钟刘氏，李山鸿的人生之路发生了变化。

钟刘氏被抓后，派去山上喊话的人找不到钟谭林，徐长奎又强迫钟刘氏上山，钟刘氏拒绝上山喊话，不屈地说，我就是死了，也不会给钟谭林找麻烦；她还据理力争地说，你们有本事自己上山去找，何必为难我一个女人？你们是十足的笨蛋！

徐长奎不是讲道理的人，被钟刘氏嘲讽后，就更不讲理了；徐长奎不但不讲理，还要杀人，要杀一儆百；徐长奎先拿钟刘氏开刀，他命人把钟刘氏的上衣扒掉，用麻绳把她的手脚绑了，把嘴巴堵住，再用锋利的杀猪刀，在钟刘氏的上身划上纵横交错的“井”字，然后涂上冒着热气的白石灰，把人沉入冰凉的泉水中浸泡，一个时辰之后再把人提上来，当着众人的面，用杀猪刀小心地剥落身上的肉……惨不忍睹的场面出现了，钟刘氏上半身的肉，一块儿、一块儿掉落下来，痛快得毫无理由……钟刘氏在惨叫声中，上半截身子瞬间变成了白花花的骨头架子，一点儿肉都没了，胸腔都露了出来，肠子、肝、肺，甚至跳动的心脏都能清楚地看见……钟刘氏在挣扎喊叫中、慢慢地痛苦而死。

“剿匪队”的队员大部分都是乡间里游手好闲的二流子，在徐长奎的蛊惑、煽动下，已经变成了杀人不眨眼的恶魔，他们看着钟刘氏惨死的样子，在一旁抽着纸烟，集体哈哈大笑。整个行刑过程中，唯独一个人不言语，脸上也没有笑模样，他就是副队长李山鸿。

李山鸿没有想到徐长奎如此心狠手辣，一个堂堂的“父母官”竟是如此对待“子民”，即使这个女人的男人“有罪”，也不应该这样折磨她，真是狠如禽兽呀，我怎么能与这种恶魔为伍？于是，李山鸿义无反顾地离开了“剿匪队”，偷偷带着钟刘氏死后留下的一对脚镯，在漆黑的夜晚上了山，去找“暴动队”，去找钟谭林。

李山鸿在山上风餐露宿，吃尽了苦头，有一次还差点跌到山下摔死，后来终于被“暴动队”的暗哨发现，连推带搡，抓到了钟谭林、杨大清的面前。李山鸿当即表明身份，双手捧出钟刘氏的脚镯，说明了上山的缘由，并且表明自己的态度，要参加“暴动队”，与徐长奎势不两立。

钟谭林很感动，拿着钟刘氏带血的脚镯，流着泪答应了李山鸿。可是始终冷眼相看的杨大清，冷笑了一声，突然挥手，两个队员拥上来。杨大清喊了一句“拉出去，砍了”，两个队员应声抓住李山鸿，后面又上来一个队员，揪住李山鸿的衣服领子，把他脑袋死命压低，三个人一声吆喝，就往外面推搡。李山鸿奋力挣扎，大声怒骂，可是好汉不敌众手，李山鸿被压倒在地。杨大清继续大喊，拉出去，砍了，马上砍了！

钟谭林急忙阻拦，横在面前。

杨大清着急地说，看不出来吗？这是徐长奎的计策，苦肉计！

李山鸿脑袋贴在地上，含混不清地连声喊冤，让钟谭林不要冲动，不要听信杨大清的话;假如不信他的话，可以派人下山去调查他，要是调查出来是“苦肉计”，再砍他李某人的脑袋也不迟，到时候他绝不吭声。

杨大清涨红了脸，急喊道，此人可是“剿匪队”的队副，信了他的话，咱们“暴动队”可要全军覆没呀！

钟谭林猫下身，紧盯着李山鸿的眼睛，看了好半天，最后还是相信了李山鸿的话。

钟叶和姐姐听得心惊肉跳，两个姐妹不由得双手握在了一起。

钟大同忽然长叹一声说，钟刘氏死得冤枉，死得壮烈，是个好女人！要立忠烈牌坊呀。

钟大同继续讲述，当天晚上，钟谭林把钟刘氏的脚镯用红布包裹起来，放在一个木匣子里，埋在了一棵柏树的下面，还立了一块石头墓碑，做了“衣冠冢”。钟谭林守着钟刘氏的“衣冠冢”，孤坐了一晚，算是守灵。

几个月以后，钟谭林的父母又被徐长奎抓了起来，关进了县上的大牢里，差点折磨而死；因为实在不能动摇钟谭林，徐长奎就把半死不活的两个老人放了出来。也就是从那以后，钟谭林性情大变，没有了一点书生气，变得异常粗暴，经常发火，大声地骂人。

虽说钟谭林、钟刘氏两个人没有肌肤之亲，可他们毕竟是拜了天地的，在过去那就是成亲了，就是夫妻了。

钟大同感慨地说，如此说来，钟谭林对不起钟刘氏呀。

钟叶和姐姐听得双眼发直。

钟大同继续讲述往事，正是因为宁死不屈的钟刘氏，彻底改变了钟谭林以后的路。

再说那个李山鸿，他的逃走让徐长奎吃惊不小，徐长奎没有想到困在山上的“暴动队”，竟然还有人会去投奔他们！并且还是“剿匪队”的队副！

后来，徐长奎得知钟谭林已经不是一个冒险而动的书生了，早已经是共产党了，这才如梦方醒，过去他始终认为自己面对的，不过是一群不知天高地厚的书生仔、读书郎，现在看来完全错了。徐长奎害怕共产党，他在南昌城里听高官们讲，共产党的可怕在于他们有组织、有理想、有纲领、有目标、有信仰，他们不贪钱财，不怕死亡。从南昌城里回来后，起先不把共产党放在眼里的徐长奎，开始特别注意共产党的动态，无论什么事，只要听说有共产党操纵，他就立刻提高警惕，不敢有丝毫的懈怠。

后来，在不断变化的大形势下，特别是在国民党上级部门的统一指挥下，徐长奎调整了思路，把“剿匪队”改作“铲共团”，目标更加明确了，并且得到了上峰的表扬和肯定，于是徐长奎继续围剿钟谭林、杨大清的“暴动队”，手段也更加变化丰富。

钟大同对两个女儿感慨地说道，八十多年前发生在赣南山区的“围剿”，现在的人是想象不出来如何残酷的，当时“暴动队”没有吃、没有穿，也不能下山，只能在山上吃野果子、吃野菜；为了有点荤腥，就去吃竹鼠、吃野兔；很快许多队员病倒了，因为山上树林繁盛，终日不见阳光，有的人头上长了癞疮，还有人身上破了、得了溃疡;“暴动队”的前途岌岌可危，就是不被打死，如此围困下去，早晚也会死人的。

在徐长奎疯狂的围困下，“暴动队”开始有了变化。有的人胆怯了，夜里把大刀、梭镖放在钟谭林或是杨大清睡觉的窝棚外，趁着夜色，悄悄地溜走，回家种地去了;还有的人逃走后，为了拿到赏银，竟然跑到“铲共团”那里，把“暴动队”活动规律和人员情况出卖给了徐长奎，害得“暴动队”越发被动，导致队伍不断转移，致使人心惶惶，形势危急。

徐长奎花样翻新，他还指使“铲共团”把从“暴动队”跑出来的叛徒，放在牛车上，拉着四处游街，到每个村子里去。每个叛徒手里端着白米饭，吃几口饭，敲几下锣、打几下鼓，现身说法地让人出来，看一看逃离“暴动队”的人的生活，让乡邻们快点找回在山上的亲人，同时也嘱咐孩子，不要上山参加“暴动队”。参加“暴动队”的下场，也在游街的队伍里体现出来——后面还有几辆牛车，上面躺着被枪毙的暴动队员，这些已经死去的人，身上还被捆绑着绳索，牛车两旁插着白旗子，写着“不要跟共产党走，这就是下场”的大字。

面对不断发生逃跑和叛变的事，杨大清暴怒了，他举着大刀，把剩下的队员全部集合，他挨个询问，问谁想走;杨大清眼睛盯着被询问的人，只要对方的眼睛眨一眨，他就把大刀架在对方的肩膀上，再问一句，要是回答稍微慢一点，他就要大开杀戒了。其中一个16岁的后生仔被杨大清的架势吓坏了，回答得慢了一点，声音哆嗦了一些，杨大清举起大刀就要砍脑壳，被钟谭林喝住，拦下了发疯的杨大清。

场面肃杀、肃穆，就像火药桶，随时都能爆炸。

不能杀！钟谭林大声喊着，并且痛斥杨大清，你这是胡闹！

他要当叛徒！杨大清大声喊，当叛徒，就要杀！

钟谭林让杨大清把大刀放下，然后面对眼前的队员们，掏心窝子地说，我不主张杀自己的兄弟，谁要走，走好了，走得狗羸，我佩服;可谁要是到徐长奎那里出卖暴动队，出卖生死与共的兄弟们……

杨队长的大刀，我可拦不住。

队员们这才长呼一口气。

自从钟谭林跟队员们说了那番话，逃走的事没有了，暂时控制住了逃跑的风波，大家的情绪也稍微稳定了下来。

但是情形依旧艰难，谁也不知道还会发生什么不测之事。就在这时，“暴动队”的转机来到了，这一年——1929年的岁末，中共崇义县委正式成立了。陈子杰被上级任命为崇义县的县委副书记。

县委副书记陈子杰，上任之后的第一个动作，把“暴动队”改成了游击队，改编后的游击队，由那些意志坚定的队员组成，凡是愿意回家种田的，一概放行，绝不强留。再然后，钟谭林被任命为队长，为了加强党的领导，陈子杰主动离开县委，来到游击队当了政委。

杨大清、李山鸿当了副队长，杨大清对于李山鸿与自己同职，始终耿耿于怀，但是没有讲出来。当然，他对钟谭林当队长也有不满，他认为当初要是没有他，钟谭林革命觉悟不会有，是他影响了钟谭林，如今钟谭林却走在了前面，他觉得不公平，认为陈子杰偏袒钟谭林。

钟大同向自己的两个女儿讲述着钟谭林的事，感慨地说，从暴动队到游击队，这支队伍始终没有离开过崇义，但是钟谭林一次都没回过家。

钟叶倾听父亲深情地讲述爷爷的过去，这还是30年来的第一次，要是没有此次来赣南为爷爷钟谭林祭奠，恐怕父亲也不会跟她说这些久远的往事。钟叶已经完全沉浸在钟谭林的人生经历中……

第四章　家族纷争

D

第二天，还有钟氏族人陆续赶来。钟叶猜测这次“开祠”的参加者肯定不止二百人，人数可能还要继续增加。果然听说暂停，还要继续等待后来者。先来的族人中，有人不高兴了，他们请假而来，时间不等人，焦躁的情绪很快蔓延，到处都能听到有人嚷着马上要走。

就在这时，一个亮堂的老者声音响起来，就是赣州市宾馆出现的那位矮墩墩的钟氏老者。他站在县宾馆大厅里，一嗓子就把乱糟糟的声音压住了，高瞻远瞩地说，大家一定要以平静的心态开祠，心慌意乱、草率为之，那会亵渎祖上神灵的，如此开祠，你们觉得有意义吗？扰乱神灵，你们担待得起吗？

大厅内果然鸦雀无声。

老者明白趁热打铁的老话，可能吸取了上次被小孩子打乱讲话的教训，赶紧接上话头，朗声说道，都是钟氏族人，我们是一家人呀，怎么就不能等待一下呢？不如趁今天空闲，大家去周边走走，看看风情，也算不枉此行。着啥子急呀？

钟氏老者的话，把大家说得心服口服，情绪焦躁的人也舒缓了精神，笑呵呵地转身旅游去了，忽然就没有了牢骚的声音，就像来无影去无踪的南方风雨。

对于钟叶、艾瑞克来说，耽搁一天反而是个好机会，否则那才是枉费了“度假”的意义。肠胃已经恢复的艾瑞克兴致大增，似乎还沉浸在昨天去那个小山村的激动中，听小蔡说今天要去更远的一个地方，艾瑞克早就按捺不住了，拉着钟叶，孩子般地说“快走呀”。结婚一年来，艾瑞克如此状态实在不多见。钟叶觉得艾瑞克变化挺大的。应该实话实说，眼里不揉沙子的钟叶，也不想终结自己的婚姻，毕竟对艾瑞克还有感情，假如他能理解她的心情，钟叶也想把日子过下去。让还在等待的那个痴情的法国姑娘慢慢等待吧。时间可以击碎许多诺言，可以让海誓山盟变成一缕清风。

汽车驶出宾馆大院，望向远方，是个假阴天，太阳捉迷藏一样在几朵云彩之间忽隐忽现。小蔡顾不上捉迷藏的太阳，很快把车开上了高速路。路上车辆不多，两旁高耸的树木仿佛沉默的苍老巨人，不动声色地俯视着疾驶的车辆。

爱说话的小蔡，看见艾瑞克兴高采烈，钟叶情绪也见好转，于是又适时地打开了话匣子，讲起赣南的风土人情，尤其是赣南的建筑特点。

小蔡讲，这一带的村落各不相同，各有特点，有的村子建成八卦形、阴阳鱼形、碉堡形、燕子形，最有意思的是，有的村庄建成螃蟹形。

说到建筑的话题，艾瑞克当然有兴趣。立刻追问何为“螃蟹形”？

小蔡说，一口大水井位居全村的中央，成为“蟹眼”；以“蟹眼”为中心，所有的村路都建成通向“蟹眼”的“蟹腿”;在高空上往下看，极像活灵活现的一只大螃蟹。

艾瑞克不解，追问“螃蟹形村庄”的意义何在?

小蔡说，很好理解，取螃蟹所向无敌之势，不仅把村子建成螃蟹形状，还把螃蟹奉为村子的吉祥物，“螃蟹无路，一横一步”的雄姿成为村庄的族训。

艾瑞克灰色的眼珠儿闪着亮光，从不喜形于色的他，开始大声赞叹赣南建筑的多姿多彩。小蔡讲得兴起，继续讲赣南一带村庄，无论建成何种形状，有一点却是相同的，必须依山造屋、傍水结村，整个村庄必须呈现“背山面水、负阴抱阳”之势，否则这个村子没人住。谁会住一个风水不好的村庄？

艾瑞克惊呼赣南建筑蕴含的学问太大了，他身子前倾，连声夸赞小蔡要是学习建筑，肯定会是一个优秀的建筑设计师。小蔡大笑，继续得意地说，正是因为赣南的建筑讲究风水之说，所以才有一句老话流行——“塘边老表一把伞，走到外地当老板”。

钟叶理智地说，这话讲得过大了，怎么可能呢？小蔡听了，也就谦虚地退一步，软了话语说，就是一个美好的向往和祝福吧。钟叶感觉自己过于较真，于是嗔怪自己不懂幽默。小蔡说，钟老师这样讲，就是一种幽默了。

艾瑞克见钟叶、小蔡都在笑，钟叶却没翻译，着急起来，连问小蔡讲了什么。钟叶故意不给翻译，艾瑞克顾不上小蔡在场，央求钟叶快点翻译。钟叶紧闭嘴巴，就是不开口。艾瑞克赌气说我向蔡先生学习汉语。钟叶把话翻译给小蔡。小蔡明白后，大笑起来，艾先生，您可不要跟我学，您要是跟我学了，恐怕连中国人都听不懂了，还得向钟老师学习。

艾瑞克耸起肩膀，无奈地说，看来……你们已经联合起来了。

钟叶得意起来，笑道，这里可是我的故乡，当然我有优势。

车上笑声一片。

大约两个小时后，他们来到了一个小村庄。

还是安静，村庄上没有一点儿声音，感觉村人都沉在地下睡着了。

艾瑞克似乎还沉浸在螃蟹形村庄的想象之中，眼见面前的这个村庄，看上去极为普通，好像与那天看到的村庄如出一辙。他站在村边，表情有些落寞。小蔡走到他身边，告诉他，进村后就会发现新奇的东西，现在可不要泄气，要想知道梨子的滋味，必须要亲口尝一尝。

果然，刚刚走进村落，还没有深入，艾瑞克就发现了端倪，这个小村子亭子特别多，走上七八分钟，就会看到路边上有一个中国式的亭子，有四角亭、六角亭，还有八角亭。艾瑞克有些不解，面露疑色。

小蔡解释说，这是茶亭，不单是好看，还是为了给路人休息用的。又说，在这里，喝茶就意味着休息。

艾瑞克认为这样的茶亭非常人性化，中国的村庄比城市要人性化，所有的设计都是为了让人生活舒服。钟叶也是这个观点，她说现在中国的城市变成“大一统”了，没有任何特点，同质性非常严重。

艾瑞克、钟叶发着相同的感慨，并肩走进了村子。

看得出来，村子里经常来观光客，有许多陌生人举着照相机四处溜达，眼珠儿像鸟儿一样飞翔。村上的人已经见怪不怪，完全一副熟视无睹的样子。还有的人不像是游客，从装束上看，像是寻找艺术灵感的画家。

这个不大的村落里，最大的新奇在于到处都是宗祠、牌楼，看得出来小蔡经常带客人来，非常熟悉，他耐心告诉钟叶，据说“文革”前，这里的宗祠和牌楼还要多，几乎到了“三步一岗、五步一哨”的地步，可惜的是在“文革”中毁坏了不少，凡是保存下来的祠堂，都是因为当年改成了小学校才没有被拆毁，否则也早就毁坏了。

对于祠堂，特别是宗祠，艾瑞克多少还能明白，但是对于那些样式各异的牌坊，他就完全糊涂了，小声嘱咐钟叶，还是让小蔡多讲一讲那些牌坊吧，它们代表什么?

小蔡掰着手指头，边走边介绍，什么道德坊、功名坊、标志坊。

这里牌坊保存得真是不错，在狭小的路旁甚至小路的上方，都有雕刻精良的牌楼——说这个村子是牌楼村，一点儿都不为过。

小蔡看见艾瑞克表情平淡，没有丰富的变化，晓得他没有真正认识这些牌楼的重要性，于是面色严肃地说，艾先生，不要以为谁都可以随便建这些牌坊，在中国的古代，建牌坊是有严格规定的，有的牌坊需要皇帝御批才行，可不是随便而建的。皇帝，就是你们的国王。

钟叶继续解释说，从某种意义上来讲，牌坊是用来歌功颂德的建筑。

艾瑞克这才重重地“哦”了一声，算是彻底明白了这些牌楼的价值，于是开始不住地拍照、摄影，看得出他脸上又有了激动的神情——似乎已经忘记了巴黎那个夜晚悲痛、忧伤的心情。他不明白在法国生活了5年的钟叶，为什么总是追问他心中痛苦的隐秘。难道夫妻之间就应该完全袒露心中隐秘吗？那是我的事，不是你的事。艾瑞克感觉很痛苦。他能清楚来北京前的那天晚上，当他突然想到那么重要的事竟然被自己遗忘时，他不可原谅自己，所以抱起被子去了另一间屋子。他知道钟叶看他背影的目光有多么锐利，但他也要走，必须走！

艾瑞克忧伤的心情很快掠过。因为他有了新的发现。

这里的祠堂与民居紧密相连，甚至就是混杂而建，而且在祠堂的旁边，大多还有漂亮的戏楼。庄重的祭拜仪式与娱乐紧密相连，如此的生活方式，让艾瑞克很感兴趣，他向小蔡追问缘由，并且又对钟叶说，你是知道的，教堂与民居也是不远的，就像这里的祠堂与民居，都是邻居的关系。

艾瑞克的提醒，让钟叶感到这个现象中外都是如此。

村子里格外安静，几乎看不见年轻人，大多都是老人、妇女和小孩子。村子上空飘散着一股懒散的气息，这种气息回荡在每个来此的外乡人的精神之中，甚至这些气息变成了一股轻柔的风，环绕在脖子的左右，甚至就在腋下，走上不一会儿，就有一种昏昏欲睡的状态。

他们走进了门匾上写着“王氏宗祠”的祠堂里，里面的光线有些昏暗，但是前面天井里透露出来的亮光，倒是让他们很快适应了。他们看见祠堂里面到处都是字，这些字雕刻在板子上、石头上，定睛细看才知，原来刻的是“族规”和“祠规”，这些已经镶刻了几百年的文字，至今仍然清晰可辨。

钟叶一会儿用汉语、一会儿用法语，轮换念上面的文字。这些“祠规”森严壁垒，若有族人违反，就要受到“黜族”“终身不许入祠”“和众攻之”等惩戒条款，另外还有种类繁多的戒律，比如要求族人“遵圣训、供赋役、崇礼教、广储蓄、积阴德、勤职业、端蒙养、宗正学、禁邪巫、禁仆佃”等。

艾瑞克发问道，这么好的规矩，当下的中国为什么丢失了呢？

钟叶面无表情，没有回答艾瑞克的疑问。从踏上北京那天起，直至今天，她看见的情景以及她出国之前的相互对比，这样的"丢失"已经不是惊天动地的大事了，已经习以为常。

最可怕的就是习以为常，就是麻木。钟叶在心里说，当所有人都无动于衷，似乎谁要是再说起这些，好像就是没长大的样子。这个状态是最为可怕的。

艾瑞克为了更加清晰说明自己的发问，开始大肆举例当下中国丧失道德底线的事情，什么老人倒地没人扶、扶了又被讹诈；什么公共汽车上抢劫发生后，因为事不关己，没有被抢者都假装闭眼睡觉；什么大人发生争执，竟然把孩子摔死；什么昧着良心，在食品里掺杂化学药品等等，艾瑞克说得越发激动，因为说得急，大声咳嗽起来。

钟叶说，你说的这些事我知道。

你应该回应我呀。艾瑞克说。

钟叶忽然生气，禁不住说，你应该回答我，你为什么抱着被子独自去了另一间屋子？当你想要得到某个答案时，也应该考虑回答别人的疑虑。

艾瑞克脸膛涨得通红。

钟叶就是钟叶，就是一片飞舞的叶子。在艾瑞克脸上的红色还没有消散下去的时候，她已经迅速扭转了话题，忽然说，英国、德国，还有你们法国，每当遇到所谓"政治表态"时，总会有一个国家抨击中国，干涉中国的内政。

艾瑞克眨着眼睛，不知道钟叶要讲什么，更不明白钟叶大脑怎么旋转得如此快速。

钟叶继续说，当这三个国家的其中一个国家"抨击"中国时，另外两个国家不言语，装作好人；中国为了表达对那两个国家不发声的"报答"，大力购买这两个国家的货物，这两个国家大捞好处；然后等到下一次，再换成另一个国家站出来抨击中国；你们这三个国家，大玩"躲猫猫"的游戏……游戏中国。比如在台湾问题、藏独问题、疆独问题、人权问题上……你们这三个国家轮流向中国发难，既向外界表达了批评中国的态度，又从中国那里得到了好处。

艾瑞克从来不关心这些“国家问题”。所以眼神无辜地看着钟叶，似乎在问，你说的这些事情与我有什么关系？

钟叶又说，可喜的是，这种“躲猫猫”的游戏已经过去了，现在中国变得更加聪明了，不会陷入其中。

艾瑞克笑起来，笑得无可奈何。可能他觉得是真好笑。

你怎么想起说这个？艾瑞克惊疑地问，似乎又很快读懂了钟叶的意思，有些狡辩地说，我是波兰人，不是法国人。

钟叶冷笑起来，说，在“二战”中，公开站在日本立场、公开支持日本侵略中国的国家，世界上只有一个，就是你的波兰。想让我给你讲一讲这段并不久远的历史吗？

艾瑞克说道，你学习文学，怎么关心起历史、政治？这是怎么了？

钟叶说，我一切正常。

艾瑞克沉吟了一下，撇了一下嘴巴，依旧一脸无奈的神情。

钟叶自己也不知道为什么想起来要说这些话，她就是想要讲，她甚至还想说西方国家、美国没一个好东西，都是现代“八国联军”。钟叶有些生气但又高兴，艾瑞克刚才的发问和抨击，对她个人来说，似乎算是一件好事，因为他开始“倾听、关注”中国了，就像他过去不屑学习中文，现在想要学习中文一样；钟叶甚至自私地想，是不是接下来，他该认真倾听她的追问了？

几天来，钟叶始终在思考她和艾瑞克的婚姻，尽管艾瑞克对中国女性有着一种天然的好感，甚至在他们恋爱时，艾瑞克就曾经公开表示，世界上最美丽的女人是中国女人，但是在他们结婚以后，尤其在他的波尔舅舅影响下，他似乎不满意与钟叶的婚姻了，开始用挑剔、审视的目光来看待他们之间的婚姻关系。对于这样的情况，钟叶在犹豫，她既不想立刻放弃，也不想委曲求全。她处在一种颇为复杂矛盾的心境中，如今艾瑞克对她故乡的关注，已经从另一方面停滞了她偶尔浮起的想要离婚的冲动。

当下钟叶想做的，就是想跟艾瑞克好好地吵一架。她想跟艾瑞克辩论，一直到辩论清楚。可是想要清楚什么？钟叶心里又并不清楚。当然，绝不是仅为了巴黎那天晚上艾瑞克抱着被子独自离去的原因。假如仅是停留在这件事上，那又不是钟叶的风格了。她对艾瑞克的追问永远在深入，她甚至想要跟远在科隆的波尔舅舅彻底谈一谈，看一看艾瑞克的精神教父心里在想些什么，他为什么开始关心起艾瑞克在赣南的行走，波尔舅舅想要了解什么？

他们继续在村中漫游。这才真切地感到，这个村子可不是小村子，说它像个镇，似乎都不为过。

在村东，他们赫然看见了一个“庞然大物”，艾瑞克从没有见过如此的建筑，眼睛睁得大大的。小蔡告诉他，这是赣南地区极有代表性的建筑“围屋”。这个村庄里的围屋，规模还不算大；样子像是围屋，还不纯粹，应该称“燕翼围”，属于“围屋”的一个品种。老百姓则俗称为“高、守、围”。

老百姓的俗称，确实形象——高，大约16米；守，四层的楼房，围墙而建，四面相通，形成独具特色的走马楼；围，只设一个大门出入，围墙厚达两米，墙基和墙裙都是大块的花岗岩砌的，坚固无比。

这样的建筑，不仅艾瑞克没有见过，至今在简历中填写“籍贯赣南”的钟叶，同样也没有见过。

他们走进铁皮包裹的大门，看着每层都有悬挑外廊的房屋；那些外廊上都有好看的雕花，仿佛盛开的木头花；还有需要仰起头来才能看见的雁翅形的顶部和曲折如翼的四角碉楼；碉楼上面的枪眼和瞭望孔，显得那样威严和庄重，丝毫没有杀戮之气。

他们站在围屋的中间，感慨良久。

走出大门时，他们看见一座宗祠。刚才进“围屋”时，因为背对宗祠，没有过多注意，如今正好面对。

艾瑞克脚步有些迟疑，用目光问小蔡，可以进去吗？

小蔡用目光说，可以。

这里的宗祠很有特点，不仅把祖先请进来，还把神明请进来。他们看到在祖先的牌位下，还有土地神的牌位，并且两侧的墙壁上，还分别写有“东方青帝”和“西方黑帝”字样的镇符。

钟叶神秘地说，人、神同居。

艾瑞克非常赞同，点点头。本来他想说一说法国的教堂，可是转过脸来，瞬间就忘记了要说的事。

安静的祠堂，能够听见平日里听不到的声音。站在这里，只想安静，不想说一句话，感觉所有的话都是废话。

忽然有孩子的说笑声传来，钟叶他们转过身子，发现三个小孩子，一女两男，背着书包走进来。三个孩子看也不看钟叶他们，放下书包，把放在墙边上的三个蒲团拿过来，整齐地摆放好;女孩子居中，两个男孩子分别左右，看也不看前面的那些牌位，跪下就拜，虔诚地双手合十，嘴里还念念有词。

艾瑞克说，姿势熟练呀。

钟叶好奇地问，他们平时……就是这样吗?

小蔡说，是呀。

三个小孩子跪拜完毕，放回蒲团，背起书包，蹦蹦跳跳地离开了祠堂。

钟叶、艾瑞克望着孩子们的背影，然后又互相看着；那一刻，彼此都看见了对方眼睛里的语言。

钟叶、艾瑞克随着小蔡走出祠堂，又面对着围屋。

小蔡用手指着围屋，继续说，在这片围屋中，最多时生活着四百多人，这还不算多的，有的大围屋，最多时共同生活上千人。

艾瑞克看着眼前这奇特的建筑，想到了自己设计之中的社区文化中心，在新奇中感到豁然开朗，他恨不得现在就飞回巴黎，坐在自己的设计桌前。意犹未尽的艾瑞克，又再次走进“燕翼围”。

终于看见一位老人从家中走出来，在大院子里缓慢地走动，看不出他要去干什么，似乎毫无目的。小蔡紧走两步，站下来与老人聊天。

小蔡跟老人要求，想进屋看看，老人没有拒绝，热情地把客人让进屋。老人的大度、信任，让艾瑞克大为感慨，在西方不可能让陌生人进屋来，绝对是无法想象的，贸然进入他人的院子里，有可能第一眼看到的，不是笑容，而是漆黑的枪口，甚至马上就会有警灯闪烁的警车赶到，持枪的警察大声地让你举起双手。可是这里没有，陌生人可以随便地看、随便地问，没有任何戒备心理。

围屋的建筑呈封闭的景致，人们思想并不封闭，艾瑞克在这些古老的房屋前，多次看到“芳传东海”的门匾，还看到了“上帝恩在”的字样。

很有收获。艾瑞克禁不住对钟叶讲。

不虚此行？钟叶问。

是的。艾瑞克说。

这才刚刚开始。钟叶说，还会有让你更为惊诧的事情。

艾瑞克问，不包括你吗？

当然包括我。钟叶说，站在故乡土地上，我当然是一景。

在村子里转悠了一大圈，他们向村子的西口——来时的方向——走去。

艾瑞克又被路边上一座巨大的牌坊吸引，小蔡见艾瑞克前后左右地拍照，就让钟叶停下来，等一等艾瑞克，让他拍个够。

一个年迈的老人，坐在离牌坊不远处的茶亭里休息，小蔡和钟叶走过去，艾瑞克见了，急忙赶过来，唯恐遗漏了见闻。

他们和老人聊天。老人告诉他们，这是一座“贞孝”牌坊。

来过不知多少次的小蔡，想必早就知道这座牌坊的故事，他告诉艾瑞克，这座牌坊是关于一个女人的一生的故事。

艾瑞克认真地看着眼前这座四根高耸的麻石柱支撑着的、有着雕花的石舫和匾额的建筑。

小蔡尽管知道这座牌坊的故事，但没有越俎代庖，还是让老人讲给他们。

老人说，这座牌坊是清代道光皇帝钦封的，表彰的是一位儒生的未婚之妻。这个细妹子 16 岁订婚，未婚夫亡故时，她扶棺成亲，然后一直住在婆家，几十年不曾迈出自己的庭院和绣花楼，堪称“贞孝楷模”。传说唯一的瑕疵就是这个女子曾经看见“鸡公鸡婆打嗝”，并且做了不应该做的事情。

钟叶不明白，艾瑞克更不明白了，于是经过接力翻译，钟叶和艾瑞克才终于明白，所谓的“鸡公鸡婆打嗝”，就是公母求偶的啼声。当时那个“贞孝”的媳妇听了后，忍不住笑了一声，就是因为这么一声笑，被婆家人牢牢地记下来，最后导致她死后，这座“贞孝牌坊”少盖了两层，算是对她的严厉惩罚。这座少盖两层的“贞孝牌坊”，也算是这个苦命的女子所留下的遗憾。

艾瑞克低头不语，情绪瞬间低沉下来。

在回去的路上，艾瑞克对钟叶动情地说，我不了解你，也不了解中国，无论是过去的，还是现在的。

钟叶感慨地说，其实我们了解你们多，你们了解我们少，甚至太少了。许多时候，是你们误解我们，而不是我们误解你们。

艾瑞克疑问道，为什么要用“我们、你们”而不是“我、你”？我们之间是“我们”与“你们”吗？

钟叶答非所问，“贞孝牌坊”的故事不会再发生了。

艾瑞克想了想，认真地问，你会为我这样做吗？

钟叶说，那要看……你值不值……我为你这样做。

艾瑞克看着钟叶。钟叶也在看着他。

肆

又是一个夜晚无可阻挡地来临了。

奔跑了一天的艾瑞克，丝毫看不出疲惫，眼睛放光地把笔记本电脑放好，喝了一口浓浓的咖啡，仿佛小学生一样，静等着钟叶朗读家信。

艾瑞克心情有些激动，因为还有一件事他没有告诉钟叶，远在德国的波尔舅舅现在同样激动。当艾瑞克把钟谭林的故事，还有赣南故事“辗转”讲给波尔舅舅时，艾瑞克竟然知道了一件波尔舅舅从来没有跟他讲过的事。或者说，一件惊天大秘密。

原来波尔舅舅的父亲，也就是艾瑞克的外祖父，当年曾经在中国瑞金短暂生活过。艾瑞克在邮件中详细问了，才知晓外祖父是与中共大人物见过面的人，也就是钟叶曾经讲给他的“共产国际”的人。艾瑞克不仅激动，还有些茫然和惊慌，难道外祖父与钟叶的祖父曾经一起在中国“革命”？这太不可思议了。原来自己身上不仅流着波兰人的血液，还有着共产主义的红色基因！

波尔舅舅为什么从来没有跟我讲过？他为什么要隐瞒这件事，而且还隐瞒了这么多年？

艾瑞克想，当他和来自中国的女子钟叶相恋、结婚的时候，波尔舅舅为什么也没有讲外祖父的经历？艾瑞克心中有太多的不解，因为那个至今还在科隆“等待”他的姑娘戈迪亚，家中的长者也曾是前共产主义者。艾瑞克知道波尔舅舅还没有走出过去，心中还有一个结。在他的心中，柏林墙似乎并没有倒塌，虽然他曾经勇敢地翻过了柏林墙。但是波尔舅舅至今还活在“东部”。

因为共产主义外祖父的缘故，艾瑞克已经悄悄地改变了心态，或者说柔软了对东方中国的锐意。只是钟叶还不知道，或者说，还不太清楚。

钟叶感觉不到任何的疲惫，她已经进入到了一种肃穆的仪式中，每当夜幕降临之际，她就好像看到爷爷钟谭林亲切地从远方走过来，那一会儿她感到了来自血缘的气息。这种来自骨血的熟悉的气息鼓舞着她，让她精神抖擞、夜不能寐。略微遗憾的是，她依旧看不见爷爷的脸，总还是一个大致的轮廓——她早已忘了阳世间的所有清规戒律，她就想早日能够看清爷爷的清晰面容，早日走进爷爷的内心之中。倾听他的心跳，倾听他的呼吸。

爷爷，今天您会给我讲什么？钟叶问道。尽管她手里拿着爷爷的信札，但还是调皮地问。当然，这样的问候，艾瑞克听不到，这是她和爷爷之间的对话，旁人是无法听到的，甚至都看不出她双唇的翕动。

钟谭林呼出一口气，依旧缓慢地讲起来。孩子，在讲这段故事之前，阿公要给你讲一讲这段故事的历史背景，你要是不清楚这段历史背景，就不会了解阿公的人生。你愿意听吗？

爷爷，你讲什么我都愿意听。您不要有顾虑，想说什么就说什么。钟叶仿佛三岁的孩子，扬起了脸，认真地回答。

钟谭林声调低沉地讲起来，从1930年的11月到1931年的2月，国民党、蒋介石组织了两次对“中央苏区”的围剿，第一次由江西省主席兼第9路军总指挥鲁涤平、第二次由军政部长何应钦分别指挥，第二次围剿要比第一次更加惨烈，他们叫喊着“要给石头过刀、要给水塘过火”，想一想多么残忍，就连山上的石头、水塘里的水都不放过，那就更别说红色的人了。赣南苏区又一次要迎接敌人的刀、枪、炮，还有灭绝人性的屠杀。

在国民党这两次“围剿”前，还有一个对赣南来说的好消息，就是广西百色武装起义后，以共产党掌握的广西警备第四大队为基础组建起来的红七军来到了于都、兴国境内，与此地的中央红军会合。红七军的军长是张云逸、政委是邓小平。

小叶子，邓小平，你应该知道吧？当时，红七军经过短暂休整后，开始在当地大规模地征兵，红军队伍规模不断扩大，已经号称万人之众，这些红军在与“围剿”的国民党军队几次战斗中都没有落下风，全都取得了胜利。

现在想来，真是不容易呀！

爷爷，您当时所在的游击队呢？钟叶问。在钟叶的心目中，她似乎更关心爷爷的命运。

钟谭林笑起来，说，还是小叶子惦记着阿公呀。

阿公所在的游击队，在红军的帮助下已经壮大起来，红七军知道崇义的游击队很活跃，在陈子杰政委的数次要求下，红七军给游击队拨来了一部分枪支弹药，还派来了有战斗经验的红军战士，游击队规模扩大了，不叫“游击队”了，改叫“红色警卫营”。

这么说，您是……红军了？钟叶抖着手里的信。

是呀，阿公成为红军队伍里的一员了。钟谭林的笑声在屋里回荡。

红色警卫营编成红军的正规部队，遗憾的是，陈子杰政委因为工作的需要，离开了红色警卫营，重新回到地方工作。营长由经验丰富的一位红军营长担任。钟谭林担任副营长，杨大清、李山鸿分别担任一连长和二连长。

钟谭林说，我还是要多说两句杨大清这个人，他对于连长职务不满意，认为上级把他大材小用了，情绪波动很大，跟我的关系也发生了微妙的变化。我跟他谈心，一起回忆早年组织“暴动队”的事，可他只是“哼哈”应付，跟我没有掏心窝，我感到特别伤心，却又无能为力。为了搞好团结，我想把副营长的位置让给他，营长知道我的想法后，狠狠地批评了我，你怎么能有这样的想法？这是革命队伍，不是拉杆子的流寇，一切都要服从组织安排。

我在红军营长的帮助下，意识到了自己的问题，提高了思想觉悟，随后营长又去帮助杨大清，我知道他们谈话无数，杨大清好像也想通了，又恢复了过去的样子。

看到杨大清思想转变了，我特别高兴，我们俩私下里还喝过一次酒，喝得酩酊大醉，虽说挨了批评，可我还是高兴，为杨大清思想转变高兴呀。红色警卫营又有了凝聚力，战斗力也提升了。在和汝城警备司令胡凤璋的战斗中，后来和赣州三十四旅的战斗中，每场战役都取得了胜利，一时间红色警卫营在赣南一带名声大噪。

小叶子，阿公特别喜欢“红色警卫营”这个番号，真是好听呀，怎么听怎么好！

爷爷，我真没想到，您当年如此叱咤风云呀。

钟谭林笑起来，别看阿公书生出身，可是打起仗来勇猛异常，就像下山的猛虎呀。

钟叶问，当时您家人的情况呢？

钟谭林说，小叶子惦记着家人，是呀……血脉相连呀。

钟叶在爷爷的信上看到，当时崇义地头蛇、县长徐长奎得知红色警卫营的副营长就是钟谭林后，恼羞成怒。在这些年的红白对峙中，“铲共团”始终没有消灭钟谭林，不仅没有消灭，反而越发壮大。徐长奎奈何不了钟谭林，又想到了他的家人，将关押后放走的钟谭林的阿爸、姆妈再次抓来，这一次是要置于死地的。他命人把钟谭林的阿爸、姆妈捆上大石头，残忍地沉进潭水中……

屋里特别安静，只有艾瑞克敲击键盘的声响，还有钟叶无声的眼泪。钟叶好像听见了爷爷钟谭林的喉咙里发出一种古怪的声响，这穿越了几十年光阴的声音，逐渐清楚了……钟叶听出来了，那是哭泣时喉咙里发出的声响。尽管还是看不见爷爷的脸庞，可是钟叶已经看到了灯光下有飞溅的泪水——那一定是爷爷的泪水。

钟叶激动起来，她眼含热泪。

钟谭林继续讲述着。

钟谭林的阿爸、姆妈被杀害的消息，几天后终于传到了山上。二连长李山鸿是个讲义气的人，他要是认准了你是好人，就会义无反顾地帮助你，可是他的帮助，又给钟谭林惹了麻烦。

为了给钟谭林家人报仇，李山鸿私自下山，潜入县城徐长奎的深宅大院里。徐家戒备森严，可是李山鸿武功高强，他躲过了明哨、暗岗，冲进了卧房，用锋利的刀子准备刺向徐长奎，可是没有想到，卧房有屏风，屏风后面竟然还藏有暗哨，暗哨的喊声惊醒了徐长奎，李山鸿的刀子只把徐长奎的胳膊刺伤了，要是屋里没有暗哨，完全可以刺死徐长奎，再后来看家护院的家丁们蜂拥而进，打乱了李山鸿的步骤。李山鸿打倒了家丁之后，徐长奎已经趁乱，通过床铺下面的暗道逃走了。李山鸿愤怒之下，将徐长奎的小老婆绑了，捉拿到了山上。小老婆惊吓过度，再加上一路受凉，绑到山上的第二天晚上发起高烧，因为没有医药，两天以后小老婆死了。

李山鸿违反纪律，杀害无辜，当即被愤怒的营长毫不留情地关了禁闭。李山鸿不服，抓着窗户上面的拉杆，向外面大喊大叫，说是为钟副营长报仇有啥错呢？小老婆助纣为虐，死得应该！营长告诉他，所谓的小老婆，是徐长奎抢来的民女。也是贫苦人家的孩子。李山鸿惊得说不出话来。

一直对李山鸿不满的杨大清趁机落井下石，再次向营长讲了李山鸿过去在“剿匪队”的经历，还认为李山鸿这次下山，绑徐长奎的“小老婆”是假，真实的意图是为了与徐长奎联络，伺机出卖警卫营的情报。李山鸿说打伤了徐长奎，谁看见了？再说凭着李山鸿“百步穿杨”的射击本领，还有超强的武功，面对面的怎么会刺偏了呢？

杨大清“合情合理”的分析，确实让对当地情况不熟悉的营长提高了警惕，但在钟谭林的保证下，李山鸿没有被抓起来，只是禁闭过后降了职，成为副连长。但在营长的心里，还是留下了疑团。

李山鸿……后来呢？钟叶问。

钟谭林长嘘了一口气，说，正是因为李山鸿私自下山这件事，使得上级领导觉得警卫营还要加强学习和管理，还要提高政治觉悟，一个连长尚且如此，何况普通战士呢？毕竟警卫营的班底都是过去“暴动队”的人，作战勇猛、对敌仇恨，但政治觉悟还有待提高。上级的分析完全正确，“李山鸿事件”发生后，许多战士都替李山鸿鸣冤，认为李连长不应该被禁闭，更不应该降职，应该表扬、应该升职才对。

针对这种情况，为了提高战士的政治水平，上级特意在崇义和上犹两个县举办了为期两周的干部、战士训练班。不仅是针对崇义发生的情况，还有其他县上的新入伍的干部、士兵，也参加了训练班，那些打柴、种地、打猎、放牛的山民，第一次坐在了课堂上，听讲革命的意义，怎样才能遵守纪律。

钟谭林说，这个学习班，不仅李山鸿参加了，我也主动要求参加了。还有许多战士主动要求参加。通过这次学习班的学习，真是大有帮助，李山鸿回来后，主动要求在大会上做了检讨，检讨得很是深刻。

小叶子呀，其实参加这次学习班，阿公还做了一件事，这件事几乎影响了阿公一生。

什么事呀，爷爷？

有一天学习班休息半天，让大家自由活动，放松一下。那天不知为什么，我再次想起被害的阿爸、姆妈，心里难受，想要一个人待会儿，不知不觉间独自上山了。在一个叫“扬眉寺”的山头上，我无意间发现了一个山洞。这个山洞极为隐秘，就是派出上百人刻意去找，恐怕都不会找到它。

我偶然走进了山洞里，发现了一块晶莹闪亮的石头，山洞里漆黑一片，这块石头竟然发出耀眼的亮光。出于好奇，我就拿上了，本来是要作为这次学习班纪念的，可是哪里想到，就是这次意外发现、就是这块闪着亮光的石头，给我埋下了人生路上的一个“关卡”。

真的？钟叶好奇起来。

小叶子，阿公还能骗你？

钟叶静静地听着。她不明白，为什么一块矿石，能成为爷爷人生路上的一个重要“关卡”？

钟叶捧着信，越看越糊涂，她甚至大胆猜测，可能是爷爷在悠长的讲述中变得糊涂了。

但钟谭林在信上真切地讲，后来这块闪亮的矿石被一个外国人看到了，更引起了特别的重视，甚至影响了苏维埃政府财政经济部门的一些重要决定。这太神奇了，听上去像是天方夜谭。

但很快关于这个矿石的事，就被保密下来。

当然，这都是后来的事。现在提前说一说，倒也无妨，因为这件事折磨着钟叶的想象力。

据说这块闪亮的矿石，钟谭林发现后，把它交给了陈子杰。陈子杰把它放在加了锁头的柜子里，准备借开会的机会，亲自前往瑞金，请钨矿公司里面的矿石专家看一看，到底具有怎样的价值。当年江西有大量的钨矿，开采钨矿是红色苏维埃政府赖以生存的经济支柱，他们用钨矿石与广东军阀陈济棠进行暗中交换，以此得到急缺的枪支弹药，特别是一些珍贵稀缺的药品。陈济棠是一个狡猾的两面人物，他虽然表面上坚决反共，但暗地里处处提防蒋介石，与中共也有一些隐秘联系，当然陈济棠的目的是为了壮大自己势力，不被蒋介石吞并。

就在那段时间，陈子杰始终没有时间前往瑞金，他想托人把石头带到瑞金，可是又没有找到合适人选。

就在这时，这块石头被另一个人看到了。

这个人是苏维埃政府司法部的一个专家，曾经留学德国，是一位学习法律的革命者。他参加革命后，在新成立的苏维埃政府里面参与制定苏维埃政府第一部《婚姻法》和《刑法》。他在参与法律制定过程中，又与其他法律专家遍访红色政权控制的村庄、山寨，倾听百姓意见，然后回到瑞金后继续修订法律文本。

这个法律专家在崇义走访时，有一天在陈子杰办公的茅草屋里，看见陈子杰打开柜子取文件，因为屋子暗，柜子打开之时，里面那块闪光的石头非常显眼，法律专家说那是什么宝贝呀？陈子杰把那块石头拿出来，让法律专家看。

这块巴掌大的石头呈不规则形状，有点像古代石器时代的一件砍凿工具，发黑的颜色，但又掺杂褐色。而且越是黑暗之处，光亮越是闪耀。法律专家说，这是钨矿石吗？陈子杰说，说不准，颜色也拿不准，好像与其他钨矿石不一样。

在赣南一带蕴藏着丰富的钨矿，普通百姓都懂一些，开采基本上就靠手摸、眼看。但是这块闪亮的石头跟普通的钨矿石不一样。陈子杰拿不准，所以才要送到瑞金请专家鉴定。听说陈子杰正要托人送往瑞金，于是那位法律专家自告奋勇做了“邮差”。

据说，这块包着红布的、被多人转送的石头，在见到苏维埃钨矿公司专家前，被一位共产国际的大胡子德国人看见了。那位德国人虽然是革命者，但也是一位懂得矿石、懂得矿山勘探的革命者。

一切都是那样巧合。历史也就在这种不断的巧合中，发生着种种奇特的改变。

钟叶后来前往德国科隆，在与波尔舅舅会面时，听说波尔舅舅的父亲不仅是支持东方革命的国际革命者，也是一位懂得矿产品的革命者。也就是说，极有可能钟谭林与波尔舅舅的父亲见面之前，他们已经通过这块闪亮的不一般的矿石而提前见面了。

当然，这一切都是后来的事。现在讲出来，也不是一件大不了的事。

第五章　赣南风情

E

来自多地的钟氏族人，在崇义县城耽搁了一天。第二天一大早，吵吵嚷嚷的大队人马再次浩荡启程，终于来到了目的地——思顺乡钟家村。

钟氏宗祠，就在钟家村。

碧绿整齐的田地、甜味清新的空气、清澈充沛的溪水，让来自城市里的老老少少的钟氏族人欢天喜地，他们所有的器官中还是嘴巴最为忙碌，一边赞颂赣南乡村的美好风光，一边声讨自己居住地空气污染以及城市的种种不是。

艾瑞克从人们脸上的表情还有说话的腔调上，能够猜测出大致意思，于是皱着眉头，语气中带着担忧，小声地询问钟叶，这些人为什么总是不停地埋怨？他们为什么这么没有耐心？钟叶看着他，没有回答。艾瑞克眨了眨灰色的眼珠儿，不再问话了。

自从昨天钟叶没有任何征兆地抛出“政治见解”，抨击了英、德、法三国与中国的“躲猫猫策略”之后，艾瑞克忽然老实了许多，虽然还会对发生在眼前的事情看不过去，发表一些感慨和议论，但口气已经明显缓和了，看钟叶的眼神也已经悄然改变，有了一家人之间的那种温暖贴近，而不再是过去隐藏很深的那种与己无关的俯视。

来到故乡、回头再望法国，钟叶感慨颇多，她惊讶地发现，她在法国学习、居住了五年，五年中又有一年是与一个法国男人一起生活，可直到现在，她对法国才有一种真切的感觉，都说西方人不关心政治，只是关心自己，其实他们骨子里对政治是极为敏感的，只不过呈现的是另外一种洒脱的方式。她觉得自己在过去五年里，把太多的时间花在了图书馆里、浸泡在了浩瀚的资料书中，如今她在中国的土地上才蓦然发现，自己原来并不了解法国，也并不了解自己的丈夫，她仅是一个娴熟说着法语的外国人。而艾瑞克呢，绝不是一个把全部精力花在技术上面的大男孩，他有自己的思考，有自己固执的判断，并非是一个脑子里仅有建筑设计图纸的书呆子。

面对自己新的感悟，钟叶没有任何沮丧，相反特别激动，激动自己竟在没有来过的祖籍发现了生活真谛和爱情秘密，她告诫自己，要去了解丈夫了。艾瑞克不是弟弟，是丈夫，是需要认真读懂的一个男人。她一定要知晓他为什么突然抱着被子去了另一间屋子？为什么始终不肯讲出其中的缘由？在关于艾瑞克的问题上，钟叶在心中定下一个标准，去努力，但不想结果。无论结果怎样，她都不后悔。路，是自己走出来的。后悔，只能打击自己的自信、否定自己的智商。因为有了确定的想法，钟叶心中不再焦虑。因为不再焦虑，脸上的表情立刻平实下来。

这时，钟叶感觉在一片吵嚷声中，一个更大的声音出现，把所有的声音都给镇压下去了。原来，那个一路率领大家前进的声调高亢的钟氏老者，再一次出现在大家面前，他依旧挥舞着短小的手臂，简明扼要地告诉众人，过去宗祠活动还有修谱活动，之前都有隆重的庆典演出，场面轰轰烈烈，虽然现在不如早年那般复杂繁琐了，但这次“钟氏宗祠”的开祠，还是要一板一眼进行的，绝对不会含糊，希望大家遵守活动安排。

钟氏老者喘口大气，把嘴角边的白沫子用厚墩墩的手掌抹掉，然后再次高亢地强调，从现在开始，大家不要再到远处游玩了，就在附近活动，各家的联系人都把手机开着，随时等候通知。

人群在议论中倏然散开，空地上马上没有了人。

艾瑞克哪能闲适等待，他拉着钟叶，还想在住地附近看一看。他已经对这里的一切发生了浓厚兴趣。因为波尔舅舅现在非常关注这里，他就像是波尔舅舅神灵附体，也开始异常关注。

钟叶尽管感到有些疲惫，还是满足了他，为了不走丢，又叫上了司机小蔡。小蔡对于钟叶的客气，马上解释说，钟老师您找我是对的，否则您和艾先生走丢了，还得我去找你们，那样更费时间。再说了，钟先生肯定会埋怨我，我可是惹不起他。

钟叶知道，小蔡嘴上说的“钟先生”，就是钟铁亮。她没有告诉艾瑞克，小蔡的热心陪同，是钟铁亮支付劳务费的结果，要是没有钟铁亮的劳务费，她不知道小蔡还会像现在这样热心服务吗？一个法国中产阶级的儿子，在花着中国富豪的钱、在为死去的中国老人祭奠，同时也在游山玩水。更为有趣的是，还有一位共产主义后代波尔舅舅正在欧洲翘首远望，正在通过外甥的脚步，寻找父亲早年的红色踪迹。

这真是太神奇了！钟叶心中大喊。但又无声地苦笑起来，她不知道这是钟铁亮的悲哀，还是艾瑞克的悲哀，或是两个人共同的悲哀。

这次小蔡没有开车，带着钟叶、艾瑞克在周边散步，继续给他们讲解着赣南的风土人情。

钟家村是思顺乡政府的所在地。名字叫村子，其实看上去更像是一个豪迈的大镇子。尽管周边都是翠绿整齐的田地，更远处是树木茂盛的连绵青山，但是村子的中心部分已经是鳞次栉比的青砖房屋还有纵横繁华的街道。

钟家村很大，当地人骄傲地说，外地人一天都走不下来——然后又诚实地补充说，当然要把迷路耽搁的时间算在里面——大概这也正是乡政府将办公地点放在钟家村的主要原因吧。

小蔡依旧不厌其烦地讲解。他结合刚才钟氏老者关于宗祠活动总要伴随庆典演出之事，再次告诉艾瑞克，这就是为什么在赣南地区，宗祠的旁边要建有戏楼的缘故。艾瑞克和钟叶赫然明白了。

小蔡说，人们在宗祠里的活动，除了修谱、祭奠，像是“添丁”之类的事也要在宗祠里面进行。当艾瑞克明白“添丁”就是生小孩之后，尤其是那一系列的礼仪，让他联想到了教堂里的洗礼。钟叶说你不要先下结论，这里的仪式肯定比教堂洗礼要复杂。

说起“添丁”仪式，充满了童趣。在早年的赣南乡间，所谓“添丁”仪式其实称为“割鸡”。在正月初九的这一天，村中的“马灯会”邀请村中这一年里所有的“添丁”户聚首于村中的汉帝庙里，抽签决定“添丁”户进入汉帝庙“割鸡”的先后顺序；然后等到正月十三，亲戚们携带礼物来到，添丁的外婆家送来大公鸡、请来吹打乐队，亲戚众人要在添丁的人家住上三天；到了正月十四的下午，仪式这才真正开始。“添丁”户在宗祠祭拜家祖，再祭拜分祠，然后按照先前的抽签顺序进入汉帝庙“割鸡”。不要以为仪式到此结束了，还有最后一项，“添丁”户端着烛台、提着装有公鸡的供品篮子齐聚宗祠祭祖，接着开始燃放鞭炮、提灯游村等一系列的庆祝活动。小蔡说他小时候就曾经提灯游村，至今火爆热闹的场景依然历历在目。

艾瑞克听得入了迷，连连摇头说，确比教堂洗礼仪式复杂多了，原本以为这里的添丁仪式类似于教堂里的洗礼，现在看来二者相差太大了。说完，脸上流露出艳羡的神情。尤其是说到“添丁”二字时，下意识地看了看钟叶，表情异常复杂。

那么这次开祠、祭奠呢？艾瑞克期盼接下来的开祠、祭奠，也能像过去“添丁”一样，有着更加严谨的仪式和程序。这样他就能看到真实的场景。

钟叶看出来，艾瑞克已经被赣南风俗所迷醉。

小蔡略为遗憾地告诉他，现在不可能再像过去那样繁琐了，你没看吗，就是这样简单的等待，好多人都急不可耐了，要像过去那样，恐怕到不了最后一个环节，人就都走光了。

艾瑞克连声称是。

钟叶、艾瑞克在小蔡的提示下没有走得太远，很快就回到了住地，

艾瑞克独自回屋休息，钟叶和姐姐趁着短暂的时间又去陪爸爸说会儿话，没想到进屋，看见嫂子也在那里。

嫂子是一个身材娇小的中年女人，虽然额头光洁，看上去幸福

愉快，但只要近前观察，就会发现嫂子眉宇间有着淡淡的忧伤。嫂子嫁到钟家也有二十多年了，除了没有生育，其他各方面都堪作表率，人品无可挑剔。她不爱说话，尽管也算是富豪家属，但是行为很低调，众人欢聚，她总是坐在角落里，安静地听别人说话，从不插话，许多时候感觉不到她的存在。尽管钟叶和姐姐对嫂子有着不错的印象，但却始终无法走近，因为嫂子不说话，从没有过内心情感的流露。如此一来，大家坐在一起总是显得有些拘谨，再加上平日几乎没有多少来往，所以见了，也就是几句客气话而已。

钟大同看着坐在眼前的女儿、儿媳沉默无语，显得有些手足无措。大概天下的父亲都希望儿女在自己眼前快快乐乐。于是，嘴巴嚅动着，想要找出话题，让大家说会儿话。可能是人老的缘故，往往是哪壶水不开偏要提哪壶，最后找了一个最不该说的话题。

亮子他可真忙，脚不沾地，又来了几个找他的人，还拉来了几大包的东西，说是上供宗祠和祭奠爷爷的祭品。他懂得比我都多。

姐姐问嫂子，我哥平时也是这么忙吗？

嫂子可能担心自己哪句话说错，所以特别谨慎地说，他就喜欢忙，坐下来就难受。说完这句话，很快就转移话题，说起崇义清新的空气，然后就借故告辞了。

钟叶感觉出来，嫂子此行并非自愿，肯定也是哥哥拉来的。凭着她对嫂子的印象，这样的活动，不爱热闹的嫂子肯定是不愿参加的。

钟叶和姐姐在爸爸屋里坐了一会儿，感觉实在没什么话，就劝父亲躺下来，好好歇一歇，后面肯定还要累。然后姐俩就出来了。

这次祭奠，钟铁亮的兴趣蛮大呀？钟叶问姐姐。

钟铁亮的反常举动，钟叶从一开始就觉很奇怪，只是始终没找到答案。刚才父亲说起有人拉来很多上供的祭品，她觉得自己的疑惑不是没有道理。

姐姐拉住钟叶，悄声告诉她，这些年姐姐多少知道一点儿关于钟铁亮的事，但也都是从嫂子只言片语中流露出来的。据讲，钟铁亮的生意前段时间遇到一些麻烦，很大的麻烦。后来经人介绍，结识了那位面皮焦黄、双手总是缩在袖管里的京城“高人”，给他“指点迷津”：说是回到老家，给坟在家乡的祖父扫墓，然后举行一个祭奠仪式——仪式必须要在家族的祠堂里进行——对他会有极大帮助，会让他逃离当下艰难的困境，然后一路顺利、财运亨通，定会重振雄风。对于“高人”的点拨，听说钟铁亮十分犯难，去哪里找家祠呀？可就在“高人”点拨之后的第三天，赣南家乡来了电话，讲了“钟氏宗祠”的情况，还有一系列祭奠、修家谱之事，更为巧合的是，宗祠仪式过后三天，正好就是祖父钟谭林的诞辰之日。钟铁亮从父亲那里知道这个情况后欣喜若狂，认定这是天意。于是对那位“高人”顶礼膜拜，更加言听计从。那位“高人”还讲，此次祭奠最好能把家庭成员中的成年人全都请来，效果将会更佳。

钟叶听完，恍然大悟，这才明白了钟铁亮花钱请她和艾瑞克回国祭奠爷爷的真正原因。但转念一想，还是感觉不可思议，真是如此吗？于是她问姐姐，哥哥真的为生意吗？姐姐说，你说，他不为生意还能为什么？难道为了生个儿子？

说到生儿子的事，姐姐又悄声说，据讲钟铁亮在外面有一个相好多年的情人，好像给他生了个儿子。

钟叶大惊失色，这是真的？

姐姐急忙纠正，我也是听人说的，没有亲眼所见。

钟叶涨红了脸，说，他……他不能那样吧？怎么对得起嫂子……

也是呀。姐姐说，停了一下，又语调神秘地讲，我总是觉得钟铁亮可疑。

怎么可疑？

他好像跟咱们不一样。姐姐说，

你是说……长相？钟叶问。

除了长相，还有……总之，说不清楚，就是觉得不一样。姐姐皱着眉头。

钟叶拍着姐姐的手背，说，算了，不说了，我想……要是有什么问题，一切都会水落石出的，时间会给我们一个答案。

谁也没有想到，仪式竟然从下午开始。这在钟叶后来的回忆中，曾经留下深刻的印象，因为传统中国的庄严仪式都是从上午开始的，伴随着太阳的升起，阳气上升、浊气下降，天地正统。

为什么这么重要的仪式，竟从下午开始呢？

所有的钟氏族人在那位嗓音嘹亮的钟氏老者指引下，整齐地排好队，准备进入祠堂。

空气中弥漫着一种莫名的紧张和骚动，绝大多数人都是第一次经历这样的仪式，话语不断、总是吵嚷的积习此刻荡然而逝，都似小学生一样，不仅嘴巴老实了，肢体动作也都规范了，甚至带着僵硬。

二百多人的祭奠队伍，此刻鸦雀无声。

钟氏族人们走上了风格独特的双拱石桥——干净剔透的大青石砌成的桥亭路，两侧为坊式拱形门楼，临水两面为三阶开着拱圈、飞檐翘角的封火墙，看上去恍如一顶气宇轩昂的官轿，又状似官帽——外姓的村人还有邻近的村人，几乎倾巢出动，站在道路两边，无声地羡慕围观。就连平日里一些四处乱窜的土狗，这会儿也像午后的懒猫一样，躲在某个寂静的高处，不眨眼地端望。人间的肃穆，常常畜类也能感受到。

下了石桥，钟氏宗祠迎面突现，看得出来宗祠并非新建，是在原来破旧基础上改建的，因此倒是显得古旧深远。那一刻，钟叶的心都被拽远了，她的眼前蓦地出现了爷爷钟谭林的面容，如此清晰，她想睁大眼睛仔细再看，可却一闪而过，爷爷的面容重又模糊起来。那短暂的一刻，钟叶相信爷爷来到了现场。

这里确是好风水，不远处连绵起伏的丘陵状的山上，本来没有太过茂盛的树木，唯独这个钟家村的周围，却是古松、古樟、古枫、古柏众多，那些古树或是虬干屈枝或是郁郁葱葱，看上去都极富艺术感染力，尤其是钟氏宗祠后面的一棵古樟树，不仅高出宗祠许多，而且浓荫遮亩，甚为罕见；转回身又会发现在宗祠前面的山头上，有一棵更加颇为壮观的古柏，据说已有数百年的历史，百年大树却不很高，叶不脱落，身边村中的钟氏族人小声讲，这棵古柏几百年来没有任何变化，钟家村的人称它为“神树”。

钟叶走在钟铁亮的后面，看见钟铁亮身边的那位京城高人，依旧把双手缩在袖管里，仿佛一个没手的家伙。他把嘴巴贴在钟铁亮的耳边，小声嘀咕着什么。钟叶侧望过去，发现哥哥脸上露出非常兴奋的光泽。那种光泽仿佛打蜡一般，光可鉴人，但又不太真实。那一刻，钟铁亮不像一个叱咤商界的大老板，倒像是一个新入学的小孩子。

先进到院子里的钟氏族人，并没有被允许进入正中的祠堂，本来开着的祠堂大门，忽然又紧闭起来。钟氏族人小声议论，悄悄询问原因。钟氏老者悄声告诉大家，一般情况下应该上午祭奠，可是按照一位老者掐算，说是今天下午时辰为好，哪里想到，刚才突然发现祠堂里面的画像，竟然有两幅画像需要重新悬挂，如此一来，又只能改在明天上午，命该如此呀。

那是谁的画像，为什么要重新悬挂？为什么先前没有安排好？

族人们又开始议论起来，犹如庭院里飞翔着上万只蜜蜂。钟叶看见那位钟氏老者被哥哥身边的京城“高人”叫到一旁，小声地说着什么，原本皱着眉头的钟铁亮，后来眉毛逐渐舒展，露出了满意的笑容。那位钟氏老者朝钟铁亮抱拳行礼，钟铁亮笑容满面，似乎改在明天上午进行仪式才正合他的心意。

钟叶摇摇头，身边的艾瑞克也看见了眼前一幕，与钟叶对视了一下眼睛，似乎想要说什么，但又马上闭住了嘴。钟叶知道，为开祠捐献了不少款项的钟铁亮，肯定会有一定的发言权，甚至不排除当地族人按照钟铁亮的意志行事。要是真这样的话，那可真是大逆不道了！不仅玩弄大家，也是亵渎祖先。钟叶感觉心脏跳得厉害，那一刻她好像看见爷爷钟谭林发怒的面容，还能听见爷爷因为发怒而变得粗重的喘气声。钟叶不敢把自己的猜测告诉姐姐，不敢告诉爸爸，也不敢告诉艾瑞克。她只是在心中期盼，但愿自己的猜测只是猜测，而不是确凿的现实。

这一次，各地的钟氏族人确是出奇地配合，没有任何人发牢骚，甚至还说就要精益求精，祭奠如此大事，不能出任何差错，哪怕再耽搁几天都可以。

钟叶看着周边陌生的族人，一点儿都不明白了。

当天晚上，原本暂时取消的庆典演出，突然宣布继续开始。据讲早年的开祠，仪式之前也要演出的，而且仪式之后也有，甚至还要演出几天，现在简化了一些程序，对于这一点大家倒是能够理解。但是突然把原本取消的演出又重新恢复，大家倒是有些疑惑。但是演出马上到来，疑惑也就烟消云散了。

崇义秋季的夜晚还有些凉意，考虑到父亲的身体，钟叶和姐姐想要父亲歇息，不要观看晚上演出了，可父亲执意要看，于是姐姐把带来的一件大衣给父亲穿上，钟叶感慨姐姐想得周到，早就考虑到崇义夜晚的凉意。

夜色渐浓。月挂柳梢。

戏楼前面的空地上已经站满了人。戏楼两旁，演员、乐手已经排好队，开始纷纷登台；有个老人站在台阶旁，手执画笔，为即将上台演出的人点额——这是赣南一带古老的习俗。

台子下面，按照规矩，已经留出一条狭长的过道；晚来的人们一边悄悄议论，一边向早来的人打听这个过道何用？于是得到一个吓人的答案，说是给“鬼”留出的道儿。有胆小者本来站在过道旁，听了，立刻挤进人群中，但又转过身子，踮起脚尖，远远地看着“那条道儿”。

艾瑞克有些紧张，灰色的眼珠儿在夜晚显得更加灰暗。他问钟叶：“鬼从何来？又到何去？”

艾瑞克的话让钟叶怔了一下，她想起在巴黎夜晚的那个梦境——那个清晰呈现的她从来没有去过的“韬光寺”，还有那个写在黑夜中的问话：“你因何而来，为何而去”。

艾瑞克见钟叶出神，又问了一遍。钟叶答非所问，说，“人和鬼”有何区别吗？艾瑞克更加糊涂。

这时，小锣敲了起来。

第一个节目“跳加官”开始了，佛家、道家、释家及民间传说中的各路菩萨粉墨登场，紧接着将军、道士、僧人开始唱、念、做、打。一时间，戏楼上锣鼓齐鸣；戏楼下，人们像大鹅一样翘首观望，议论声声；戏楼上下，好不热闹。

心细的钟叶，看见戏楼下面的空地上，有许多闪亮的小瓷碗，排列非常整齐，像是一队队严谨的士兵，也正是这些小瓷碗，阻挡了人们靠近戏楼。

戏楼上的表演正在火热之时，忽然一个穿着长袍的道士上台了，他一手执佛尘，一手掐着一只“嘎嘎”叫着的大公鸡，人们正在猜测道士如何对待那只大公鸡时，猛然周边鞭炮大作，把众人吓得不轻，又见一头吱吱乱叫的肥猪被一群粗壮的汉子拖到台前，一把闪着亮光的杀猪刀，在黑夜里亮闪了一下，一下子就扎进了肥猪的脖子里，猪血顿时磅礴而出，四处飞溅，一些小孩子吓得“嗷嗷”大叫。紧接着，戏楼上表演的演员、乐手一起冲到台下，棍击、脚踩地上那些闪亮的小瓷碗，瓷碗的碎裂声把所有人的身上都唤起了一层鸡皮疙瘩。

接下来，那头依旧四肢乱动的死猪被拖走了，地上血迹弥漫，猪血混杂着黄土，飘起了一种奇怪的气味。不等人们安静，方言的土语唱段开始了，戴着大鬼小鬼面具的“鬼”，又开始粉墨登场了。

这是一段混乱的时光，台上、台下，所有的仪式几乎同时上演，人们的眼睛忙得不知看向哪里，全都伸长了脖子，踮起了脚尖，四处乱看，早已顾不上问话，生怕错过接下来的场面。

就在“鬼”们兴风作浪之时，“钟馗”出场了，“鬼”们立刻匍匐在地，连连叩首求饶；台上的演员和乐手们，下口令一样，一齐从怀里拿出照妖镜，开始驱“鬼”，此时场地外面鞭炮再响，“鬼”们顺着留出来的那条小道儿，慌张地逃跑了。

钟叶赶紧拉住艾瑞克，让他往后面躲一躲；不知原因的艾瑞克，为了看得仔细，还想靠前。被旁边人告知需要躲避的钟叶，赶紧告诉艾瑞克，要是被“鬼”撞到，将会晦气的。钟叶把“鬼”比作犹大，立刻明白过来的艾瑞克特别感激，紧紧地握住了钟叶的手。

那些犹大去了哪里？艾瑞克望着尘土飞扬的小道儿，指着那些逃跑的“鬼”，认真地问。

刚从别人嘴里听来“鬼”去向的钟叶告诉艾瑞克，现在犹大们都跑到村外水塘边，他们要摘下面具洗脸，然后人模人样地再回来。

为何？艾瑞克完全进入到了情境中。

为何要在夜晚举行这个仪式？

就是为了避免被人撞见犹大。钟叶说。

艾瑞克面容严肃地点头。这一刻，不知为什么，钟叶特别喜欢艾瑞克，甚至想要当众抱住他，热烈地亲吻他。

第二天早上，被拖延了半天的“开祠”，终于正式开始了——钟氏族人走进原本昨天下午就该进入的祠堂。

祠堂为三进式的重檐建筑，仿照客家民居的“九栋十八厅”形制而建，而且完全是用红心杉木为整体的构架材料。重要的房柱都是一人合抱、长十米的极佳木材。祠堂里弥漫着木材的香味儿，仿佛进入到了另一个世界。

祭堂面积并不大，人多，立刻显得拥挤起来，钟叶原本还是清爽的额头，瞬间有了汗水。

祠堂正前方，三米多长的《钟氏前人衣冠图》已经依次展开，挂在大厅前方和两侧；看得出来，有旧的有新的，上面皆有画像，并以年代先后顺序排列。在烛火闪烁和香烟缭绕中，钟叶感觉画像上的祖先已经按照顺序走了下来，在祭拜的人群中慢慢行走着，只是不与人们开口讲话，而且看不见他们真切的面容——就像爷爷钟谭林一样。除了悬吊上空的画像，在前方像是阶梯状的祖龛上，还放着众多先人的牌位，那一个个写在黑色牌位上的金色的名字，仿佛在喁喁私语，在议论着下面的后人。

各种仪式依次进行，场面庄严肃穆。钟叶在姐姐的指点下，看见了爷爷钟谭林的牌位，随后指给艾瑞克看。钟叶和姐姐站在父亲两侧，搀扶着父亲。钟大同面对父亲钟谭林的牌位，凝神望着，双唇翕动，也不知道在心里说了什么。

所有的钟氏族人，按照那位钟氏老者的指挥，依次叩拜牌位上的祖先。

钟叶想要看看钟铁亮在那位“高人”的指点下将会如何祭拜。但转眼间找不着了，刚才好像还看见他，他手里拿着黄色的绸包；黄色的绸包在烛光的映衬下，把钟铁亮的脸照得和那位“高人”的脸变成同样的颜色。钟叶非常好奇那个黄色的绸包，想着祭拜时必定能够看见里面是什么，但不见了钟铁亮，莫非他是有意躲着我们？

钟叶想要停留，可是后面的人催促她快点向前走，因为后面的人还要进入，祭堂不大，每个人不可能停留更多的时间。可就在钟叶快要走出祭堂时，她再次扭头，猛然看见了钟铁亮，奇怪的是钟铁亮并没有站在钟谭林牌位前面祭拜，而是站在了另外一处，显然那不是钟谭林的牌位。也就是讲，钟铁亮打着祭拜爷爷钟谭林的旗号而来，却在关键时刻祭拜了别人！

钟铁亮……想干什么？钟叶感觉自己都要窒息了。

钟叶想要看得仔细些，可是后面的人流已经把她逼了出来。

这时，艾瑞克凑过来，悄声询问钟叶，你爷爷是共产党，如今他上了封建的牌位，假如他还活着，不知有何感想？

钟叶正在想着钟铁亮奇怪的行为，根本没有听见艾瑞克问什么。

钟叶想好了，她一定要问爸爸，钟铁亮……是怎么回事？

伍

钟叶和爷爷钟谭林的第五次交谈，是在昨天也就是演出的那天晚上。

那天，看完具有乡间特色的演出后，已经是晚上十点多钟了，当族人们回到住地时，夜晚的赣南乡村已经完全沉浸在了静谧之中，狗、猫、猪、鸡、鸭、鸟……所有的乡间小动物都已进入到了秋季的梦乡之中。

可能是刚看了“犹大”演出的缘故，艾瑞克显得兴致颇高，进屋还没有坐稳就开始催促钟叶“看钟谭林的信”吧，说着话，已经把笔记本电脑摆好了，还告诉钟叶，波尔舅舅每天都在急促地等待着来自赣南的消息。

他说什么？钟叶问。

告诉你一个重大消息。艾瑞克终于忍耐不住了，他要说出秘密，或者说波尔舅舅已经允许他可以把外公的经历告诉钟叶。这意味着什么呢？艾瑞克也不知道，但是波尔舅舅说了，他就可以做了。

我的外公曾是共产主义者，也就是当年的“共产国际”？艾瑞克用手指着窗外繁星满天的夜空说，他曾在这里革命过。

钟叶怔怔地看着艾瑞克。

你外公叫什么名字？钟叶紧张地问。

艾瑞克说，科林。

你以前为什么没有告诉我？钟叶感到心跳加快。

我……我也不知道。艾瑞克说。

你不知道外公的名字？不知道外公的经历？钟叶不相信。

艾瑞克似乎委屈起来，争辩道，我为什么要欺骗你？

我怎么知道！钟叶回答。

从来没有人跟我说过外公的事，我母亲也没有讲过，波尔舅舅也没有讲过。他们完全一致，我不知道为什么。艾瑞克忽然平静下来，说，事情就是这样。我没有讲半句假话。

钟叶不再说什么了。但心中忽然生出一种假设，爷爷信上讲的那位共产国际的大胡子德国人，说不准真是艾瑞克的外公。真要是那样的话，这个世界真是太小了！

但是钟叶在之前阅读爷爷的信时，爷爷没有提及那个大胡子德国人叫什么名字。钟叶开始迅疾地想要找出那个德国人的名字。可是令钟叶遗憾的是，在阅读第五封信的时候，那个大胡子德国人的名字终于出现了。但他不叫科林，叫菲恩。也就是说，艾瑞克的外公科林没有出现在钟谭林的生活经历中。与钟谭林接触的那个德国人，是另一个人。

科林可能在瑞金生活过，但是那个菲恩，也在瑞金工作过。钟谭林认识菲恩，但不认识科林。事情就是这样简单而遗憾。

那天，艾瑞克听钟叶读信的时候，表情格外凝重，或者讲，钟叶是在艾瑞克庄重目光的注视下，开始了阅读——与钟谭林的交谈。

艾瑞克惊奇地发现，钟叶哪里是在阅读，是在跟钟谭林说话，甚至替代钟谭林的讲述，有许多事情钟谭林没有讲，都是钟叶提出来的；要是钟叶没有问到，可能钟谭林就会滑落过去。他们爷孙之间已经进入到了某种特殊的情境之中。

艾瑞克颇感惊奇。

爷爷，您还是先给我讲一讲当时的背景，这样真好，就像我在阅读一篇作品那样，先要了解作家写作这部作品时的时代背景，还有作家的生活背景，这对于深入了解这部作品是极有帮助的。

幸亏小叶子提醒呀，要么阿公都忘了。你让我想一想，上次说到我见陈子杰的事，对吧？哦……再次见到陈子杰……是哪年？是1931年，对，就是那年……大概是6月份吧？

对，肯定是6月，我记得正是赣南乡间野葛草孕育出嫩芽儿的季节。啥叫野葛草？嗯，也叫断肠草，你知道这种草吗？毒性很强的一种植物，到了8月，当它们开出小黄花时就有了毒素，只要把黄花放进嘴巴里一点儿，当时就能要人命的。就在断肠草旺盛生长的季节，蒋介石坐镇南昌亲自指挥，开始了对中央苏区的第三次“围剿”。赣南苏区的红军陷入极为艰难的险境中。为什么要说险境？因为敌人在外面打，红军自己也没有闲着，扩大化的“肃反运动”已经从中央蔓延到了地方。扩大化，你可能不懂，哼，就是自己人整自己人！

爷爷，您当时不理解“肃反”，就像我们现在不理解“文革”一样，是吧？

小叶子，你说得对，那会儿我见到陈子杰，开始向他抱怨。陈子杰是我一生中最为信任的人，因为他是我的人生领路人。他要是告诉我什么，我一定会明白的。可是……可是他不说话，低着头，脸色惨白，我至今都忘不掉那种惨白的颜色，是没有血色的白，吓人的白。我看出来了，他也不明白为啥要搞“肃反”，抓完了坏人又抓好人？为啥队伍里有那么多的托派、AB团、国民党特务？

我和陈子杰坐在到处都是断肠草的山坡上，谁也不说话……后来，我就把口袋里那块闪亮的石头拿出来把玩，上上下下地飞着，看着石头飞上去，再落在我手掌里。陈子杰起先茫然地看着，后来立刻摆手，叫我赶紧停住，他拿过石头，仔细地看着，问我石头是从哪儿得来的？我告诉他是在扬眉寺一个山洞里捡来的。陈子杰兴奋异常，他说这是一块含有钨的矿石，是很值钱的石头。可能比一般的钨矿石更值钱。

爷爷，你知道钨矿吗？

小叶子，阿公当然晓得，在赣南一带，好多人都晓得钨矿的事。你晓得1929年毛主席、朱德从井冈山来赣南，除了政治上、军事上的原因之外，还有什么原因吗？还有经济上的原因。当然喽，这都是我们这些娃们后来才明白的，当年不是很清楚。可是毛主席他们心里清楚。

那时候，赣南一带的钨矿井真是星罗棋布呀，这是红军占据赣南、赖以生存的经济武器。后来朱、毛还利用蒋桂、粤桂、中原等军阀混战的机会，还有国民党无暇顾及“剿共”的有利时机，开始扩大红军的根据地，赣南特委在第二次党代会后，开始把工作重心转到钨矿的开采上。那时候，兴国、大余一带，钨矿的储藏是最好的，都是上好、优良的钨矿石。我们还曾经跟广东军阀陈济棠做过生意呢，这些都是历史。

我记得，红军来到赣南的第三年，还成立了公营钨矿——铁山垅钨矿。招募了矿工、农民、红军战士还有劳改人员，组成了一千多人的队伍开采钨矿，然后通过实物交换的方式，暗地里与广东军阀陈济棠交易，通过钨矿石来换取食盐、煤油、枪支弹药等被国民党禁运的紧缺物品。开采钨矿已经成为赣南苏区的经济支柱。蒋介石安插在陈济棠那里的特务，曾经向蒋介石汇报过陈济棠私下里跟苏维埃做生意的事，但是因为陈济棠做得隐秘，蒋介石始终没有抓住证据，最后也奈何不了陈济棠。也可能蒋介石不想因为这些事，影响他对陈济棠的掌控。也就是“抓大不抓小”吧，睁一眼闭一眼。

爷爷，当时陈子杰捧着那块上好的钨矿石，对您说，这件事不要告诉别人，等到时局稳定下来，躲过国民党的围剿，我们要勘探、开采，这对红色苏维埃政权的巩固具有极大的作用。现在呢，为了保险起见，还是要请专家亲眼看看这块矿石。我也是门外汉，只是觉得这块石头不简单，还是拿不准。听说瑞金有矿产专家，我请人带过去，让专家看看。

钟谭林已经讲完了，忽然又吃惊地看着自己的孙女，他不敢相信自己的眼睛。小叶子，你是怎么晓得的？是呀，当年陈子杰就是这样讲的。你都成了钻进牛魔王肚子里的孙猴子了，阿公想要说的话，原来你都晓得呀？

接下来，钟叶在艾瑞克惊讶的目光中，手里拿着爷爷的信，看也没看，就仿佛听见了几十年前、在那个赣南乡村的黄昏时分、陈子杰对钟谭林讲的话。

陈子杰问，发现钨矿石的那个山洞，几个月以后或是几年以后，你还能记得吗？钟谭林说绝对能够记得。陈子杰让他描述一下。钟谭林说他无法描述也无法画图，因为那里的地形太复杂了，但是他可以带人去扬眉寺山上找，他相信自己的记忆力，绝对能找到那个山洞。陈子杰很高兴，说是要把这件事立刻向赣南特委汇报。同时尽快请人把这块矿石拿去鉴定。

这块上好的钨矿石，对您影响很大，对吧？

是的，小叶子。

为了保证第三次“反围剿”的胜利，也为了加强中央红军的实力，红七军和红二十军东渡赣江，进入中央根据地，但是留下了百余人的教导队和百余名的伤病员。我、杨大清、李山鸿等人，因为参加训练班还有处理警卫营遗留下来的一些事情，没有随大部队转移，留了下来。我留下来的原因，表面上看，是工作上的需要，但还有另一个不被人知的原因。对，小叶子，你猜对了。因为我极有可能掌握着极品矿石，或是其他优种矿石的储藏地，所以上级秘密决定，钟谭林是一个“不能牺牲的人、不能离开这块土地的人”，钟谭林要随时等待上级开采那个钨矿，要做到随时待命。

钟叶回过头，动情地对艾瑞克说，你能理解吗，一个人的命运跟一个钨矿结合起来？他要为这个钨矿而生、而死？

艾瑞克摇摇头，他已经完全糊涂了，他不明白此刻钟叶的状态，她不是在朗读钟谭林的信件，已经完全走进了她爷爷钟谭林的心中，她化身成了钟谭林，成为“讲述者钟谭林”。

钟叶讲述道，红军主力走后，留下来的人来自各方面，彼此不认识，杨大清看着身边陌生的战士，开始发牢骚，红色警卫营不复存在了，几年来辛苦组织起来的人马，瞬间就被瓦解了。钟谭林知道杨大清是话里有话，可是为了不影响团结，也为了给他留面子，钟谭林没有当面批评杨大清，而是把杨大清拉到没人的地方，严厉地批评了他。尽管杨大清没有争辩，但钟谭林能够感觉出来，杨大清根本不服气，从脸上到心里都不服气。

就在这时候，上级来了新的指示，考虑到钟谭林等人熟悉当地的地形，把他们编入了负责后方医院安全保卫工作的特务连。钟谭林由副营长降为连长。钟谭林的职务降了，杨大清当然也得降，杨大清得知情况后更不满意了，干革命怎能官职越来越小？但是这一次杨大清没有把牢骚发泄出来，全都闷在了肚子里。为了确保后方医院的安全，上级经过多方选择、比较，最后把医院选在了钟家村东面的大王洞。

大王洞的地形，适于守，不宜攻。上级要求，就是一个字——守。

为了防备敌人偷袭和进攻，特务连和当地百姓在两条外通的路口修筑了坚固的碉堡，在山顶上挖了相通的战壕；在主要的山道两旁，还用锋利的竹尖做了许多鹿寨。前期的准备工作可谓严密、快捷。上级考虑得很周到，为了不让伤病员们孤独寂寞，医院内还设有俱乐部、列宁图书室，通过各种形式来丰富伤病员们的生活。因为谁也不知道主力部队什么时候才能回来，这一去，有可能一年，或是两年，也可能更长的时间。

钟叶说，当时最让钟谭林遗憾的是，给他精神支柱和工作帮助的陈子杰不在特务连。要是在的话，那该多好呀。

但是有一天，陈子杰上山来了，不是他一个人来，而是组织了妇女慰劳队、洗衣队上山，慰劳红军伤病员。几天以后，又是少先队、儿童团、青年妇女，一队接一队的慰问队伍把蔬菜、禽蛋、粮食送到山上，红军坚持出钱购买，慰问队只好依了红军，但坚持低价出售，红军感谢大家，还是按照集市上的价格买了下来，这让慰问队的人非常感动，许多人眼圈里都含着泪水。

夜已经深了。除了屋子里艾瑞克敲打键盘的声音之外，一切都是寂静的。钟叶还如过去一样，看着坐在眼前的爷爷。当然，只有她能看见，艾瑞克是看不见的。只顾低头敲打键盘的艾瑞克，也没有注意钟叶的表情。

钟叶从钟谭林的目光中，遥远地看见了刀光剑影，看见了流血和牺牲，看见了严刑拷打，看见了人头落地，那滚落在地上的人头，一边翻滚一边还在哭喊着“冤枉呀、冤枉呀”。钟叶终于明白了“肃反”的残酷——每个人都要经受“组织考查”。

所谓的“组织考查”，其实就是怀疑一切，大搞逼供信，互相揭发检举，然后就是乱捕、乱杀。搞审查的人放出豪言壮语，要用“革命的血腥，镇压反革命的血腥”。首先接受“考查”的，是那些参加革命队伍前“身份可疑”和“动机不纯”的人，曾经参加过徐长奎“剿匪队”的李山鸿被第一个抓起来。

深得工作组信任的杨大清，自告奋勇，亲自带人审问李山鸿，并且上来就动用早就琢磨好的酷刑。李山鸿被绑了起来，脑袋朝下，双腿朝上，吊在了下面流淌着冰冷溪水的树上，杨大清坐在溪水旁的一块青石上，让李山鸿交代问题：如何接受徐长奎的指派，到革命阵营中进行反共卧底的。李山鸿当然不承认，杨大清便挥手，两个战士将捆绑双腿的绳索放下来，李山鸿的脑袋立刻浸泡在了湍流的溪水中，耳朵眼、鼻公眼、嘴巴眼……被溪水猛烈地冲刷，起先李山鸿还能忍住呼吸，但很快坚持不住了，溪水灌得他剧烈地咳嗽，鲜血猛地从五官里流了出来，溪水变成了红色。拉拽绳子的战士大喊"杨副连长，人要死了"，杨大清狠骂战士，依旧不让拉上去。就在这时，钟谭林赶到了，他不顾一切地拉起了绳子，这才救下了李山鸿，要是再晚来一步，李山鸿必死无疑。

杨大清将钟谭林"庇护"李山鸿的事向"肃反"工作组作了汇报，并且添油加醋地"回顾"了钟、李二人一贯"同流合污"的"事实"，很快"工作组"将钟谭林抓了起来，说他是"AB 团分子"，拷问折磨。

钟谭林据理力争，他说不能任意污蔑，要有真凭实据。"工作组"认为钟谭林问题很大，决定将他和李山鸿一起枪毙。钟谭林提出来，他和李山鸿的情况，杨大清最清楚，把杨大清找来，可以当面作证，杨大清拒不相见。没有办法，钟谭林又提出见陈子杰，可是"工作组"说找不着陈子杰，并且警告钟谭林，再不老实承认罪行，将要罪上加罪，后果严重。

爷爷，杨大清为什么这样……他不是和您一起革命的吗？你们不是亲如兄弟吗？

小叶子，杨大清这个人就是心眼小，比耳朵眼还小。他总是觉得自己能力比我强、比李山鸿强，始终对李山鸿的过去经历盯住不放，认为李山鸿革命动机不纯，还有最为关键的一点，他嫉妒陈子杰对我好，他就是一个小肚鸡肠的人，我后悔，怎么当初认可他呢？可能是他有革命激情吧，他开动员大会特别有成效，慷慨激昂，几句话就能带动战士们群情振奋。

钟谭林告诉钟叶，就在我们自己人整自己人的时候，敌人可是没有休息，他们已经探听到了红军伤病员的消息，认为这正是反扑的极好机会，于是开始调兵遣将，从广东、湖南两面而来的敌人围困崇义。徐长奎开始出动了，他带着当年逃离暴动队的叛徒，秘密地逐渐逼近大王洞。由于特务连提前做了防备，敌人损失惨重。后来敌人改变策略，从特别危险的一条叫“金坑”的小路攀崖，并且利用夜色掩护，在一个月光黯淡的深夜，敌人成功偷袭了医院。等到特务连发现大批敌人时，已经近在咫尺了，最后经过六个小时的激战，由于寡不敌众，隐蔽在大王洞的红军医院……终于失守了。数百名无法转移的重伤员被敌人就地活活烧死了，人肉烧焦的气味儿几天都没有散去，后来过去很长时间了，凑到树干上闻，还能闻到人肉烧焦的煳味。另有四百多名轻伤员被敌人活捉，每个人都是五花大绑，捆成一串，一路上不给吃、不给喝，押去赣州。这一路上饿、渴，再加上敌人的毒打，四百多人到了赣州，还剩不到一百人。特务连大部分人都牺牲了。戴着镣铐坚持战斗的李山鸿身负重伤，被我冒死救了下来。

钟叶告诉艾瑞克，战斗结束了，“肃反”扩大化也被制止了，赣南一带许多被关押冤屈的人员获释，钟谭林和李山鸿也都恢复了名誉。

那个可恶的杨大清呢？艾瑞克问道。

钟叶说，杨大清为了避免被动，在“肃反”快要停止的时候，看见形势不对，主动找钟谭林承认错误，表明他所做的一切，都是组织上的安排。他也承认自己错误，不应该严刑拷打李山鸿。钟谭林看着杨大清痛哭流涕的样子，想想过去一起战斗的日子，还是原谅了他。但是，杨大清与李山鸿之间关系并没有缓解。

爷爷，你怎么了……哭了？

是呀，小叶子，每当想起那些被烧死、被毒打而死的伤病员，我的心里面就像有一把刀子在搅动……

钟叶停止问询，静静等着爷爷从伤心的情绪中沉静下来。

后来，爷爷恢复了平静。这时，才像想起了什么，再次说起那块矿石。

后来听陈子杰讲，那块有可能是钨锰混杂的矿石，或是还要更加珍贵的矿石，被一个从瑞金来的法律专家带去了瑞金。

再后来，又听说因为能够鉴别矿石真伪的矿产专家临时去了广东，矿石就留在了瑞金。据讲，一位大胡子的德国人，也就是那位来自共产国际的人，在来中国之前，也曾经是跟矿石打过交道的人。那个德国人被临时拉来鉴定那块矿石。

那个德国人说什么了？

仅凭肉眼不能正确判断，因为钨矿石、锰矿石虽说也有亮光，但没有这么亮，所以需要仪器检验。可是当时的瑞金哪里有什么检验矿石的仪器？

那个大胡子德国人，叫什么名字？钟叶再次问道。她要多次询问，才能让爷爷最后确定。

嗯……我刚才说过了，你还要问？那好吧，我再想想，好像叫……菲恩。

钟叶呼出一口大气。

那块珍贵的石头呢？

钟谭林好像没有听见钟叶的问话，可能是困倦的原因，竟然打起了鼾声。

艾瑞克在键盘上敲下“菲恩”名字时，脸上露出无法形容的神情。这时候，他和钟叶的目光对视，似乎双方的嘴型互相显示，他们都轻唤了一声——菲恩。

是的，菲恩。

不是科林。钟谭林与科林没有交集。也就意味着钟叶和艾瑞克没有历史上的“邂逅”。

第六章　来自科隆的邮件

F

“开祠”过后，便是修谱。

几天来，紧张得众人眼神恍惚，许多人肢体动作都有些迟滞，彼此遇上熟人打招呼，一时反应不过来，脸上的笑容显得有些僵硬，似乎刚睡醒过来不久。修谱虽然没有“开祠”仪式那样庄严、隆重，但也非常严谨、肃穆，就连通知开会的人，面容和语言都特别板正，仿佛地下工作者碰面。

钟叶、艾瑞克都想了解一下修谱，想要知晓其中的学问，尤其是钟叶，琢磨自己将来还要涉足社会学的研究，更是不想放弃这样送上门来的社会实践，于是主动去找那位矮墩墩的钟氏老者。艾瑞克跟屁虫一样跟在钟叶身后，想要知道自己能否进入钟氏谱系。短短的几天，从巴黎出来前心中还有些抵触情绪的艾瑞克，如今焕然一新，已经对这里有了感情，不像刚来时那种远远的样子，在惊奇中处处带着审视的目光，尽管现在依然还会闪过那样的眼神，但已经舒缓了许多。

钟叶好奇地问，你真的愿意进入钟家的谱系？

谱系是什么？是本书，还是个仪式？艾瑞克疑问起来，并且尽情发挥，谱系……难道是个牌楼？

钟叶大笑——这是几天来她最为畅快地笑。

钟叶笑过之后，找到钟氏老者，把老者请到一间茶室，请老者慢慢地喝茶、悠悠地讲民俗。考虑到听不懂老者的乡音，又把小蔡请来当翻译。

面对盛情邀请，坐在茶室里的钟氏老者满面笑容，看得出来他喜欢被人关注，喜欢被奉为上宾。老者呷了一口茶，咂吧了一下，快速进入话题。在赣南一带，一般四十年才有一次修谱，有的家族三十年，也有的是五十年。时间不一样。

钟叶问道，钟氏家族多少年？

五十年一次。钟氏老者感怀起来，说道，今年正好是钟氏家族的修谱年。

小蔡补充说，修谱是为了“正名分、明昭穆”，也是为了廓清源流、凝聚同宗的需要。

钟氏老者道，说得是呀，要是不修谱，会把族人当路人呀。

艾瑞克禁不住对比说，我们是把父亲、祖父的名字写在自己名字的前面，走到哪儿带到哪儿。

钟叶说，中国把祖先放在祠堂的牌位上，比你们含蓄。

小蔡打趣道，中国人把祖宗放在祠堂里，主要是担心老人家们劳累，在牌位上坐着，舒服一些，是吧？

钟氏老者不懂幽默，当即批评小蔡，你这是胡批哩。

小蔡为了证明自己不是“胡批”，站起来，侃谈道，族谱不是简单排列家族的顺序，要记载的事情多得是，有族姓来源、世系、迁徙、婚姻、名人、经济状况、丧葬祀典、族规家法，内容庞杂，有的族谱还有《添丁簿》和《行第歌》。

小蔡说完，扭脸对老者说，我讲得对吗？

老者笑起来，对是对，你话还多哩。

大家都笑起来。看来钟氏老者对小蔡喧宾夺主有些意见。

钟叶好奇，问小蔡，我一直想问你，你怎么懂好多呀，都成专家了。

钟氏老者说，他不是专家，他是专家之子。

钟氏老者这才揭开谜底，原来小蔡的父母都是赣南市地方志办公室的专家，而这位钟氏老者，当年就是小蔡父母的同事。说来说去，原来都有关系，于是茶桌上的气氛也就更加融洽起来。

钟氏老者责任心很强，不能喝了人家的茶不说话，于是再次摆开架势，讲起修谱的历史渊源，那姿态和气势就像在央视的名人大讲堂。

钟氏老者讲，在赣南一带，不仅乡间百姓看重修谱，历史上的文化名人也特别重视修谱，朱熹就亲自编纂过《新安朱氏族谱》，还放下一句名言“三世不修谱，当以不孝论”。早年编修族谱，程序更加繁杂，找一个良辰吉日，由祠堂组织一个修谱的班子，人员各司其职，财务、编辑、印刷、校对、分发登记等等事务，就连分发、保存，也都有严格的规矩。

钟氏老者打开了话匣子，赣南一带的修谱历史最早源于唐代，盛行于清代。一百三十二个客家姓都有族谱。当年欧阳修、朱熹、苏轼、王安石、曾巩、黄庭坚、赵孟頫诸多大文豪，都为家谱写过“谱序”。现在赣南一带祠堂上面的匾额，比如“清白传家”或“清白遗风”，都出自这些历史名人之笔。

几个人在茶室谈笑风生、纵古论今；上下千年，全在舌尖上跳跃、飞旋。钟叶感觉，这是几天来最为轻松的一个上午。艾瑞克也大有收获，电脑键盘敲击得仿佛弹奏钢琴，额头上沁出汗珠儿都顾不上抹一下。

下午是修谱的时间，每个家庭出一人代表，集体在宗祠开大会。钟大同认为此事重大，执意要亲自出席，不让家人替代。钟叶要陪父亲一起去，以便更多地了解过程和具体内容，怎奈宗祠地方实在太小，每个家里多出一人，那就不得了啦；钟叶想通过钟氏老者通融，哪想到老者更是坚决，脑袋摇得像拨浪鼓，一视同仁，只能一人参加。

钟叶站在宗祠外，心里还在惦记着钟铁亮为何没有祭拜爷爷钟谭林的事，她总想单独和父亲在一起说话，问一问这到底为什么。

当天晚上，继续演出庆祝。

钟叶在法国五年，哪有过眼下这样，像是天天过年；当夜幕降临之后，她也变得孩子一样，眼睛放光，兴致勃勃。跟屁虫艾瑞克更是充满期待，尽管他嘴上没讲，可肢体动作上已经完全显现。

演出的戏班子叫“孟戏剧团”，这是一个地方曲种，是以“孟姜女哭长城”为题材的戏曲，俗称“孟戏”，又叫“盱河戏”，明代初期就在江西一带流传了，早就深入民间。早年间，“孟戏”只在每年的正月里演出，后来出现在一些民俗活动中，逐渐不那么规范了，开祠、修谱等民俗活动，也经常上演“孟戏”。这次演出的曲目是“一夜本”的《长城记》。这个戏原本是“三夜本”，就是说原本要演出三个晚上的，现在程序简化，只演出一夜本了。

为了搞清楚钟铁亮为何要错位“祭拜”，晚上看演出时，钟叶特别坐在父亲身边，开演不一会儿，就悄悄询问钟铁亮为何不拜爷爷钟谭林而去祭拜别人？

父亲没说话，但钟叶感觉爸爸的身子颤抖了一下，随后立刻静止不动了，犹如磐石一般——父亲似乎在有意控制自己身体，同时也在控制着自己的精神。

“孟戏”特点是唱腔高亢，而且后半句又以“众合”的方式帮腔，于是就有了“杂白混唱”的特点，再加上锣、鼓、钹等打击乐器的伴奏，戏楼上下显得热闹非凡，犹如民间赶大集。

正是这种热闹，让钟大同躲过了钟叶的问话；钟叶不死心，过了一会儿，见父亲好像有点冷，于是她借着帮父亲系扣子，又问“我哥为何祭拜别人，他来这里不就是祭拜爷爷的吗”。这一次，钟叶的声音大了些，姐姐也听见了，其实那天“开祠”，姐姐也注意到了钟铁亮这个奇怪的举动；于是两个女儿左右夹击，轮番询问。

钟大同还是不说话，身子依旧笔直地坐着，仿佛僵化了一样。黑暗中，钟叶看不清父亲的脸，但能够看见父亲双唇在颤抖，她断定这件蹊跷之事大有文章。

戏楼上继续上演着大戏，高亢嘹亮的声音，在月光下跳跃、飞荡。因为台上越来越热闹，台下人开始大胆讲话，显得毫不在意；一时间台上、台下的声音完全交织在一起，分不清谁在演出了，也分不清台上、台下有何区别。

钟叶准备放弃询问父亲、等待机会自去寻找答案，可是父亲却主动开腔了，语调低沉地对身边的两个女儿说，他是你们的兄长，过去是，现在是，将来也是；他对你们不错，也还孝顺我，我给你们的钱，都是他给的。以后这件事……就不要再问了。

父亲声调不高，却很坚定、结实；钟叶能听出来，父亲此刻处在内心矛盾之中，于是也就从侧面更加断定了自己的判断——钟铁亮的身世真的“有问题”。

奇怪的是，艾瑞克钻了牛角尖，他问钟叶，他法国人的身份，会不会成为他进入钟氏谱系的障碍？

钟叶说，取决于你怎样对待我。

艾瑞克望着语气刁钻的钟叶，低头不说话了。

钟叶天真起来，问道，波尔舅舅怎么看待我？

艾瑞克诚实地摇摇头。

波尔舅舅应该改变看法了，因为他不仅曾是革命者，他的父亲也是革命者，而且还是大革命者。共产国际，那绝对是一个大革命者。钟叶说，波尔舅舅一定改变了。

艾瑞克脱口而出，他不看好中国，他说中国也会像东欧一样。

所以……你也不看好我们的婚姻？钟叶问。

艾瑞克说，我还在思考。这是两个问题。不能并在一起考虑。

你为什么要找一个中国媳妇？钟叶生气了，爱情就是不管不顾，你还在思考什么？你的思考，就是说明你对婚姻没有信心。

艾瑞克坦诚地讲，这是两个不同的概念。我刚才已经说了。

那你说说……波尔怎么不看好中国？钟叶忍住愤怒，故作平静地说，哦，我还忘了，那个戈迪亚还在等你。我一定要再次见到她，我要亲口问她，你在等待什么？等待一段婚姻解体，然后开启新的征程，这是一件道德的事吗？

艾瑞克没有看出来钟叶心中的愤懑，他经常看不出钟叶心中的不快，于是他诚实地将来自舅舅的邮件，不由分说、劈头盖脸地讲了出来，他讲得栩栩如生，钟叶仿佛看见光头波尔，坐在高高的审判台上。

波尔舅舅抽着雪茄，消瘦的面庞上回荡着灰色的浓雾，慢悠悠地讲，中国人的财富很快就会消亡，为什么？因为他们从来不知道什么是财富，一个不懂得珍惜财富的民族，注定会消亡的。中国人现在只剩下钱了，中国将来会变成西方的提款机，那些钱将来都是西方的，只不过现在中国替西方保存着。

波尔舅舅的光头，忽然散发出阴冷的光泽，他阴沉着脸说，并不是金钱的问题，还有信仰问题，过去的中国共产党人有信仰，所以他们得了天下，可是现在的中国共产党人，我不敢说全部，但肯定会有很大一部分人，他们还有信仰吗？没有了！就像是民主德国的共产党人，不是联邦德国的资产阶级打败了他们，是民主德国共产党人自己举起了双手，是民主德国的共产党人自己爬过了柏林墙，并且回身一脚踹垮了柏林墙。

钟叶不作声，看着艾瑞克。

钟叶仿佛又听见了来自马赛的声音。尽管艾瑞克从来没有在意他父母的看法，也从来没有转述过他们的看法。但是钟叶知道，他们始终是有看法的，说不准比波尔舅舅还要极端。

波尔舅舅脸上的褶子仿佛刀刻一样，他继续说道，过去说起东方的中国，你们总有一句来自孔子的名言，有朋自远方来，不亦乐乎。现在还是这样吗？中国人已经成为世界上最为冷漠的人，不是吗？一件简单的助人小事，就被人们流着眼泪广为传颂，这是正常的吗？中国的问题多多，过去毛泽东农村包围城市，共产党取得了胜利，现在面临最大的问题，也是农村包围城市，一百多年前工业化的英国，处理好了进城的农民，如今经济快速发展的中国，现在处理得好吗，几亿进城农民，将来的索求不仅是有房子住、孩子能上学、得病有钱看，还会有更多的政治要求。

钟叶继续看着艾瑞克。

艾瑞克说，你想说什么，就说什么。我说的这些，都是他发给我邮件上的话，这是他的看法，我必须替他真实地表达出来，你听了，肯定不高兴。

这是他们的“现实”，不是我们的“现实”。钟叶说，我终于明白了，你们这些法国人、德国人，还有其他西方人，天天在研究我们，幻想着再组织一次“八国联军”。

艾瑞克见到钟叶真的不高兴了，赶紧表明自己的观点，他是他，我是我。

钟叶说，波尔舅舅的思想，时刻影响着你。

艾瑞克双手一摊，说，他讲得有些危言耸听。他在隔海思想，他毕竟没有来过中国。这仅是他遥远的思考。

钟叶低头思考，嘴巴上的愤怒已经停止，她在思考来自科隆的那些刺耳的话语，也在想着回国的这些天来她所看到的一切。

艾瑞克说，你是学习比较文学的，不应该狭隘。是吧？

钟叶嘴角咧了一下，脸上的笑容，说笑不笑。

她知道此刻艾瑞克的意思，他大概又在担心钟叶给他制造进入钟氏谱系的障碍。她真的不明白艾瑞克为什么有如此的兴趣；进入钟氏谱系，不就是一种放在宗祠里的程式吗？如今中国人有谁还会当真呀？难道这就是“我们”和“他们”的区别？这就是“我”和“他”的区别？

钟叶告诉他，赣南不仅有中国的宗祠、家祠，还有许多教堂；不仅有自己的宗教思想，还有基督教、天主教的思想。这片土地看上去显得有些保守，其实这是一片包容的土地。赣南文化是客家文化，而客家文化又是迁徙的文化。一个拥有迁徙思想的土地，不会没有包容心的。

艾瑞克终于明白了什么，嘴角立刻飞扬起来。钟叶心想，其实笑起来的艾瑞克很好看，像一个刚洗完澡、身上带着水珠儿的大男孩。

但是，钟叶还是把来自科隆的那些话，那个曾经的共产主义者的话记在了心里。她的确要比对一下。甚至将来有机会，她要见到波尔舅舅，当面向他“请教”，就是脸红耳赤地争吵起来，又能怎样？她不怕争吵，倒是担心没有争吵。没有争吵的相处，那是极为狰狞可怕的。

其实，钟叶是一个认真的人。

下午，还有一点儿空闲时间，钟大同把全家人召集在他阔大的套房里，希望大家坐在一起，脸上挂着笑，亲亲热热地说会儿话。从赣南市到思顺乡，再到眼下这个钟家村，钟家人只是第一天晚上在赣南市一起吃了饭，几天来竟然始终没有坐在一起说一说家常话。

面对钟老爷子的亲情提议，哪有不同意的道理？其实，最重要的原因是钟大同得知儿子钟铁亮下午有一点空闲时间，主动促成钟铁亮和大家的沟通。尤其是昨天晚上，钟叶姐妹俩询问钟铁亮“错拜”之事，钟大同也想给他们兄妹之间撮合一下，不要再疑神疑鬼了。还有一个问题，两天后钟家就要为钟谭林进行祭奠，随后转天一大早，钟家人就会分道扬镳了，今后恐怕再没有时间一起相坐叙谈了，国内的人都难有机会相聚，何况钟叶和艾瑞克远在法国。

钟叶感觉父亲突然一扫昨夜沉重和沧桑，变得满脸的喜色，仿佛变成了另外一个人。

钟大同把艾瑞克叫到身边坐，问他这几天有何感受？

艾瑞克在钟叶家人面前，始终表现得很有礼貌，他不会把他父母和波尔舅舅的看法真实地讲出来，而是在感慨赣南独特建筑和文化之后，不知道从哪句话开始，说起了他的波兰祖父在“二战”中抵抗德国法西斯的故事。

钟叶从来没有听过，只是觉得这是艾瑞克第一次主动说起他祖父的事，在钟叶的印象中，艾瑞克是极力躲避祖父话题的，躲避的原因就是波兰人的缘故。钟叶在法国多年，她也知道波兰人在法国人心中并不高大。

艾瑞克深情地讲述起来，钟叶看着他的眼睛：

"二战"开始前，我祖父是一个胆小怕事的人，甚至不敢夜晚独自走路；他是一个药剂师，很守本分的人；可是战争摧毁了他，一夜醒来，华沙街头满是德国人的坦克，电灯杆子上、门楼上甚至楼房的窗户上，到处悬挂着被吊死的人。那些死去的人，有的是拼死抵抗的战士，有的可能是不肯低头屈服的百姓。华沙恐怖至极。波兰灭亡了，犹太人绵羊一样被赶进了集中营，成批地死亡，焚尸炉昼夜冒着黑烟。我祖父被怀疑给抵抗组织提供药品，被德国人抓了起来，后来证据不足，虽然放他回去了，但也在盖世太保那里受到了严厉的刑罚。我祖父费尽周折，逃离了纳粹恐怖下的波兰，来到了法国。哪里想到，他到了法国还不到半年，希特勒就占领了巴黎。希特勒选择了一个特殊的日子，1940年6月25日——"一战"时德国签字停战的日子，还是在原来签字的地方，一个叫"贡比涅"地区的"福煦车厢"内，签署了与法国的停战条约。希特勒目的很简单，就是为了羞辱法国人。我祖父没有地方再逃了，整个欧洲都处在希特勒的枪炮、刀枪之下，他干脆拿起了枪，参加了法国抵抗组织，抗击德国人。祖父受过三次伤，其中有一次特别危险，一颗子弹打在了他的腹部，流了很多血，他险些就要死了。后来希特勒灭亡，法国解放，我祖父没有再回波兰，定居在了法国，取得了法国的国籍，还受到过法国总统的接见。

艾瑞克的语调从平缓到起伏，有时显得格外激动。因为激动，语速就会加快，滔滔不绝犹如洪水奔腾。钟叶的翻译几乎跟不上他说话的节奏，几次让他慢一点讲，他始终无法慢下来。

钟家人也都一派沉静，沉浸在艾瑞克动情的讲述中。

钟铁亮也是认真听着，眼睛都不眨一下，连烟不离手的习惯都忘了。

钟大同的脸上则呈现出更加激动的神情，等到艾瑞克话音刚落，钟大同就讲起了当年中国的抗日战争。淞沪会战、台儿庄大捷、百团大战，还有日本鬼子的"三光政策"、"731部队"进行的细菌战，还有震惊世界的南京大屠杀。

关于“二战”的话题，终于成为几天来艾瑞克融入钟家的唯一话题，一时间大家亲如一家；随后又由“二战”，说到了当下世界形势。

钟铁亮突然没有了刚才的诚恳倾听，变成了一只防备世界的大刺猬，所有的刺儿都向上扎去，仿佛谁要是碰他一下，哪怕就是轻轻地碰一下，他都会跟谁玩儿命。

钟铁亮认为，现在中国面临的形势比“二战”时期还要严峻，不仅是面对挑衅的日本人，还有更加阴险的美国人、西方人，尤其是后者，他们面带微笑，在不时赞颂中国、表示友好的同时，其真实目的很简单，就是想把中国培养成为一个虚弱的大胖子，成为他们商品销售地和原料供应地；现在中国人到法国大肆购买奢侈品，乐坏了法国人，法国人拼命营造所谓的名牌氛围，并且故意抬高价格，大赚中国人的钱。这和当年“八国联军”一样，他们不想占中国的地，就想吸走中国人的血。

钟铁亮说着，不紧不慢地对众人、其实就是面对艾瑞克，说，你们看看，我浑身上下有一件西方名牌吗？没有，我不会让他们在背后窃笑，我不穿法国、意大利以及所有西方国家的名牌，永远不会。我不做那样的傻子。一件衬衣几万块，值吗？那个破牌子有什么用？完全是哄骗我们的，有几个西方人天天身上穿着所谓的名牌？

钟叶听着钟铁亮的抨击，感到很舒服，全都一股脑地翻译给了艾瑞克，没有漏下一句话。艾瑞克感受到了来自钟铁亮的“人身攻击”，他涨红了脸，似乎想要反驳钟铁亮，但是被钟大同拦住了，巧妙地转移了话题，又回到了刚才大家拥有相同观点的“二战”上。

出于尊重长者的原因，艾瑞克也就压住了反驳的话语。

钟大同作为一个搞化学研究的老知识分子，在任何问题上都显得彬彬有礼，唯独认为对待日本，最好的办法就是教训他们，把他们打得服服帖帖，才能让那些右翼分子尊重历史。

但是艾瑞克没有感谢钟大同为自己帮腔，却对钟大同的观点有不同的理解，他开始反驳岳父，他认为中国面对日本，不应该只是想着“打倒”，还应该“学习”。艾瑞克举例说，多年前他还在上中学时，放暑假去日本旅游，给他最深印象的一件事，有一天早上，他在街上跑步锻炼，昨天下午下过一场雨，但是大街小巷的所有汽车，没有一辆车上带有污渍，全都是锃亮的，连轮胎都是干净的，也就是说昨天晚上所有的车主都洗净了车子。一大早，都以光鲜的面目出现。

这么多年过去了，艾瑞克依旧惊讶地说，日本人太可怕了，他们思维的一致性，恐怕是世界上最步调一致的民族。这样的民族既让人可怕，也应该让人尊重。不是吗？

钟大同凝神静听。

中国一定要向日本人学习，这很重要。艾瑞克继续说，你们中国人……缺少这种集体性，一盘散沙，就连大家共同等待一会儿，很短的时间都不能忍受，怎么能谈国民一心？

钟叶没有把艾瑞克的口头禅“你们中国人……”翻译出来，并且整个后半句都没有翻译，还狠狠地瞪了他一眼。艾瑞克知道自己说错了，毕竟眼前面对着一大群中国人，还都是钟叶的亲人，实在有些不懂礼貌，于是赶紧闭上嘴巴，不再说话了。

钟大同沉默不语。

钟铁亮站起来，硬邦邦地说道，我们不是政治家，散会吧。说完，率先站起来，向门外大步走去。

钟大同看着钟铁亮的背影，面无表情。

当天晚饭后，钟叶觉得有些累，想要泡个澡，然后再看爷爷的信，没想到姐姐来了，样子有些慌张。

出什么事了？钟叶问。

姐姐把钟叶拉到门外，小声说，你知道钟铁亮想去干什么吗？想去找女人！

这话怎么讲？钟叶听得糊涂。

姐姐说，刚才我出去买包方便面，这两天晚上总饿，心发慌，没想到在宾馆门口，正碰上钟铁亮和那个“高人”出去，我在他们身后，他们没发现我，我听他俩小声嘀咕，听到一句“倒插金钗”，我觉得……这不是好话。

倒插金钗？钟叶自语道，什么意思？

金钗？还不是女人。十二金钗，就是说女人的吗？钟铁亮在北京就有相好的女人，不止一个，现在到了赣南，还想找女人？姐姐说着，气得脸都白了，愤怒道，这可是给爷爷祭奠来的，他怎么能胡来？找女人？

这样吧，我们去问爸爸。钟叶说，我觉得“倒插金钗”，似乎是别的意思，莫非是当地什么节目？

问爸爸这样的话……好吗？姐姐有些犹豫。

没关系，走。钟叶说着，拉上姐姐去了爸爸房间。

钟大同没睡，倚躺在沙发上看书，听了钟叶说的“倒插金钗”，脸一下子白了，倏地坐起来。姐姐感到不妙，下意识地拉了钟叶的胳膊，似乎埋怨她不该来问爸爸。

大逆不道呀！钟大同说。

钟叶和姐姐想要再问，钟大同问她们，真是钟铁亮和那个家伙说的吗？

姐姐急忙点头。

钟大同看着两个女儿，努力让自己镇定，呼出一口大气，立刻装作平静下来的样子，对姐妹俩说，你们回去吧，我该睡了。

钟叶和姐姐退出爸爸房间，觉得这里面真有问题，于是决定明天找那位钟氏老者问个明白。

第二天早上，钟叶和姐姐去找那位钟氏老者，这才明白“倒插金钗”的意思，也明白了父亲脸色发白的原因。

原来，在赣南一带有一种风俗，如果想要借别人的好风水为自己家族增辉，给自己家族带来好运、鸿运，要把自己祖先的尸骨挖出来烧成灰，调和成浆状，趁着夜色，在别人家的墓顶上打洞，把骨灰浆灌进人家的墓堂，然后再恢复原状，这样神不知、鬼不觉就分享了别人家的好风光，别人家有什么好事，都会转移到他家来，转移别人家的好运气。这在乡间是一件大逆不道的事，是要遭天谴的事！

钟叶姐妹俩谢过钟氏老者，出了门，互相对望着，大惊道，钟铁亮想要挖爷爷的尸骨？想要碾碎爷爷的尸骨？

姐姐张大嘴巴，说，不会吧？他有那么多的钱，已经够好了，还想怎么好？难道还想让嫂子再给他生儿子？

钟叶说，还得去告诉爸爸！我们不能让钟铁亮无法无天！他真要疯了，在哪儿疯都可以，就是不能在赣南疯，这是我们所有人的家乡，不只是他钟铁亮的！

陆

钟叶每天晚上的事，依旧还是朗读爷爷的信。与其说是朗读、是爷爷跟她讲述历史，现在不如说是她在回忆。她遥望历史的悠长目光，经常吓得艾瑞克五官静止，仿佛钟谭林的气息已经附体在孙女的身上。艾瑞克不知道，钟谭林确实已经附着在孙女钟叶的身上，比如有时候钟叶一时想不起来以往的一些具体细节，钟谭林就像是知道了一样，马上就会给她补充；艾瑞克经常分辨不出来，是钟叶在讲，还是钟谭林在黑暗处叙说；艾瑞克甚至恍惚感觉，钟叶的精神已经完全走进了她爷爷钟谭林的人生隧道中，甚至已经融为一体。

听，钟叶已经开始娓娓讲述起来：

1932 年的 5 月，赣南大地已是一片绿色，所有的花儿都在热烈地绽放，空气中飘浮着一种说不清楚的甜味儿。就在这一年里最美好的 5 月时光中，蒋介石开始了对赣南苏区的第四次“围剿”，苏维埃红色政权面临着最为艰难的时刻。当时部队已经没有了子弹，就连吃饭都成了大难题，许多战士已经没有力气了，就连呼吸都成为一件劳累的事。营地弥漫着死一般的静寂。用最快的时间将弹药、药品、食物送到坚持游击的山上，成为最紧迫的事。

一个西天边布满彩霞的黄昏时分，乔装打扮后的陈子杰，悄然上山秘密会见钟谭林。在一个树木茂盛的僻静之处，陈子杰坐在舒缓的土坡上，消瘦的脸上带着兴奋的光芒，他让钟谭林做好思想准备，上级准备安排钟谭林带领铁山垅钨矿公司的技术人员，秘密前往他曾经发现的那个钨矿地点，也就是扬眉寺一带、那片寂静无人的山坳。

自从钟谭林听说自己偶然捡到的那块石头，极有可能是大宝贝之后，他就整日期盼上级快点开采那个山坳，有了矿石，好换取弹药、布匹、药品。如今，终于有消息了，怎么能不激动呢？

钟谭林握住陈子杰的双手，感叹道，终于等到了这一天。

钟谭林深知，一旦他完成任务，他将变成一个“自由人”，变成一个不需要有人为保护他有可能随时牺牲的人。他也将可以随时离开思顺，去往更广阔的战斗的地方。

其实，扬眉寺一带在清朝晚期就已有钨矿开采，只不过钟谭林发现的那块石头，与其他钨矿石不太一样，说不定扬眉寺一带可能蕴藏着更为珍贵的矿石，可能要比钨矿、锰矿还要值钱。

钟谭林发现的那个地点，距离已经开采过的地方，还有较远的距离，而且地点更加隐秘，没有人领路不可能找到。那时候，苏区政府由于受到技术力量的限制，不可能大张旗鼓地勘探，一旦部队转移，国民党军队占领，苏维埃政权将会失去开采的机会，将会把关系着苏区经济的矿山拱手让给敌人。所以，一切都得秘密进行。

钟谭林还要再确定一下，问，专家们讲，那真是一块……大宝贝？

陈子杰说，瑞金没有矿石检测设备，要拿到国外去。但是一个德国人见了那块石头，虽然没有仪器检验，但他以经验推测，说那块石头可能是钨、锰混合体，里面还有黄金元素，可能还有其他重要的金属。

这可是高兴的事呀！钟谭林很兴奋。又问，你讲的那个德国人，真的懂矿石？

陈子杰笑道，那还有假，听说人家在革命前，是研究矿石的专家。

哦。钟谭林放下了心。

共产国际派来的人，都是三头六臂，本事大着呢。陈子杰高兴地说。

但是，自从陈子杰找他谈话以后，便再没了音信。钟谭林不知缘由，又不能随便去问，只好焦灼地继续等待。

这一等，就是几个月，很快过了年。

就在这时，局势再次发生变化。

1933年初，日军入侵华北，蒋介石实行“攘外必先安内”的政策，在原有“剿共”的形势上，再次集结了一百多万的兵力，对赣南苏区进行更加疯狂的“围剿”。在紧张的形势下，铁山垅钨矿公司决定暂缓钟谭林发现的那座钨矿的勘探。至于什么时候，那就等到形势舒缓下来再说。

钟谭林说，小叶子，你应该晓得，阿公得到上级命令后，反而安静了下来，不再想这件事了。一时间，我都忘了钨矿的事。

祖孙俩都沉默下来，只有艾瑞克敲击键盘的声音。

过了一会儿。

钟叶说，爷爷，您说当时国民党“围剿”很残酷，我还是无法想象，到底怎样的残酷？

小叶子，你当然想象不出来，那时候，敌人的“围剿”一次比一次疯狂，最疯狂的当算第五次“围剿”，由于党内“左倾”政策，导致中央苏区对国民党第五次“反围剿”的失败，最终迫使中国工农红军主力长征北上，赣南地区只留下了部分红军，组成了独立团，坚持对敌斗争。

这是哪年？钟叶问。

钟谭林说，1934年的秋季。

钟叶在爷爷钟谭林的真切描述中，精神再次集中，随后又进入到了钟谭林艰苦斗争的岁月中。

钟叶通过爷爷苍老的目光，看到了国民党反动派、地主豪绅，几乎使用了世界上最惨无人道的方法，疯狂对待苏区百姓、红军独立团，还有勇敢斗争的游击队。

钟叶的声音，好像都变成了钟谭林的声音，她声音暗哑地讲述道，就说在崇义县吧，反动县长徐长奎积极配合国民党军队的“围剿”，他带头组织起了赣南一带第一个“铲共团”，并且在各乡都建立了“铲共分团”，施行“十户为甲、十甲为保”的“保甲制度”。“保甲连坐法”最让百姓担惊受怕，一人出事，多人遭殃。

“铲共团”规定，百姓不准上山、不准走亲戚、不准妇女回娘家，严密控制百姓的行动，妄图把红军独立团和游击队困死在山上。赣南的百姓热爱红军，千方百计往山上送吃的、用的，可是一旦被“铲共团”抓住，那后果不堪想象呀，他们将会被“铲共团”的人捆绑、烧香火、踩杠、打地雷公、灌屎尿……惨无人道的野蛮办法。还有的人遭遇更惨的对待，被“铲共团”生生地活埋、千刀万剐、石头砸脑袋等酷刑。

徐长奎的“铲共团”，不仅在肉体上、精神上折磨向往红军的百姓，还在生活上极尽压榨，各种名目的苛捐杂税不断加重，比如灶头捐、房屋捐、门牌捐，甚至在红军时期自由结婚的人，除了要把老婆赶走外，还要罚男方交“退婚费”，使尽各种招数压榨百姓，使得百姓几乎无法生活。

被割断了与百姓的联系，独立团的处境更加困难，一些革命意志薄弱者，私下里打起了退堂鼓，有的从山上逃走，回家务农，隐居起来；还有的当了可耻的叛徒，成为“铲共团”的帮凶。

为了彻底困死、饿死独立团，徐长奎还组织了“跟脚队”“看火队”和“砍山队”，这些人化装成山民，在山脚下四处漫游，只要发现通往山路的小道上出现脚印，或是发现林间出现生火做饭的炊烟，立刻汇报；徐长奎马上组织“铲共团”搜山，用子弹和长枪，对着林密之处，乱打枪、乱捅，追得独立团只得四处躲藏；最后没有办法，只好干柴生火，或是趁着浓雾做饭；战士们经常是几天吃不上饭，或是吃不上熟饭，只能吃一些竹笋、鸡冠花、似茅根、黄荆叶等野菜充饥；有的战士实在饿极了，就把野菜揉成团，硬是生吞下去，曾有战士在生吞过程中，被活活地噎死。

独立团陷入到极端的困境中，此时各种谣言从外面传进来，在战士们尤其是年轻战士们中间悄悄流传；一会儿说是又有多少国民党正规军来到，驻扎在山下，随时有可能上山追剿；一会儿又讲谁家的亲属被抓进县府里，正在遭受酷刑的折磨……总之，都是不好的消息在山上蔓延。

看不到出路、看不到前途。而此时的独立团，其实根本不够团的人数，不过就是一个连的人，而且还都是有伤有病的，不仅战斗力不强，精神也开始涣散，处境极其险恶。

杨大清阴沉着脸，眼睛不再瞪大，而是变得迷茫而消沉，原因有二：他的阿爸、姆妈被“铲共团”抓了去，关在县府大牢；又因对时局看法相左，他再次与钟谭林产生了矛盾，两个人产生激烈争吵，之后多日互不讲话。两个带兵的人发生争吵不讲话，队内的紧张空气可以想象。

杨大清终于对自己的人生选择发生了动摇，他感到前途渺茫，对共产党、红军的前途更是悲观、失望，认为共产党不久就会被消灭；他不想待在山上如此悲凉地死去，想起自己当年中断学业，为共产党“卖命”，感到越发的委屈；于是他假借下山侦察情况为由，带着两个十六七岁的小战士下山。

杨大清下山前，钟谭林不知道，得知他下山，还带走了两个小战士，心中立刻浮起不祥的征兆，赶紧把放哨的战士找来询问；战士说倒是没发现有啥不对的地方，只是杨大清走在后面，让两个小战士走在前面；放哨的战士还说，杨大清身上带着一把短枪，两个小战士啥都没带，连根烧火棍儿都没带。

钟谭林的疑惑，很快得到了验证。杨大清下山后，来到县城，立刻投奔了徐长奎，并且把两个小战士当成“礼物”送给徐长奎，作为“反共的见面礼”；一来求得他阿爸、姆妈的活命，二来表示自己对党国的忠心。

徐长奎大喜，当即释放了杨大清的家人，还宴请了杨大清，表扬他做得对，跟着共产党走，早晚是死路一条。为了表示感谢，杨大清在酒桌上向徐长奎表示，他要亲手打死两个小战士，向党国和徐县长表达忠心。徐长奎更是欢心，酒足饭饱之后，立刻在县城中心设立法场，用杀一儆百的办法，来告诫跟着共产党、红军的人没有好下场。

脖子上插着牌子的两个小战士被五花大绑地押来，他们惊恐地看着满脸酒气四溅的杨大清，不明白他们的副营长为什么要这样做？杨大清走过来，照着两个小战士的腿弯处，各是一脚，两个小战士“扑通”跪在鹅卵石的地上，膝盖碰撞石头，发出骨碎的声音；杨大清不由分说，走到两个小战士的前面，用枪口顶住小战士的脑门；其中一个小战士才16岁，忽然“哇”地哭出来，求饶营长不要杀他；另一个小战士紧闭双唇，瞪着杨大清，一声不吭；杨大清冷笑起来，照着那个瞪他的小战士的脑门就是一枪，鲜血飞溅，小战士倒地，杨大清单脚踩着倒地的小战士，照着胸口，又是两枪，随后用手擦了擦飞溅到脸上的血迹；那个求饶的小战士，已经吓得瘫在地上，身下一片湿迹。

徐长奎走过来，笑着对杨大清说，英雄呀，相见恨晚，难得你对党国一片忠心，我看到了，看到了。

杨大清向徐长奎弯下腰，恭敬地鞠了一躬，随后扬起枪，对着地上的小战士，再次开枪，小战士的脑壳飞了起来，落在了不远处……

钟叶看见爷爷钟谭林的眼睛里含着泪水，胸脯剧烈地起伏，双臂颤抖着；钟叶走上前，扶住爷爷，默默地与爷爷相望。

钟叶在爷爷颤抖的呼吸中，继续讲述起来。

杨大清的叛变，不仅对钟谭林打击很大，更让李山鸿气愤不已，他在气愤之中，瞒着钟谭林，带领三名身强力壮、经验丰富的战士，趁着夜色，下山去抓捕杨大清。

第二天早上，钟谭林得知李山鸿带领战士下山去抓捕杨大清，几乎都要疯了，他把站岗的哨兵喝来，严厉地质问，为何不拦住李连长？哨兵低头不言语，问急了，哨兵们才流着眼泪说，战士们……都想跟李连长去呢……

钟谭林怔住了。他知道，杨大清在县城闹市中心残忍地枪杀小战士的事，山上的战士们已经知道了，都恨得用砍刀狂砍大树。

再说李山鸿，他带领三个战士，装扮成走山货的小贩，混进了崇义县城，住在一家大车店里。县城不大，杨大清又是“名人”，他们很快就摸清了杨大清的住处。事不宜迟。当天晚上，李山鸿和三个战士来到杨大清的住处。他让三个战士守在外面，告诉他们，假如杨大清跑出来，你们就用匕首围住他，伺机杀死他；三个战士担心李连长的安全，李山鸿拍拍他们的肩膀，信心十足地攀上墙头，猫一样翻进了杨大清的住宅。

杨大清“投诚”有功，徐长奎特意在县城里给他租了一个小院子，告诉他，这是暂时的，很快就会有他自己的房子，很快会有他自己的女人，也会有大把的金钱。

跳进小院子的李山鸿，借着夜色迅速观察：院子不大，正房两间；两边的厢房各有一间；院里有一棵树，是赣南遍地都是的樟树，树冠很大，完全遮蔽了小院。

李山鸿悄无声息地摸到正房门前，把脸贴在窗户上，侧耳静听。屋里没有一点儿声响，李山鸿挪到门前，轻轻用手推了推，竟然没有关门；李山鸿正要进去，忽然停住了，他疑惑起来，觉得不对劲儿，唯恐有诈，于是退了回来。

就在此时，从西厢房里突然射出子弹，子弹擦着李山鸿的耳根子飞过去，打在墙上，划过一道闪亮的光芒。李山鸿感到耳朵发热，用手摸了一下，黏糊糊的，他知道耳朵流血了，于是赶紧回身，低下身子，贴着地面，朝门外跑；接着又是两声枪响，从李山鸿头顶上鸟儿一样“吱吱”飞过去，全都打在墙上，流星一样闪亮。

李山鸿在心中骂道，叛徒，奸人，还有埋伏呀。

依仗李山鸿有功夫，他带伤翻过院墙，在三个战士的帮助下，快速撤离了县城。杨大清并没有追出来，这家伙很是狡猾，他担心院外有埋伏，不往外面追。

因为杨大清早有防备，李山鸿不但没有抓住杨大清，自己耳朵还受了伤，成了半个耳朵，要是再准确一点儿，李山鸿肯定就没命了。

钟谭林见到垂头丧气的李山鸿，并没有批评他；相反，与他坐在一起，递给他烟叶子，卷起烟卷来。

李山鸿说，营长，给我处分吧，咋都成，我没意见。

钟谭林说，杨大清，该杀，以后我们想办法，他早晚得死，必死！

正是杨大清的叛变，促使钟谭林和李山鸿成为真正的同志，成为真正的兄弟；正是杨大清的残忍，促使钟谭林和李山鸿革命意志更加坚定。

艾瑞克抬起头，扬起脖子，活动了一下僵硬、发麻的肩膀。随后继续敲击键盘，记录下钟叶的讲述。

是的，钟叶早已乘坐在爷爷钟谭林遨游的思绪中，飞翔着，飞向了爷爷战斗的赣南，飞向了思顺乡的每一座山头上，每一条小道上。如今，只要钟叶想要探究什么、了解什么，爷爷钟谭林就会心知肚明，很快就会在她面前展现出过往的场景，任钟叶观望。

比如现在，钟叶想要快点知道杨大清的状况，钟谭林的思绪马上就转向了那里，钟叶也就看见了叛徒杨大清的丑恶表演：他反共积极，很快就当上了“铲共团”的副团长，成为徐长奎的“得力帮将”；因为他熟悉独立团的活动规律，“铲共团”在杨大清的带领下，已经成为独立团的死对头，形成了极大的威胁。独立团决定，眼下的首要任务，就是要立刻除掉杨大清。

机会来了。

独立团利用当地风俗“傩戏”的演出，准备再次进入县城，一定要处死叛徒杨大清。为牺牲的红军战士报仇。

傩戏，是赣南一带最为火爆的民间习俗。相传明代期间，当地民间艺人演出傩戏时，脸上都是戴着铜面具，这种铜面具制作精良，能够紧扣在脸上，怎么表演，铜面具都不会掉下来，那热闹的场面，犹如外国的狂欢节；后来将铜面具改成了木雕面具，据说缘于一次死亡。当时一个小孩子在表演傩戏时，戴上铜面具后，却怎么也摘不下来了，最后竟然窒息而死，最后人和面具一起下葬。鉴于此，后来就改成彩绘木雕面具了。

那天，钟谭林、李山鸿亲自带领十几个战士，戴上木雕面具，利用节日的狂欢，进到了崇义县城，准备打一场大仗，打击一下敌人器张气焰的同时，也要借机除掉恶贯满盈的杨大清。

县城里热闹非凡，在那样艰苦、贫穷的日子里，热爱生活的人们，依旧不忘了民俗、民风，所有的节日还是要过，把痛苦埋在心底，让笑容绽放在脸上。

到处都是拥挤的人流，大人、孩子甚至老人都走出来了，游走在县城的街道上；人们在困苦的日子里更希望借助神灵来抚慰艰难的日子。

这的确是一个好机会，战士们分散在人群中，很快就靠近了杨大清居住的那家小院。可惜的是，从那家小院里出来的人，是一大家子的人，大人孩子都有，好像是做茶叶生意的，经过打听，杨大清已经搬走了。

无奈之下，钟谭林决定前往“铲共团”的驻地，教训一下徐长奎；他们拉响了手榴弹，炸死了不少“铲共团”的队员。随后，钟谭林等人借着纷乱，迅速撤离了县城。

这场战斗，打击了“铲共团”的嚣张；但却对铲除杨大清带来了一些困难，再加上那次李山鸿夜袭杨大清的住处，使得叛徒杨大清更加警觉，以后他开始处处留意了，独立团很难再下手了。

后来呢？钟叶问。

钟谭林说道，谁能想到，也就是从那时开始，我跟杨大清开始“纠缠”在一起，一直到新中国成立以后。

钟叶陷入沉默之中。

因为艾瑞克的原因，钟叶对于早年在赣南地区的那个名叫“菲恩”的德国人，还是充满兴趣。于是，又问爷爷，那个共产国际的德国人菲恩，会不会还有别的名字？

钟谭林说，我哪里知道，好像没有第二个名字，就是菲恩。当然，是陈子杰告诉我的，我其实没有见过菲恩。

您不是说，您曾经去过一次瑞金吗？钟叶问，瑞金那么小的地方，长着大胡子的菲恩，况且又是外国人，肯定非常显眼，难道您就没有偶然遇见过？

钟谭林忽然低下头，低声说，其实……我没有去过瑞金苏维埃政府，后来曾经去过，但已经是红军转移以后的事了。

钟叶惊讶！也就是说爷爷钟谭林上次讲的，他曾在瑞金见过菲恩，是不存在的一件事！

难道当时瑞金没有外国人？

有呀，怎么没有？钟谭林说，那里有一个叫李德的人，也是德国人，也是共产国际来的人。听说当时苏维埃政府在沙洲坝，把一片稻田毁了，专门给李德建了一所大房子，是“四线三间”的大房子，典型的赣南客家民居造型。红军还有当地人，称呼那所大房子是“独立房子”，李德在“独立房子”里依靠地图指挥打仗。当时蒋介石围剿苏区的战略，叫“步步为营、堡垒推进”，结果李德提出的战略叫“短促突击”，听说那个李德要求特别严，碉堡挖的地点、哨兵站的位置、一挺机关枪应该放在哪儿，都有特别明确的要求。谁要是搞错了，哪怕就是差了几米，那就要杀头的！

这应该是好事呀？钟叶说。

钟谭林苦笑道，好事啥？那个地图绘得不准，听说误差要在几里地之外，那时哪有专业测绘？地名、方向都是问来的，有的连地名都不对，方向都是错的，这样靠地图指挥，打仗怎么能赢？

除了那个大名鼎鼎的李德，没有外国人了？

钟谭林犹豫道，也可能有，比如有的人待了一天、两天或是三天。只有那个李德，在瑞金待得时间最长。

陈子杰应该清楚。钟叶断定道，后来您又问过陈子杰吗？是不是陈子杰把这件事搞错了？

钟谭林再次摇摇头。

钟叶知道，关于菲恩这个人，爷爷不是很清楚。所有的一切，他都是听陈子杰讲的。也可能真的会是这样——菲恩这个人确实存在，也可能曾经去过瑞金，最大的可能就是，他待了一天，执行完任务，转天就走了。见到他的人很少。这样的情况，也极有可能出现。

钟叶多少有些失望。为什么失望？她也讲不清楚。

第七章　教堂与祠堂

G

从钟铁亮那里已经提前领取了酬劳的司机小蔡，继续带着钟叶、艾瑞克四处观光，还如前几天一样不辞辛劳、兢兢业业。钟叶起先也有猜测，但始终不知道酬谢数额，后来从姐姐那里知道，钟铁亮给了小蔡厚厚的一个大红包，据讲是一笔特别让小蔡惊讶的酬谢。

钟叶知道后，感觉不好意思起来，冰凉的心有些温暖。钟铁亮这样做，是想让她和艾瑞克旅途高兴，尽兴游玩，增进彼此之间的爱情，可自己却私下里不满钟铁亮，对爸爸和姐姐说了一些不好的话，心里有些过意不去。她想知道小蔡得到的酬谢大约多少，又不好问，转念一想，即使知道了，又能怎样，难道还要退还给钟铁亮吗？那样的话，大家都会尴尬，有必要吗？已经走到了这一步，钟叶只能假装糊涂，继续夸赞小蔡是个热心人、好心人，但心里还有另外一个想法，那就是悄然之间她已经不知不觉地原谅了钟铁亮那些“霸道行为”。正像父亲所讲，他毕竟……你们对他不能有其他的要求。钟叶也就有些“随波逐流”的感觉了。

再说小蔡吧，他面对钟叶的感谢，也不好解释什么，就以“钟老师您别客气，这不算啥”来回答。聪明的艾瑞克早已猜测出来钟铁亮的“暗中行动”，同样不想戳穿，也是继续装傻。其实艾瑞克是一个非常吝啬的人，钟叶唤他“葛朗台”，艾瑞克并不气恼。只要不花他的钱，并且让他很有尊严地昂着头，至于你们“暗地做好事”，那就与我无关了。

钟叶明白艾瑞克并不领钟铁亮的情，他肯定是那样想的，“那是你愿意，是你的自由、你的权利”。在巴黎的平日生活中，艾瑞克就是这样的思维。钟叶实在憎恨他的这种思维，在憎恨中也就更加看清了艾瑞克所谓的“尊重他人”的真实嘴脸。可转念一想，也不能完全责怪艾瑞克，毕竟他没有让钟铁亮暗地花钱呀。钟叶有时又会站在钟铁亮的立场上，恨铁不成钢地想，中国人为什么总要做“冤大头”的事，真是没有办法呀。这几天，钟叶就是这样左右开弓，把自己、把他人“打”得晕头转向。

三个各有心事的人，心知肚明、欢声笑语地游走。

这天一大早，他们来到了较远的宁都县，除了在县城走走看看，还准备把大部分时间放在县城边上的乡村里。赣南一带的乡村，似乎比乡镇上更有韵味。

几天来，艾瑞克已经完全被赣南的自然风光、极具特色的赣南民居、客家风俗的祠堂以及独特的客家文化所吸引，从他表情上就能看出来，他算是彻底折服了，甚至已经忘了如此顺利的观光，都是由于中国富豪钟铁亮所赐；他举着相机继续狂拍，心里在想着他设计中的法国社区建筑的图纸，他总在不断地、下意识地加以比较，由于心思杂乱，总是忘了看脚下起伏的小路，好几次都差点儿摔倒了，在钟叶、小蔡并非恶意的笑声中，他也不忘用刚刚学会的一句中国成语“得意忘形”来自嘲。

艾瑞克现在白天、晚上忙碌，几乎睡不了几个小时，每天深夜做的最后一件事，是把他每天的观感，还有记录、整理好的钟谭林的人生故事，继续发送邮件，传递到科隆。转过天来的深夜，再接收来自科隆的反馈。当然，艾瑞克还会继续回答钟叶的询问，继续诚实地把来自科隆的真实看法表达给钟叶。起先钟叶对于来自科隆方面的看法，激烈表达反对意见，但很快她的火气消减了，因为她忽然清楚了，来自科隆的看法，尽管有许多偏激、尖锐的地方，但也有不少值得我们深思、反省的地方。

在于都县城一家天主教堂门口，看着教堂门口牌子上的说明，艾瑞克得知这家天主教堂，在共产党红军时期曾是中共赣南省委的旧址。

艾瑞克很感兴趣，追问道，共产党为何要把办公地点放在教堂，这可与马克思主义的无神论格格不入呀?

钟叶说，你把我爷爷的故事完全听完，你就知道为什么这样了。

艾瑞克耸了一下双肩，突然用不屑的口吻说，天堂里可没有共产党人的位置，因为他们是无神论者。我说得完全正确，不是吗?

钟叶回敬了一句，你最近话比较多，上帝不喜欢话多的人，天堂里需要安静，你难道不懂吗?

艾瑞克红了脸，赶忙解释说，我没有别的意思，因为共产党人不相信宗教，所以才不会去天堂。

小蔡虽然不懂外语，但通过他们之间表情、语气的变化，也能猜测出大致的情形。见他们突然争吵起来，急忙劝架，他劝架的方式也很特别，用篮球裁判的暂停手势叫他们暂停，然后给他俩哼唱一小段赣南小曲，这个办法倒是奏效，立刻驱散了他们之间的争吵。

小蔡得意地说，这就是文艺的功能。

钟叶、艾瑞克禁不住笑起来。他们俩的争吵，有许多都是针尖对麦芒的，似乎这种对峙也是一种特别的抒发。

几个人在宁都县城走了一圈，感觉没有多大意思，很快就出了县城，去了县城外三里地的一个叫“东龙村”的地方。

来到东龙村外，望着越发崎岖的盘山公路，小蔡决定，还是把汽车停在山脚下，三个人徒步上山。这样反而快捷。

小蔡在前面带路，故意放慢了脚步，好让钟叶跟得上。

走了一会儿，歇息时，小蔡告诉钟叶，最近有个关于东龙村的新闻，说是省里的道路勘探专家，前不久在东龙村搞调研时，用最新的仪器勘测出来一条上山的捷径，要是按照这条捷径修路，比老路要少走上几十公里，而且还比老路平坦。这个结论出来后，专家们据此推测，其实东龙村并非险峻，当年聪明的古人，也并非没有发现这条捷径，之所以修了如此险峻、曲折的山路，目的只有一个，是为了躲避战乱。故意将道路修得艰险，用迷魂一般的上山小路，布下迷魂阵，以此来给村民营造一个安全、安静的生活。

艾瑞克听了，感慨不已。他感叹道，中国人聪明，当今中国的崛起不是偶然的，是必然的。

钟叶望着感慨的艾瑞克，说道，只要是客观的、实际的分析，我都能接受，包括你刚才的赞美。

艾瑞克知道钟叶此话的意思，想起刚才因为教堂、天堂的争吵，发自真心地对钟叶说，我给科隆的邮件绝对都是客观的，没有我的观点，这一点请你放心，我不会影响波尔舅舅的评判。

钟叶说，不说了，看风景吧。

东龙村除了道路险峻，还有一个特点，小村中所有的石头上都刻有清晰的文字，找不出一块没有文字的石头。小蔡曾经多次来过，也在家中听父母讲过，东龙村在清代出现过彭氏家族“父子四进士、兄弟双入阁”的荣耀，而且父子中最大的官衔是礼部尚书职务。

小蔡讪笑道，族谱不能张扬彭氏家族的荣耀，匾联也无法穷尽人生得意，所以彭氏家族三代把他们的荣耀都刻在了巨大的石头上，到处都是，后来经过考古专家研究、计算，村子周边的石头上竟有六千多字。

钟叶和艾瑞克听完，也都苦笑不已。

艾瑞克似乎又要挑起“战争”，说，钟铁亮就是想把家族荣耀刻在石头上的人，对不对？

钟叶倒是不回避，说，他心里可能是这么想的吧，只不过现在没处去找这么多闲散的石头。荣耀太多了，所以石头就少了。

艾瑞克没有因为钟叶的玩笑而发笑，继续认真地说，你爷爷和你哥哥，差之千里，不知你爷爷地下知晓了，该怎么想呀？

钟叶没言语。

钟叶又想起早上吃早餐时，父亲终于告诉她和姐姐，钟铁亮的爷爷不是钟谭林，是钟谭生，钟谭林的表兄。当年钟谭林去县城投奔的那家“开杂货店的”人，就是表兄钟谭生。后来钟谭生不开杂货店了，大乱之年，通过关系，去了崇义县府，做了厨房的采买。再以后，钟谭生的儿子也就是钟铁亮的父亲，参加了国民党军队，随即离开了崇义，后来身经百战，战功卓著，成为国民党的将军。1949年新中国成立前，钟铁亮的父母离开大陆，去了孤岛台湾，走之前没有来得及回赣南接上他们的儿子钟铁亮，于是钟铁亮成为一名孤儿。“我收养了钟铁亮。”钟大同说，“那时他不叫铁亮，这个名字是我给起的。”在今天的早餐桌上，钟大同还给两个女儿说了“倒插金钗”的事。钟叶和姐姐已经知道了其中奥秘，还是假装不知道，目的很简单，有意淡化这件事，不让父亲伤心。可是钟大同早已经看得开了，淡淡地说：“随他去吧，他有自己的人生选择，我不会强求他的，再说他是我的养子，我怎么能说得太过分呢？”

自从早上父亲亲口讲了钟铁亮的身世，不知为什么，尽管钟叶早先已经猜测出来，但父亲亲口讲了，她还是心情黯然，说不出的一种难受。她不想把钟铁亮的事告诉艾瑞克，倒不是有什么丢人现眼的，就是不想说。但聪明的艾瑞克已经猜测出来，他在见到钟铁亮之后，当时就断言钟铁亮不是你的亲哥哥。钟叶对此非常感慨，许多事情，其实是自己人糊涂，外人一点儿不糊涂，外人看得最清楚。常常是自己隐瞒自己。

如今艾瑞克又说起“你爷爷和你哥哥差之千里”的话，还是令钟叶心情不悦，但她实在不想争论了，所以选择了沉默。

三个人在东龙村漫游，没用小蔡介绍，钟叶就发现一个奇观，这里众神共存，人们信仰所有的神。比如：村南有七级玉塔、翠竹禅林、文昌宫、先农庙；村西有仓农庙、土地庙、紫府观；村北又有普贤寺、万寿宫；村中则坐落着观音堂。

小蔡看出钟叶的想法，打趣道，众多菩萨、神灵包围村庄，守卫人们的安康。这叫什么？这叫各司其职。

钟叶想，艾瑞克要是明白人们供奉这些神的用途，肯定会有不同的看法。在西方，人们面对神灵，是敬畏的；面对上帝，是要忏悔的；但在中国，是用来保佑自己的，用来看家护院的。钟叶在心里暗想，众多神灵在此，会不会消解人们的虔诚？面对这些神灵，人们就是每天不吃不喝，天天拜上一圈，恐怕都拜祭不过来呀？

小蔡的一句话，打消了钟叶心中的顾虑，他说，什么节日，拜祭什么神灵。心中有什么需求，就去拜祭什么。

如此一来，那就简单了。钟叶说。

小蔡说，是呀，很简单。中国人在选择神明祭拜时都非常功利，不想赎罪，只想索取。

艾瑞克站在旁边，尽管钟叶没有给他翻译，他还是认真倾听。

小蔡问钟叶，艾先生为什么不学习中文？

钟叶说，他认为法语是世界上最优美的语言，所以拒绝学习别国语言，不过……这是他自己的判断，由他去吧。

艾瑞克还在自顾遐想，对钟叶说，他对赣南一带的教堂还是充满极大兴趣，尤其当年共产党的政府建在教堂里，这是一件特别有意思的事，当他们在商定打土豪、分田地时，教堂里面寻求众生平等的上帝在想什么？

钟叶说，这很简单，当时乡间最好的建筑就是教堂和祠堂。祠堂不可能占用，剩下的只有教堂。至于上帝在想什么，那只有去问上帝。

你真的认为这里面没什么特别的意义吗？艾瑞克怎么都不能理解。

没有什么特别的意义。钟叶异常坚定。

艾瑞克想了想，还是坚持自己的想法，说道，我还是觉得在教堂里发生革命行为，是一件很有意思的事情。

钟叶不想再做解释，他们之间在很多事情上，总是说不清楚，往往越说越迷乱，所以许多时候她干脆不说了。可能也正是这样的原因，导致她和艾瑞克之间存在的问题堆积如山。

不知为什么，艾瑞克又向钟叶主动讲了他父母对于他婚姻的看法。这是一年多来，艾瑞克第一次主动讲，至于他为什么这样做，钟叶也不清楚，莫非艾瑞克要做什么最后的决定？因为往往越到最后，不管多大的悲剧，却是越能全盘端出来。因为，那时候已经不需要考虑后果了。

艾瑞克是不是也要做最后的决定了？钟叶想。

艾瑞克绘声绘色地转述，很快使得钟叶再次看见了艾瑞克父亲那张高傲之中带着俯视目光的脸，听见了他浓重的马赛地区的口音：我一直在思索这个古老的东方大国，不仅是因为我的儿子娶了一位东方的女人，当然这也是一种原因，真正的原因是，我无法弄懂这个国家。人们私下里永远在责备这个国家，在诅咒这个国家，甚至憎恨这个国家，积怨难返；可当真有外来民族入侵这个国家时，这里的人们却又会团结一致；当他们在移民官那里表达对这个国家的责备时，谁也不会想到，当这个国家遭受灾难，他们马上就会举着五星红旗上大街声援，就会捐款，还会满眼流泪；而一旦没有了外来势力的威胁，他们重新又会变成一盘散沙，又会继续谩骂、诅咒自己的国家。这些难道是毛泽东时代的情绪蔓延？

在艾瑞克的转述中，钟叶也看到了高大肥胖的艾瑞克母亲紧密跟随，也出现在钟叶的眼前，她则永远都是离不开生活的话题，如塞纳河一样湍流不息。这个极有可能是“原共产国际”的女儿，此刻却用怪异的腔调说：中国人永远都是一窝蜂，像是洪水猛兽，不可阻挡。他们能在瞬间将巴黎老佛爷商店的奢侈品一扫而光；可是那些奢侈品，他们又没有时间享受，他们把所有的时间都用在工作上，不分昼夜地工作；他们不光扫荡欧洲，也会扫荡非洲，他们在赞比亚养鸡，竟把所有餐馆的鸡都包下来，让赞比亚人养的鸡无处可卖；他们拿着现金到处买房子，把欧洲的房价抬高了几倍。用不了几年，他们就能把加拿大、澳大利亚还有美国完全占领，用移民的方式占领，最后完全变成弥漫着炒菜油烟的唐人街；他们没有素质，但又具有极强的同化力，无论多么考究的西方人，只要在中国住上两年，他们也会随便过马路、随便吐痰、随便抢占座位；中国人很奇特，过外国的海关，彬彬有礼、人与人之间保持礼貌的间距，可只要回到中国的海关，就会吵嚷一片，就会拥挤，就会瞬间没有了任何礼节，这一切到底是为什么？

钟叶非常想听听波尔舅舅说什么。艾瑞克依旧没有隐瞒，照样全盘讲出，甚至还模仿波尔舅舅的表情和腔调讲出来。

果然，钟叶看见波尔舅舅出场了，他永远都是最后一个出场，他的光头依旧锃亮，在夜晚里闪着肉体的亮光，他永远在继续自己的思索，好像与旁人无关：一百多年前，试探着准备占领青岛的德国人，开着两艘舰艇，犹犹豫豫地来到胶州湾，他们的军舰靠不了岸，从望远镜里看到岸边雄伟的大炮，看见蜂拥到水边的士兵，德国水兵吓坏了，紧张得都要死了；舰艇上一个长辫子的大清国翻译，想出了一个好办法，他对蜂拥到水边的清军士兵喊话，我们舰艇搁浅了，想到岸上休息一下，你们能否把我们背到岸上，我们给你们钱，很多的钱。大清国翻译的话，让德国水兵都不相信，如此拙劣的谎言，怎么能欺骗大清国守卫疆土的士兵呢？太滑稽了吧？可是奇迹出现了，清军士兵们毫无戒备，脱掉鞋子，挽起裤腿，下到海水里，走到舷梯旁，背着身强力壮的德国水兵，一步三晃地吃力地上了岸，后来才知道这些清军士兵蜂拥到海边，不是来打仗的，也不是为了钱，就是来看稀罕的，看这些洋毛子到底长得什么样。占领了青岛的德国人没有想到，这场战役竟然以这样荒唐的方式胜利结束。他们的鞋子都没有湿，就占领了青岛，要知道岸边那些大炮要是开炮的话，他们的舰艇全都会沉到海底，会让他们死无葬身之地。这样的战争，世界战争史上从来没有过，将来也不会再有了。占领青岛很多年以后，德国人都不相信这是真的，以为是一场梦境。可这一切就是真的，这是一个不可思议的东方大国。还有和日本的关系，最早他们可是同仇敌忾，一起对待西方列强的，他们心里是抵制西方的，他们一致认为东方是东方人的东方，不是西方人的东方，可是最后却分崩离析，成为仇敌。那么现在呢？另外，中国还是一个不被西方理解的国家，无论怎么交流，双方都不会认同对方的价值观和思想，现实就是这样，永远解释不清。就说达赖喇嘛吧，西方人永远都不会理解，中国政府为什么会跟宗教人士过不去呢?

连钟叶自己都感到奇怪，为什么艾瑞克一说起他们的名字，艾瑞克父母和波尔舅舅的脸庞，就会如此清晰地呈现在眼前，他们的话语就会那般的清楚，甚至他们嘴角边、眉梢上的变化，她都能看得见。过去，他们是分别走出来的，分别表达自己的看法；现在不一样了，他们同时走出来，同时并排坐在一个高高的台子上，从左至右，分别表达他们的看法。是的，他们骨子里看不起中国，心里不理解中国，可又在时刻琢磨中国、关注中国；还有艾瑞克，那么疯狂地追求她，表达对她的爱情，当真的走在一起，他却又不断地挑剔她和挑衅她的家人。现在她从不认为西方人是绅士，他们骨子里是傲慢无礼的。

他们的话题，已经不再是钟谭林的人生故事，已经不再围绕你的赣南观感，而是蔓延到了中国各个领域，这是为什么？钟叶的目光仿佛一把尖锐的锥子，毫无保留地“刺”问艾瑞克。

艾瑞克摇头，缓慢地说，我也觉出来了，我想……他们一定在网上关注中国的一切，看到了中国的许多事，而不仅是钟谭林的人生履历，也不仅是我的旅途观感。他们就是网络上俗称的“爬墙党”。多么形象，趴在墙头上，边看边评。却从来没有落地，只有观感，没有质感。

艾瑞克倒是格外认同钟叶的猜疑，没有丝毫地解释，似乎他并不觉得“爬墙党”是一个不好的称谓，只是非常形象而已。所以听上去，艾瑞克是站在钟叶立场上的。艾瑞克经常前半句反驳钟叶，后半句又赞成。搞得钟叶有时也会不由自主地思维混乱。

但愿这是好事。钟叶说。

但愿。艾瑞克特别同意。

难得的，这一次两个人观点一致。

钟叶感觉这次特别的旅行，她是那么的累——身体累，精神也累。但又感觉特别的新鲜，一种从来没有过的体验。

这样的日子还会持续多久？

柒

如今，只要夜幕降临，只要艾瑞克摆放好电脑，只要钟叶拿起爷爷钟谭林的信……钟叶就会神奇般地变成了钟谭林；她说话的语气，瞬间变成了年迈、苍老的语调，甚至带有了赣南当地的口音，就连说话时的姿态都不再是钟叶，而是钟谭林了。起先艾瑞克感到不可思议，感到一种精神上的恐慌，灰色的眼珠儿凝结成了灰色的石块，但很快他就不再害怕了，很快适应了这样“白昼与夜晚”的身份转换，那天他甚至还讲道，他也看见了钟谭林，看见了赣南往昔的岁月，看见了钟谭林身边的那些好人、坏人。

我们不会是穿越时空了吧？钟叶小声地询问，我已经不能左右自己了，已经被我爷爷钟谭林控制住了，我走进了他身体里、走进了他精神中……

可能……是吧。艾瑞克低着头，眼睛看着电脑。

很快，艾瑞克的耳边传来了钟叶……钟谭林的声音……他的眼前也出现了色彩斑斓的画面。

“西安事变”过后，发生在赣南的一件重大事情，就是陈毅“出山”。当年，在中央红军离开苏区、进行艰苦的长征期间，在赣南一带，陈毅率领留守在江南的少部分红军，进行了艰苦卓绝的游击战争，可以说付出了巨大的牺牲，多次面临险些遭完全消灭的境地。陈毅那首著名的《梅岭三章》，就是当时艰苦斗争的最真实的再现。

如今，陈毅以中共赣粤边特委全权代表的身份，出现在了大余的池江，他已经完全没有了在梅岭时的窘迫，他额头明净地出现在了大余县，堂堂正正地同大余县政府的代表进行会谈。由于“西安事变”后全国所呈现的新的抗战形势，促使大余的国民党代表不敢捣乱，“剿共”的敌对心态早就收敛起来，所以国共双方很快有了谈判结果，初步达成了游击队正式改编为国民革命军、听候中央建制调遣、进行共同抗日等多项的合作。

钟谭林看到了下山的曙光，看到了革命前程的曙光。这些年里，他和他的战友们一直住在山上，生活异常艰苦。但是现在，他还不敢贸然下山，担心徐长奎的突然袭击。

在过去的几年中，徐长奎、杨大清组成的“铲共团”，没少用各种阴谋诡计欺骗独立团。好几次，独立团险些钻进徐长奎、杨大清设计好的圈套里，其中一次就是打着“谈判”的幌子，诱骗钟谭林下山谈判。当时钟谭林考虑到有可能是徐长奎玩弄的阴谋，但是为了揭穿他，同时也是为了万一有可能谈判成功的话，可以把山上的伤员抬下山去治疗、挽救战士的生命。为了一线的希望，钟谭林不顾李山鸿的劝阻，毅然决定下山。

徐长奎表明钟谭林不许带人、不许带枪，为了表达诚意，钟谭林没有带枪，只带了两个战士。李山鸿考虑到这件事有可能发生突变，于是提前带领十几个战士暗中接应。果然，这是徐长奎、杨大清设计的一个圈套，准备以“谈判”为由扣押钟谭林，伺机引诱独立团下山营救，以此全面歼灭。

正是李山鸿提前做了准备，没有使徐长奎等人的阴谋得逞，否则的话，钟谭林真要遭到徐长奎、杨大清的暗算了。真要是那样的话，独立团的命运恐怕会是另一个结局，说不准还会全军覆没呀。

陈毅与大余方面的谈判虽然初步告成，但毕竟是局部的谈判，整体上中共与国民党更进一步的谈判始终在进行之中，因为中间不断出现差错和反复。所以钟谭林他们的小心谨慎，还是非常必要的。

中共和国民党方面经过几次协商，最终决定，将湘粤赣边游击支队，暂时改为“湘粤赣边区人民抗日义勇军”，下辖两个支队。钟谭林所在的独立团被解散，编入了第二支队，继续在思顺、过埠一带驻扎，因为暂时还没有开赴抗战前线的命令，于是他们就地开展抗日宣传。

几年的山上生活，没有粮食，没有药品，钟谭林他们这支队伍已经疲惫不堪，每个活下来的人全都骨瘦如柴，如同野人一样。但唯一不变的，是他们跟随共产党前进的坚定决心。

独立团的团长早在两年前就已重病死去。独立团的最高领导一直是钟谭林，其次就是李山鸿。他们两个人率领着这支不到三十人的队伍，苦苦坚持着，哪怕意志稍微动摇，这支队伍马上就会分崩离析。

好在，他们终于坚持下来了。终于度过了最为艰难的困苦时光。

经过一段时间的休整，这支三十人的队伍，在1938年的2月被编入新四军，可就在部队准备开赴抗日前线前夕，钟谭林又被留了下来。他去找上级询问缘由，上级告诉他，执行命令，不要多问。郁闷的钟谭林很快就明白过来——肯定是因为那个大矿的事。

命中注定，钟谭林一辈子都不会离开家乡了。这和许多革命者不一样，他始终没有转战南北，就像一棵树一样，牢牢地扎根在家乡的土地上。钟谭林是“活地图”，一旦铁山垅钨矿公司决定开采，钟谭林就要立刻离开部队，前往公司工作。为了保障钟谭林的生命安全，上级还特意交代一名共产党员，在关键时刻要用生命来保护钟谭林。关于这个细节，钟谭林全然不知，他是在多少年之后才知道的。当他知道上级如此安排时，那个暗地用生命保护他的共产党员已经牺牲了。

很快，新四军在思顺乡设立了“新四军驻思顺通讯站”，钟谭林是本地人，熟悉情况，再加上他的特别身份，成为通讯站的一员。李山鸿则随北上部队去了抗日前线。二人从此分别。分别的那天，因为时间紧迫，他们俩都没有好好地交谈，只是在街上握着手，四目相对，看了好一会儿，这才转身离开。多少年以后，当他们重新相见时，钟谭林含着眼泪对李山鸿说，你的背影我一直记在心里，不曾忘记呀！

钟叶终于以孙女的口吻，长长地叹口气说，我爷爷钟谭林继续在这片土地上战斗。

钟叶感慨地对艾瑞克说，我用爷爷钟谭林的目光回望历史，我爷爷让我终于看到了这样的历史景象：

“思顺通讯站”的主任姓杨，钟谭林是副主任，下面还有三个传令兵。办公地点在思顺牛形岭的下何屋。在这个通讯站，杨主任还有别的工作，具体负责日常工作的其实就是钟谭林。

“思顺站”的工作极为庞杂，线头很多，可以说杂事缠身。他们一面拥有新四军后方办事处的番号，另一面还有“耕田队”的番号；“思顺站”有公开合法的身份，可以四处走动，需要宣传抗日、组织抗日救亡团体，还要补充新四军的兵员，随时做好征兵工作。还要组织青年队和耕田队，帮助红军家属解决耕田困难。除了这些重要的工作，他们还要肩负着寻找苏区时期的党、团员骨干，恢复和发展党团组织的工作，领导人民对国民党政权进行政治和经济的合法斗争。

经过这么多年艰苦斗争的磨炼，钟谭林已经成长为一名经验丰富的领导了，除了做好工作站的工作，还要时刻保持着高度的警惕。虽然形势发生了变化，国共联合抗日，徐长奎、叛徒杨大清等人的行为收敛了许多，不敢明目张胆地反共，但他们还在伺机行动，只不过动作更加隐秘，招数更加阴坏。

此时陈子杰按照上级部署，上调到中共赣南特委，当了组织部长。钟谭林和陈子杰见过一面，二人除了叙旧，谈得更多的是工作。陈子杰表示，地方政府会极力配合新四军后方办事处的工作。有陈子杰的配合，钟谭林特别高兴，心里也有了底，眉宇间有了开心的笑容。

陈子杰再次问起钟谭林，还记得在扬眉寺一带发现的那个山洞吗？钟谭林说，怎么会不记得呢，就是死了，魂灵也会记得。

那块闪亮的石块呢？钟谭林问。就在询问的同时，那块闪亮的石块，似乎出现在他的眼前，那么清晰、逼真。

陈子杰犹豫了一下，说，我不知道那块石头……现在哪里，肯定是在上级那里，你不用操心了，我们按照上级指示，随时等待吧。

钟谭林想了想，终于把心底的话讲出来，他遗憾地解释，他至今也无法具体描述地形，也无法画图，只能自己上山，才能找到那个山洞。可是地形实在复杂，即使上了山，也不可能一次找到，会要寻找一段时间。

陈子杰没说什么，心里非常理解，更加认定，绝不能让钟谭林离开这片土地。毕竟那个优良的矿藏，对于中共赣南的经济发展有着巨大的作用。

两个人短暂一面，又不知哪年再遇，握着手告别，好半天都没有松开。

有一次，钟谭林因为工作需要，第一次回到家，他离开很多年了，一直没有回去过。其实他的家已经没有亲人了。钟谭林所以回到家乡，不是看望亲人，不是家事，是带着具体工作回去的——发现、团结、组织抗日先进分子，尤其注重年轻人的发现和培养。

也就在这时，钟谭林的第二次爱情来临了。

这个女子比钟谭林小了十岁，聪明善良，长得也不错，是个美人，名叫涂彩花，住在邻村。

此时的钟谭林也很希望身边有个女人，也想有个家。涂彩花的出现，让钟谭林心情激动，像是饥渴的人看见流淌的清亮山泉，因为钟谭林的工作，两个人相识后便经常接触，钟谭林给她讲当下的形势，还有革命道理。涂彩花工作上也很上进，积极参加了“抗日救亡会”，她带着几个细妹子，到处走访，宣传抗日救亡的道理，唤起民众的政治觉悟。

谁也没有想到，这两个情投意合的人，在他们爱情的后面，竟然隐藏着一场严重的政治危机。

涂彩花的爷佬在反动县长徐长奎家里做工，做很多年了，不言不语、埋头苦干，深得徐长奎的信任，每年岁末徐长奎都要给下人分发奖赏，给涂彩花爷佬的奖赏最多。涂彩花的爷佬老实，但老实的人也有远大理想，他的理想很简单，就是想把女儿嫁给县上家境好的人家。可突然听说女儿和一个新四军好上了，还是一个年长女儿十岁的男人，这个老实人坐不住了。另外还让他犯愁的是，女儿到处抛头露面，整日和后生仔们在一起，这成何体统呀？他大为光火，决定阻拦女儿继续滑向深渊，可是怎么阻拦呢？他不晓得怎么办，只是发愁，整日愁眉苦脸。一天干活走神儿，用锄头碰了脚，虽然并无大碍，也是鲜血直流。

徐长奎得知这个绰号“涂老蔫”的老实人的心思后，假借看他伤脚，与他东拉西扯，关心备至。涂老蔫感激不尽。徐长奎是黄鼠狼，没安好心，他觉得涂老蔫的女儿和钟谭林好上这件事，可以大做文章。

一来二去，徐长奎就从涂老蔫的嘴巴里晓得了涂彩花与钟谭林交往的一些具体情况，徐长奎把这件事告诉了杨大清，两个坏得流水的人秘密商议，决定在这件事上做篇“大文章”。

“思顺站”平日的工作非常艰难，主要问题还不是事情多，主要是崇义县党部的人到处制造障碍，处处刁难。可以说，每一件小事，通讯站都会遇到来自县上的阻力。比如通讯站要求县上协助抗日工作和接济伙食，就是这样一件小事，国民党方面都要制造“问题”，首先说是通讯站呈报上来的文件没有公章，没有上级意见，通讯站假借抗日名义中饱私囊，于是到处败坏通讯站，还散播谣言，说是上峰马上就要解散通讯站。

徐长奎和杨大清，还在钟谭林、涂彩花这件事上大肆造谣，说是通讯站的人强霸民女。涂老蔫哪里晓得其中的“奥妙”，他在徐长奎的暗中操纵下，竟然在数百人参加的一次抗日大会上，突然站起来“揭发”钟谭林。于是“通讯站的站长强霸民女”这件事闹得沸沸扬扬，整个崇义县的人没有不晓得的。

陈子杰知道这件事后，立刻找到钟谭林，进行严肃批评。钟谭林有苦难言，向陈子杰解释。陈子杰说，我晓得这是徐长奎他们捣的鬼，可是全县的百姓晓得吗？涂老蔫晓得吗？陈子杰叮嘱钟谭林，这件事一定要处理好，实在不成的话，马上分开，不能再见面。

钟谭林陷入痛苦之中。

就在这时，涂彩花因为不满家里干涉，深夜逃跑，去找钟谭林。

发现女儿失踪的涂老蔫，情急之中，去找徐长奎想办法。徐长奎闻听，喜上眉梢，当即做出阴损的决定，第二天一早，他指挥县上的警察包围了通讯站，他们故意不进去，有意在大门口大喊大叫，让通讯站交出民女。

事情闹大了，通讯站门前围满了不明真相的民众。受到徐长奎暗中授意的警察，一边维持秩序，一边大声喊叫“不许霸占民女”，把人交出来，让民女回家团聚。暗中观察、指挥的徐长奎一不做、二不休，怂恿涂老蔫站在通讯站门前，大声喊叫女儿回家，不要给新四军做小老婆。

钟谭林见县上的警察来了，还围了许多民众，让涂彩花出去，快点跟她爷佬回家，可涂彩花死活不走，非要在通讯站住下来，死也要和钟谭林在一起。钟谭林说现在形势紧张，有人故意拿这件事污蔑新四军、共产党，不能中了坏人的圈套，什么事回头再说，从长计议。可是随着外面越聚越多的人，涂彩花的情绪越来越坏，已经完全失控了，就是不走。最后实在没有办法，为了快点平息事态，钟谭林命令两个战士，把涂彩花架了出去。已经昏了头的涂彩花一边说钟谭林狠心，一边用头撞向墙壁，这下更糟了，涂彩花顿时鲜血直流，晕了过去。钟谭林急得满头大汗，一边包扎涂彩花的头，一边命令两个战士，把涂彩花抬在担架上，赶紧送到医院。

白色的纱布上，血已经完全渗透出来，涂彩花变成了一个大血人。正在大门外喊话的涂老蔫，猛见女儿被抬出来，脑袋上都是血，以为钟谭林打了女儿，大叫着冲上去，紧紧地抱住钟谭林，往不远处的水塘方向冲，很明显，想要跟“杀女儿”的新四军同归于尽。

两个小战士还算聪明，借着这个机会，抬着涂彩花，一溜烟儿跑去了医院。钟谭林把涂老蔫拽住，让他快点清醒，听他把事情说明白。已经癫狂的人哪里听得进劝说，就是一门心思投水。无奈之下，钟谭林使劲儿把涂老蔫绊倒，然后把人抱了起来，去了县上，准备找徐长奎说理，揭发国民党的阴谋诡计。

钟谭林被门口“维持秩序”的警察抓住，送进县上，徐长奎发下话来，说是要追究他的法律责任。后来在新四军上级的干预下，再加上涂彩花站出来说明真相，钟谭林被放了回来，但坏影响已经出去了，最后上级把钟谭林撤职，令其反省，但还在通讯站工作。

通讯站的形象受到很大影响。徐长奎借机指出通讯站是非法组织，要求国民政府和新四军一同签发命令，取缔“思顺通讯站”。

钟叶长叹一声，不容易呀，现在的人真是无法想象，我爷爷的爱情怎么如此艰难呀?!

艾瑞克怔住了，他看见钟叶泪流满面。他给钟叶冲了一杯咖啡，双手扶住她的肩头，轻轻地安慰她。

过了好长时间，情绪平稳下来的钟叶，继续讲述。

由于涂彩花的证言，国民党、徐长奎的阴谋没有得逞，涂老蔫也终于看清了徐长奎的诡计，勇敢地站出来为钟谭林作证。如此一来，取缔通讯站的阴谋没有实现，徐长奎依旧没有死心，此时杨大清又出场了，进行捣乱破坏。

杨大清的手段五花八门，什么阴险做什么。他派出手下的人，暗中盯梢、跟踪通讯站的人，只要发现一点可以“做文章”的事，立刻拿出来“大声呼喊”。他还命令手下人，到处张贴反共标语，欺骗民众。他们还威胁与通讯站有来往的民众，甚至背地里打黑枪。杨大清还组织村子上的人修筑工事和碉堡，名为“防匪”，实为“防共”。他还组织暗杀团，秘密杀害进步群众，并且把通讯站迎接送往中共的人士半道打劫，有一次就把一名重要干部半道抓起来，秘密沉潭处死。杨大清一伙人，还在光天化日之下，以抓“新四军逃兵”、抓“烟鬼”“赌徒”之名，把接近通讯站的人全部抓走，然后严刑拷打，逼迫这些人承认所谓的罪名。

无论徐长奎、杨大清怎样捣乱破坏，钟谭林他们的通讯站都坚持着，但最后徐长奎等人奉江西省第四行政区保安司令的密令，决定不惜一切代价，立即取缔“思顺通讯站”。没有职务但还在做工作的钟谭林，立刻上报新四军总部。总部为了顾全大局，被迫撤销了通讯站，钟谭林等人也被迫撤走。

杨大清很快得知消息，得知钟谭林和三名战士要到大余去，决定在山路上设下埋伏，伺机暗杀钟谭林。没有想到，这件事被涂彩花知道了。

原来，涂老蔫因为站出来为通讯站作证，徐长奎恼羞成怒，找人打伤了涂老蔫。涂老蔫身体恢复后，为了养家糊口，又去了另一乡绅家做工。这个乡绅的儿子与杨大清关系密切，经常在一起吃喝。那天这个乡绅的儿子，酒后无意之中说了杨大清要在通往大余的小道上杀死钟谭林的事，涂老蔫听到后，惊慌失措地立刻告诉了女儿，让女儿快点通知好人钟谭林，不要中了仇家的埋伏。

涂彩花得知消息，立即去通知钟谭林。自从钟谭林被诬陷之后，涂彩花也晓得了自己任性的结果，晓得自己和阿爸都被徐长奎利用了，她在后悔之后，想去找钟谭林解释，可是怎么张口呀?

涂彩花个性强，做事干脆利落，只是在这件事上还是犹疑，始终没有勇气去找钟谭林，总是想着再等一段时间，等这场全县都晓得的风波过去，之后再跟钟谭林详谈。

如今，钟谭林生命危在旦夕，不能再等了，必须马上见到他。可是，当涂彩花来到通讯站，却发现大门已经关闭，门上贴了封条，问周边的小贩，说是新四军已经走了。涂彩花问清了钟谭林走的方向，不顾一切地追去。

已经黄昏了，夕阳挂在西天边，仿佛血一样染红了半边天。涂彩花小跑着，向前追着，眼前浮现出和钟谭林在一起时的美好场景。

涂彩花很快上了小路，那是一条通向大余方向的最便捷的小路，只要追下去，就能见到钟谭林。可是涂彩花追错了方向。

原来钟谭林和三个战士为了安全起见，并没有走那条尽人皆知的小路，而是先转道上犹，再去大余。这样走，虽然绕远，但是可以甩开徐长奎、杨大清等人的暗算。钟谭林做任何事，都要考虑可能出现的危险。他清楚，徐长奎、杨大清不会让他安全、顺利地离开思顺的。

钟谭林做出了正确的决定，在去大余方向的小路上，已经提前埋伏好了杨大清率领的人，他们正在等着钟谭林上钩。

杨大清没有等来钟谭林等人，却等来了气喘吁吁跑来的涂彩花。狡猾的杨大清似乎意识到了什么，他明白了，钟谭林等人肯定“金蝉脱壳”了，那好，那就找个替死鬼吧。杨大清决定杀死涂彩花，然后转嫁钟谭林。

当涂彩花累得停下来、倚靠在一棵大树下休息时，杨大清命令手下，用砍刀砍死了涂彩花，一共砍了七刀，刀刀见骨，鲜血满身。随后，杨大清再次命令手下，用树枝扎起了一个担架，把“血人”涂彩花放在“担架”上，抬走了，在县城里到处吆喝，说是钟谭林临走之前报复杀人，用残忍手段杀死了民女涂彩花，罪不可赦呀。

艾瑞克仰起脸，轻声问钟叶，这样的事……是真的吗?

钟叶脸上已经淌下泪水，她呢喃道，涂彩花冤死……钟谭林的第二段爱情……就这样毁灭了……

第八章　中法爱情

H

明天就是钟谭林诞辰 110 周年的纪念日，钟家要在钟氏宗祠举行祭奠仪式，这是钟家人最重要的一次全家活动，也是钟家人在赣南的最后一天“集体活动”。仪式过后，他们就要道别，各奔东西了。

早上起来，微风拂面，天空湛蓝，白云飘飘，非常舒服的一个好天气。尤其是从北京来的钟铁亮夫妇和钟叶的姐姐，眼睛望着天空，看完东边、再看西边，满脸喜悦地不住感慨。

小蔡看上去精神抖擞、心情极好的样子，嘴角、眼角处都透着特别的喜悦。他在吃早饭前就告诉钟叶，早餐后要去稍远一点的地方去看看，主要是去瑞金。钟叶纳闷。小蔡说，明天你们没有时间了，祭奠完了，再去扫墓，一整天的时间。钟叶问小蔡，今天去瑞金，你昨晚怎么没讲？我还没收拾。小蔡见钟叶这样说，眼神儿有些飘忽，支吾了一下，赶紧解释说，有啥可收拾的，今天还回来的，又不是离开崇义？钟叶想想，似乎明白了，依了小蔡。但她心里断定这是钟铁亮的新安排。

吃早饭时，钟叶告诉艾瑞克，一会儿去瑞金。艾瑞克不住地点头。他这几天变得越发聪明，事事随着钟叶，在活动安排上不再多说一句话，遇到征求他意见的时候，用新学会的一句“客随主便”来对付。每当艾瑞克这样表态的时候，钟叶就适时表扬他“你终于长大成人了”。

当然，瑞金也是艾瑞克想去的地方。

因为外祖父科林的缘故，“瑞金”这两个字，现在对于艾瑞克有着特别的兴趣。虽然钟谭林信中提到的那个德国人，不是科林而是另外一个德国人菲恩。有可能钟谭林记忆有误。但无论如何科林曾经是共产主义者，曾经来过红色中国也到过赣南，在赣南进行过革命活动，这个事实没有错。波尔舅舅不会杜撰自己父亲的经历。况且也没有这个必要。如今艾瑞克也踏上这片土地。假如神灵有知，天堂里的科林知道了，会是怎样的心情？他会不会找到一面红旗在天堂尽情挥舞？抑或望着红旗深刻思索？

艾瑞克喜欢东方、喜欢中国，这在他法国朋友圈中已是尽人皆知的事。当他做出决定迎娶一位中国女性时，曾在他朋友们中间形成一个巨大的“新闻漩涡”，因为“喜欢中国”跟“娶中国女人”是两件事，有着完全不同的分量。在此之前艾瑞克没有跟朋友们讲过他的婚姻决定。没有跟朋友们讲过，也就不会跟父母讲。父母在艾瑞克心中是排在朋友们后面的。但是艾瑞克向波尔舅舅讲了。波尔舅舅听后没有反对，也没有激烈赞赏，只是向他祝福。艾瑞克主动向波尔舅舅讲了钟叶的大致情况，没有讲她家的背景。在艾瑞克看来，钟叶的家庭跟他无关。如今他和钟叶的感情发生了裂痕，连艾瑞克自己都糊涂，为什么能够感觉之间的掣肘，却又不知道根源在哪里？他也想过可能跟戈迪亚有关，但是戈迪亚什么都没有做。自从他和钟叶结婚后，戈迪亚连一封信都没有给他写过，也没有打过一次电话。但，是否就像钟叶所讲“戈迪亚的存在，就是你心慌意乱的缘由！”钟叶曾经冰冷地讲，戈迪亚为什么不谈爱情，就是在等着你！她只要一天不谈爱情，一天不把自己出嫁，你就一天都不能安静，你就不能安下心来认真对待我们的婚姻。还有，戈迪亚哪也不去，偏偏选择了科隆，待在波尔舅舅身边，这说明了什么？这才是最好的召唤。艾瑞克思来想去，莫非真的像钟叶说的这样？

艾瑞克在中国赣南的土地上，想了许多应该在法国思考的事。

这让他百思不得其解。

钟叶根本没有注意早餐桌边的艾瑞克想什么，她在想着自己的心事。她吃着早餐，一点都不知道吃了什么。她心情很矛盾，当然是关于钟铁亮的。对于钟铁亮，她真不知该怎样评说。说他自私、霸道吧，他又处处为他人着想，对她和艾瑞克的行程精心安排，很是费了心思，这很让钟叶感激。说他心地善良吧，他又处处表现武断，甚至毫无感情。直到昨天钟叶才知道，原来姐姐早已“下岗”了，姐姐一直没有告诉她，父亲也瞒着她，怕她担心，但最后还是不小心说走了嘴。钟叶还知道，姐姐曾想去钟铁亮的公司做工，哪怕扫地做卫生都成，可却被钟铁亮断然拒绝，理由很简单，不想让家人影响他的工作，不能让外人说他公私不分。就是安排一个做卫生的工作，有什么公私不分呢？况且你那么多的分公司，怎么安排都可以呀，又不是安排什么重要岗位？就是一个勤杂工，谈何公私不分？钟叶不晓得该怎样评判钟铁亮——这个钟家的养子、国民党将军的后代。如今，他又提前为她和艾瑞克做好“工作”，尽量让他们多走走看看，此次赣南之行，除了扫墓、祭奠爷爷钟谭林，毕竟她和艾瑞克还有着度假的“爱情任务”，如此细致、周到，几乎没有一天荒废，可以说安排得恰到好处，真正体现了度假精神……想到这一切，钟叶内心更加矛盾，天平上的钟铁亮时刻在钟叶心中发生倾斜，总是处在动荡、摇摆之中。

艾瑞克见钟叶吃完了，还不走，坐在餐桌边发愣，他站在她面前，做出绅士般的姿态，请她走出餐厅。

透过明净的窗玻璃，钟叶这才发现，原来小蔡已经站在外面等着哩。

小蔡开车的技术真好，既快又稳，仅用了两个多钟头就顺利来到了瑞金。

不是旅游季节，中华苏维埃旧址一片宁静。地上都是碧绿的青草，小道都是土路，因为踩踏的人多了，形成了干净的、硬邦邦的路面，仿佛砖地一样坚硬。瑞金曾是中华苏维埃政府所在地，这里有毛泽东等中共高级领导人的旧居——低矮昏暗的茅草屋子，还有“最高法院”“粮食部”“邮电局”等各级政府办公的部门，这些“部级单位”也都是一间间窄小的茅草屋。另外还有“检阅台”和阅兵广场，看上去也就是一个土台子和一片较为宽敞的空地。最“辉煌”的应该是“大礼堂”了，这是一个砖木结构的礼堂，当年中共中央和中华苏维埃政府的一些重要会议，都在这个大礼堂举行。至今大礼堂依旧坚固，据说当年曾被国民党飞机轰炸，受到过一些毁坏，但不很严重，经过后来修旧如旧，并没有大的变化。

小蔡告诉钟叶，来到赣南哪能不看瑞金，这是当年的“红都”呀。不来瑞金，等于没到赣南。不要小看这些看来如此寒酸的茅草屋，这里是中共建国前的“政治操练”之地，许多后来新中国的部门，都是从这些茅草屋里走出去的。那些治理国家、实施大政方针的共产党人也都是从这里开始，一点点成熟、一点点发展起来的。

钟叶感觉出来，平时有些谐趣、玩笑的小蔡，说起瑞金时，脸上带着骄傲的神情，似乎判若两人。但也能听出来，他语气中还有着太多的感慨。是呀，只要在这里站上一会儿，就会本能地拥有这样的思绪。

当然，最让人感慨的还是毛泽东的旧居。在三间茅草屋的外面，一棵巨大的香樟树的枝杈上，有一颗毛伢子大小的模型炸弹，据讲当年毛泽东在这棵大树下看书，国民党飞机偷袭轰炸，毛泽东看书入迷，竟然没有听见飞机声，一颗炸弹落下来，正好卡在树杈上，没有落下来也没有在树上爆炸……毛泽东安然无恙。如今听起来犹如神话。

听完钟叶的翻译，艾瑞克看着那棵大树，还有大树上的模型炸弹，看了好半天，一句话没讲，手里的相机死死地攥着，竟然忘了拍照留念。那一刻，他又在想，外祖父科林当年在这棵大树下站立过吗？此刻，艾瑞克特别不解的是，波尔舅舅为什么没有跟他讲起外祖父的红色中国经历，更为奇怪的是，母亲也从来没有讲过。他们这样做，难道是想隐藏起家族中曾经的“红色中国历史”，难道这是不堪回首的历史吗？

艾瑞克在心里一遍又一遍问着遥远的波尔舅舅，还问着他并不喜欢的母亲。艾瑞克相信，他的问询，他们能够听到，一定能够听到。

钟叶感慨万千，她深深地呼吸，目光悠远，长久地看着那棵大树——香樟树树冠遮蔽的面积，足够几十人遮阴，几十年了，依旧那样郁郁葱葱，充满生机。她也在想爷爷钟谭林当年是否曾经在大树下面走过？

小蔡说，瑞金当年是共产党的“红都”，到处都是“红色遗迹”，看也看不完呀，要看的地方太多了，为了节省时间，我们现在去沙洲坝吧。

钟叶说，好。

钟老师，你肯定知道那口“吃水不忘挖井人”的水井吧？小蔡问。

钟叶说，当然知道了。

小蔡说，那口井至今还有水，异常甘甜。那年赣南少有地缺雨，几个月不下雨，许多水井都干涸了，可那口井却一直有水，水位也没有下降。你说，是不是“神井”呀。

是呀，有点神。钟叶说，然后手指眼前的香樟树，又说，就像这个卡在树杈上没有落下来也没有爆炸的炸弹。

关于毛主席的传说都特别神奇。小蔡又把话题拉回到水井，说，这几年，关于那口水井，还有许多不好的传说。

什么传说？钟叶忙问。

诋毁毛泽东。小蔡说，有人讲当年打这口井，共产党不是为了让老百姓喝上干净的水，不是为了老百姓，是为了给毛泽东喝茶。说是这口井打上来的水沏茶，味道特别，好喝。因为毛主席爱喝茶水。

你相信吗？钟叶问。

小蔡说，我爸爸、妈妈都是搞史料研究的，他们告诉我，没有证据能够证明这样荒唐的说法。

那为什么会有这样的传说呢？钟叶再问。

贬损呗。小蔡说，又自问道，可为什么竟然有人相信呢？

是呀？钟叶附和道。

就是因为现在有太多的贪官污吏。小蔡哼了一声，说，对不对？

钟叶长舒了一口气。

小蔡不说话了。

在去沙洲坝的路上，艾瑞克触景生情，由心中惦念的外祖父科林，又回忆起祖父的往事。这是钟叶第一次听见艾瑞克讲他祖父和一个女人的故事。

艾瑞克的祖父从波兰逃到法国后，曾经认识了一个美丽的金发女子艾玛。可是两个人交往不到半年，德军就占领了巴黎，法国沦陷了。艾瑞克的祖父加入了一个秘密的抵抗组织，为了保护心爱的人艾玛，他没有向她讲自己加入抵抗组织的事，艾玛似乎也很配合，尽管他的许多事情，在她面前已经露出马脚，但是艾玛好像看不见，根本不问他。但是不久，艾玛离开了他，和一个英俊的德军少校好上了，跟随这位德军少校经常出入德军占领当局机构还有各种娱乐场所，每天过着纸醉金迷的生活。艾瑞克的祖父不想看着自己心爱的人做纳粹帮凶，冒着生命危险去找艾玛，让她不要糊涂，立刻离开那个德军少校。当时艾瑞克的祖父已经做好精神准备，做好艾玛随时出卖他的准备。但是艾玛没有出卖他，反而对那个追问的德军少校讲，这是她哥哥的朋友，从而躲过了德军少校的疑虑。艾瑞克的祖父失望地走了，决心永远忘记艾玛。后来德军战败，“二战”结束了，巴黎人走上街头，兴高采烈地庆祝胜利。艾玛因为“法奸”身份，遭到人们谩骂和侮辱。那些抵抗组织的人在庆祝胜利的时候，不忘过去帮助德国人的“法奸”，他们开始四处抓捕艾玛。四处躲藏的艾玛，向艾瑞克的祖父表明，她不是法奸，她是被法国抵抗组织派到德军身边的人，她从那个德军少校和其他德军身上探听到了许多重要情报，为抵抗组织做了许多工作。艾瑞克的祖父说，你应该拿出证据，你应该向抵抗组织的人说明情况。遗憾的是，艾玛说她的上级已经在战争结束前夕被德军杀害了，现在没有人能够证实她的身份。艾瑞克的祖父半信半疑，也曾经想站出来，为艾玛作证，但也没有证据，怎么能凭曾经恋人这个关系，就能洗刷艾玛“法奸”的污水？后来艾玛被抵抗组织抓住了，他们不相信艾玛的解释，最终艾玛被绞刑处死了。多少年之后才有人站出来，是另一位抵抗组织的领导人，说领导艾玛的那个上级，好像曾经讲过艾玛的情况，应该能够证实她的真实身份。但是已经晚了，这时候艾玛已经死去七年了。

艾瑞克忧伤地说，我祖父一直生活在精神压抑中，虽然他后来结婚了，但他始终没有忘记艾玛，每年都要到墓地去“看望”艾玛。在艾玛的墓碑前独自坐上好长时间，跟艾玛“说上好长时间的话”。他说得最多的一句话就是，我就是站出来，证明你是抵抗组织的人，谁又能相信我的证明呢？我没有证据呀！

汽车来到沙洲坝。

艾瑞克站在那口在中国极为著名的水井旁，问钟叶，中国现在还有钟谭林那样坚定的革命者吗？

钟叶反问他，法国还有你祖父那样重情重义的革命者吗？

你不应该这样问。艾瑞克说，你应该知道，现在法国和中国不一样，“二战”已经过去了，法西斯不存在了。我们是不同的国度、不同的体制、不同的价值观。

可是人类共同精神还在。钟叶说。

共同精神……你是指哪方面？艾瑞克认真起来。

正义、光明。钟叶说。

是的，你说得对。艾瑞克说，问题是法国共产党毕竟不像共产党在中国……

你到底想说什么？钟叶发问。

艾瑞克说，现在的人做不好，那就容易否定前人。

我们好像……在说不同的话题。钟叶苦笑起来，哦，来自科隆的“爬墙党”又有什么高论？

艾瑞克问她什么意思。

钟叶说，就是“窥探党”。不知为什么，我现在特别想听一听波尔舅舅在说什么。

艾瑞克说，他是说了，一直在说。

小蔡看钟叶、艾瑞克站在水井旁，一边喝着从水井里提出来的水，一边哇哩哇啦地说着话——似乎在吵架，似乎在辩论，似乎又在探讨——于是劝他们别说了，再去别的地方看看，不要把时间耽误在争论上。假如争论有用的话，可以争论。假如没用的话，那就别争论，还是去做事。做事，总比争论好。

钟叶、艾瑞克怎么能听小蔡的劝解？

钟叶和艾瑞克默默地上了车。

就在汽车发动的片刻，艾瑞克继续转述来自科隆的反馈，还加上了来自马赛的反馈、来自他父母的一些看法。

艾瑞克好像有一种迫不及待的冲动，好像正在等着钟叶的询问。

艾瑞克的父亲似乎缘于是波兰后裔、缘于历史上波兰总是被西欧列强侵略瓜分的缘故，他总是特别关注异地人、异国人的命运，他“忧虑”地说起中国农民工，说起公务员、科技界的诸多情况。尽管说得非常隐晦，但钟叶能够听出来，有着某些批判的意味。

钟叶说，你父亲讲完了，你母亲怎么讲？他们无论怎么“关心”，我代表中国十三亿人都能坦然面对。说吧？

艾瑞克把他母亲的观点全盘端出——听上去依然还是庞杂无序，依旧刺耳。

原来你母亲如此“关心”中国，我真的不知道。钟叶说。

你继续把波尔舅舅的观点亮出来。钟叶说。

艾瑞克看着钟叶。

钟叶说，我喜欢这样直来直去。不应该像戈迪亚那样，什么都不说。那样不好，应该坦诚相见。

艾瑞克笑起来，说，我不会隐瞒波尔舅舅的观点。

钟叶好像看见波尔舅舅满脸的严肃，还有雪茄烟的香气弥漫在他的身边，他语调忧虑地说起来……

钟叶皱着眉头，说，你没有到过中国，你所讲的这些，我不知道。

钟叶的样子，好像波尔舅舅此刻就在她的面前。

波尔舅舅说，是呀，你五年没有回国了。所以，你不知道。

钟叶说，你讲的这些事都是来自互联网，互联网并不真实，许多是杜撰的事。你想到真实性了吗？

这是一个互联网的时代。波尔舅舅无比热情地说，消息来自互联网，又有什么不妥当的呢？我就是这样认识中国的。

钟叶沉默不语，她似乎无法反驳。或者说，她忽然感到有些累了，不想说话了。面对来自马赛和科隆的集体性发难，她一张嘴几乎无法应答，或者说她找不出强有力的东西来反击。是的，她五年没有回国了……现在她回来了。她要看到一个真正的祖国、真实的祖国。她要找到反击的事实。

小蔡把车停在了瑞金中心广场。

广场阔大、清冷，如中华苏维埃旧址一样，依旧没有人，只有面对礼堂的广场上的巨型石雕，在正午的阳光下，闪烁着特有的亮光。石雕上面，雕刻着为了中华民族建立新世界而牺牲的赣南子弟的雄姿。那些雕像上面的人物，无论男人还是女人，无论成年人还是孩子，都有一个共同的英勇的姿势——前仆后继。

钟叶想，看见前面的人倒下了，然后继续向前冲。这很不容易。意味着向前就是死。已经看见“死”，还能继续去“死”，这需要勇气。不是每个人都能做到的。

我能做到吗？钟叶问自己。

在这样的问话过后，钟叶感到全身滚烫，身上像是着火一样。

捌

又来到了遥远的钟谭林的世界。

钟叶远远地嗅到了爷爷带着赣南独特的红色土壤的气息，只要嗅到爷爷的气息，她就感到特别的舒心，感觉一切都放松下来；还如过去的每一个夜晚，她看到了爷爷过去战斗、生活的场面，历历在目，仿佛电影一样；如今爷爷的面容不再模糊，能够很长时间清晰地呈现在她的面前。

钟叶跟随在爷爷的身边，清楚地看见了往昔的历史。

钟谭林带领着三名战士，化装成乞讨的流民，经过千辛万苦，躲过国民党众多岗哨的盘查，终于来到了粤赣交界处的大余。为什么要来大余？因为在大余隐蔽着一些没有撤走的伤病员。钟谭林的任务，就是把这些伤病员组织起来，在上级的统一安排下，重新建立起一支队伍，开始进行对敌的隐秘斗争。为什么称为“隐秘”，因为他们不穿军装。他们是一支没有番号的队伍。

此时的中国抗战形势，日军发动了打通平汉、粤汉、湘桂铁路的大陆交通线的豫湘桂战役，由于国民党消极抗日，虽然战役有所收获，暂时阻挡了日军进攻的推进，但最终还是失败了，又是大片国土沦陷了。

始终高举抗日大旗的中共，针对抗战形势做出了新的部署。其中一项部署就是组织八路军在北上抗日的同时，还要继续南下，深入敌后，建立湘鄂赣抗日根据地。从陕北开来南下支队的其中一部，在王震带领下来到赣南一带，但是这支部队立足未稳，甚至在行进途中，就不断遭到国民党顽军的围剿。人生地不熟的王震部队，尽管终于来到了赣南，但遭遇到了更为严峻的考验，他们几乎寸步难行，尤其得不到当地群众百姓的帮助。此时钟谭林接到指示，上级要求他带领他那支特殊的没有番号的队伍，去协助南下支队开展抗日宣传工作，巩固革命根据地。

微微闭着眼睛、静听钟叶讲述的钟谭林，听钟叶讲到这里，他睁开眼睛，严谨地补充说，小叶子，有一点你没说，就在这时候，阿公知道了涂彩花死去的坏消息。

是吗，阿公？那您当时的心情怎样？钟叶问。

还用问吗？一个深爱你的细妹子，用她自己的生命挽救了你的生命……钟谭林叹了一口浸泡了几十年的悲伤之气，颤抖着说，阿公至今难忘呀，一辈子都不会忘记呀。阿公听到消息的那天晚上，就想提枪去找徐长奎、杨大清报仇，就是死了，我都在所不惜。我愿意为涂彩花报仇而死。

钟叶感觉周边的空气中弥漫着灰黑色的悲伤的气息，震荡着周边的一切，墙壁、家具还有人，她安抚着爷爷悲伤难愈的心，然后继续缓慢地讲下去。

现在，已经不是钟谭林把往昔故事讲述给钟叶，而是钟叶讲述爷爷钟谭林的经历。钟谭林真的累了，他已经没有力气讲述了，但他可以纠正钟叶的讲述，或者说可以补充孙女的回忆。也就是说，钟谭林正在认真倾听自己的故事。

钟叶、钟谭林都没有想到，现在他们身份竟然可以互换。这真是太神奇了！

钟叶继续讲下去。

艾瑞克继续记录，远在科隆的波尔舅舅，现在已经放下所有的事，说是正在撰写科林的故事。波尔舅舅要在回忆父亲人生经历的基础上，思考他的人生轨迹。他在有一天的晚上，在艾瑞克给他发来邮件的时候，他禁不住回了一封邮件，那封邮件假如他是在问艾瑞克，其实也是在问自己：我为什么总是在梦中唱起当年民主德国歌颂共产主义、歌颂共产党的歌曲——“党啊，党啊，她永远正确。同志们，这颠扑不破，谁为正义而斗争。反对谎言，反对剥削，谁就永远正确。谁污蔑生活，谁就愚蠢丑恶。谁捍卫人类，谁就永远正确。”

艾瑞克问波尔舅舅，你当年已经翻过了柏林墙，曾经在联邦德国生活了那么多年，怎么现在还在回忆“柏林墙时代”？波尔舅舅说，那是我的人生经历，怎么能不回忆呢？我曾经撕毁了我的信仰，尽管我的信仰现在已经消散，但毕竟那是我曾经的追求，我怎么能一下子忘记呢？

因为突然想起波尔舅舅的回信，钟叶的讲述，艾瑞克一点都没有听见。他赶紧让自己的思绪，立刻从科隆回到赣南。

他感觉钟叶没有发觉他走神儿，因为钟叶继续讲述着。

在钟谭林这支特殊部队的帮助下，与共产党失去联系多年的老党员们终于站出来了，许多劳苦百姓也站出来，他们欢迎王震率领的这支南下部队，所以有这前后巨大的反差，原因很简单呀，老党员和百姓们终于知道了，原来这些戴着国民党帽徽的八路军，就是当年帮助穷苦人翻身解放的红军呀。

有了人民的帮助，南下支队立刻扭转了颓势，国民党顽固派的一次次阴谋诡计全都失败了。他们终于站稳了脚跟。

多支八路军部队同时挥师南下，蒋介石异常惊恐，他立刻指示第七战区司令长官余汉谋、第九战区司令长官薛岳，组成“剿共”联军，妄图把南下支队消灭在湘粤赣边境一带。不让八路军变成红色革命的“播种机”，要把红色火种熄灭在这片红色土地上。

钟谭林领导的这支不穿军装的部队，在协助南下支队的进程中，也终于浮出水面，如此一来，很快引起了大余国民党方面的注意，他们经过一番打探，知晓了钟谭林这支特殊部队的底细，准备消灭这支部队。他们进行的第一步，先要暗杀钟谭林，打雁要打领头雁，这个道理他们懂。他们为什么不敢明目张胆杀人，毕竟眼下“国共”合作，阴谋诡计要在下面搞。

这一天，钟谭林带领两名战士去给南下支队送粮食，同时还有一份秘密情报。他们一大早出发了。其中一个姓陈的后生仔紧紧跟在队长钟谭林的身边。小陈个子瘦高，煽风耳，长得格外机灵，他是上级派给钟谭林的警卫员。别看小陈这个后生仔年岁不大，二十出头，可却是老革命了，他十二岁参加了红军，最初是通讯员。小陈个子高，腿长，跑起来虎虎生风，尤其是上树，更是他的拿手好戏，多高的树，他后退几步，铆足了劲儿，两个圆眼睛瞄着树干，然后憋住气，“蹭蹭”几下就蹿上去了。小陈机灵，站在钟谭林身边，眼睛滴溜儿乱转，周边的情况尽在掌握之中。

小陈和那个队员，一人一辆木头轱辘的小车，车上放着粮食，小车吱吱呀呀地走在崎岖不平的山路上。钟谭林肩上背着一个褡裢，里面鼓鼓囊囊，装有治疗拉肚子的中草药。陕北开来的南下支队，大部分战士都是北方人，水土不服，好多人总是闹肚子。

就在他们三个人走上一条无人小路时，突然从茂密的树丛中射出子弹。钟谭林大叫“卧倒”，说时迟那时快，小陈没有自己卧倒，而是用胸膛挡在了钟谭林的前面。旁边那个队员赶紧卧倒，鸟儿叫声样的子弹，从他们头顶上飞过去。

小陈这个后生仔呀……为我挡了子弹……他年轻呀……才二十岁……钟谭林悲怆的声音打断了钟叶的讲述。

钟叶清楚地看见爷爷的眼睛下面，一边一条长长的泪水，这两条泪水，慢慢地流着……已经流了几十年……爷爷的声音哽咽了，仿佛孩子一样抽泣起来，他瘦削、老迈的肩膀颤抖着，像是马上散掉了，散落一地，无法收拾。

钟谭林没有死，右大腿受了伤，鲜血直流。要不是南下支队的战士来接应，打退了树丛后面的顽固派，钟谭林和那个战士也会死在国民党顽固派的枪口之下。

钟谭林被迫来到大余的梅岭乡下养伤，此时抗日战争已经进入尾声。王震的南下支队因为战争的需要，已经撤离赣南一带。正是在这次养伤中，钟谭林的第三次爱情，也是第二次婚姻悄然来到了，仿佛南方的霏霏小雨，润物细无声，悄然来临。

大余梅岭一带都是山区，树多林密，道路崎岖，村庄大多隐秘在山上的树林中，这天然的地形，最适于伤员隐蔽、养伤。这里气候也好，多么炎热的天气，生活在这里的人们都不会“闭痧”，也就是不会中暑。

伤员钟谭林拖着一条伤腿，住在一户寡妇家里，开始了艰难的养伤、恢复。因为缺医少药，没有及时治疗，伤腿发炎，肿胀得像是一根粗大的木棒子，疼得钟谭林昼夜无法睡觉，嘴巴里总是咬着一小截木头，疼了，就狠狠地咬木头，以此缓解疼痛。

寡妇叫余翠娇，年龄比钟谭林小，带着一个虎头虎脑的细伢子，她的丈夫过去也是革命者，后来被杀死了。杀死她丈夫的人，就是叛徒杨大清的“剿共队”。她的阿爸、姆妈也因为所谓的“匪属”身份，经常被大余县上的“剿共队”拉去审问，问不出有用的东西，就被敲诈勒索，最后被那些心狠手辣的“剿共队”杀害了。如今，余翠娇与细伢子艰难生活。

余翠娇身材适中，话语不多，虽然艰苦的生活让她有着一双粗糙的大手、健壮的双腿、肥大的屁股，但她眉眼俊俏，乌黑的眼睛，宝石般闪亮，目光中带着女人的妩媚和善良。她的嘴角也漂亮，向上飞翘，几分调皮中隐约带着特别的俏媚。

钟谭林第一眼看见余翠娇，立刻怔住了，仿佛看见了涂彩花，在她们眼睛中，闪烁着相同的女性柔情。

钟谭林在余翠娇家中养伤，当然有原因。因为余翠娇懂得中草药的常识，她阿爸曾是山间采集草药高手，余翠娇知道如何用草药治病，尤其是治疗外伤方面，她还真有几分心得；还因为余翠娇是革命者的家属，安全可靠。也正是余翠娇这样的身世，使得钟谭林和她心灵相通，他们几乎见面的瞬间，心里就有了一种特别的好感。

钟谭林打断钟叶的讲述，深情地补充道，其实，我对她家的细伢子也是有感情的呀。那个伢子欢喜人哩，我见到他的时候，他才六岁。长得虎头虎脑，聪明伶俐，乳名叫“胖伢子”。胖伢子食不饱饭，鸡公头一样满山自己找食吃，食树上的果子，食地上跑的小动物，抓住什么食什么，反而长得特别结实，从来不得病。

钟谭林回忆道，胖伢子第一次见我，就攀上我的肩膀，骑在我的肩膀上。可把他姆妈吓坏了，余翠娇把胖伢子拉下来，脸红红的，不住地向我道歉。我说伢子嘛，没啥的。

我在余家养伤的那段时间，余翠娇一边用草药治疗我的伤腿，一边想尽一切办法给我补养身子，我身体恢复很快。在那段时间里，逐渐伤情减弱的我，与胖伢子整日在一起玩。想一想呀，那是我十几年以来最轻松的一段日子，好像过起了美好的日子……

中断讲述的钟叶，沉浸在了爷爷钟谭林的补充回忆中，她看见了爷爷脸上幸福的笑容。人生苦难中的幸福，永远不会忘记的。

钟谭林说，就在我腿伤完全好了的时候，日本鬼子投降了，中国艰苦卓绝的八年抗战……结束了。

钟叶问爷爷，那胖伢子呢？

钟谭林突然一字一句地告诉钟叶，那个胖伢子，一直健康地活着，他……就是你的阿爸钟大同呀。

钟叶怔住了！她似乎没有听清，再次问；爷爷也再次告诉她，那个胖伢子，就是你的阿爸钟大同。

钟叶在确认了这个现实后，她立刻想到的就是，钟谭林是钟大同的继父，那么我呢？

钟叶这才知道自己真正的身世，这是她第一次听说。她完全蒙住了，好长时间不能走出来。她想到了钟铁亮，原来她和钟铁亮是"一样的人"。她轰轰烈烈地来参加钟氏族人的开祠、修谱，自己原来不是钟氏族人。这样的话，艾瑞克的身份，似乎变得微妙了。那天艾瑞克还曾经问她是否能够入列到钟氏族谱中，她还那样肯定回答他。如今，自己的身份都"模糊"了，至于艾瑞克，还能要求他什么呢？

钟叶长时间的沉默，终于使艾瑞克小心地问她，对于这样的结果，你在想什么呢？

钟叶呼出了一口大气，坚定地对艾瑞克说，这又有何妨呀？我就是钟家的人。钟大同是我的父亲，钟谭林是我的爷爷。

艾瑞克点点头。那会儿，他好像耳边再次响起波尔舅舅唱的歌词。

第九章　宗祠祭奠

Ⅰ

早上9点钟，祭奠钟谭林的仪式正式开始。

原本静悄悄的钟氏宗祠的外面，突然没有任何先兆地锣鼓齐鸣、鞭炮不绝，锣鼓声和鞭炮声混乱地交织在一起，毫无规律地飞旋在祠堂的上空，各种鸟儿早就惊吓得飞离树梢，方圆几十里都不见它们的踪影；原来它们在很远处的天空，在很远处的树梢上，探头探脑地朝下面、朝远方观看；祠堂周围已经站满了如鸟儿一样看热闹的人，里三层、外三层，千层大饼一样叠加有致；看热闹的人在爆竹的烟雾中比比划划，兴奋地议论着什么；刚刚过去了钟氏宗祠的“开祠”，现在又有人家开始热烈地祭奠，犹如节日相连；还有的人相互激动地议论，在新开祠的宗祠举行第一次祭奠的人家，这可是不简单呀，不仅先人的命好，还能给后人“托福托财”呀。

钟叶目光始终直视前方，耳朵却游走在周边人群中，不断停留下来，听着身边人们的纷繁议论，她心想这肯定是钟铁亮的“手笔”，也肯定会是那位双手始终缩在袖管里的“京城高人”的“高见”。当然，这也是爷爷钟谭林的命中注定，他的诞辰日恰好就在“开祠”之后的两天，正好是一个恰如其分的时间。

钟叶想着这次纪念爷爷钟谭林的许多巧合，心里再次感慨起来，她发现自从踏上赣南这片土地，她感慨的频率和起伏的状态越发地膨大，她不知道这样下去，自己会不会像气球一样爆炸，然后丑陋地躺在地上？她可不想让艾瑞克看见自己“爆炸”过后的状态，一定不能让他看见，说不定又会成为来自科隆和马赛的攻击点。

面容严肃而又略带憔悴的钟大同，几天来消瘦了不少，他的目光总是深远的，似乎远处总有他没看清的东西。此刻他率领一子二女及其家人，笔直地站在祠堂门口。在钟大同前面，还站着两位老者，一高一矮，表情庄重。矮者就是那位尽人皆知的钟氏老者，高者是前两天“开祠”仪式上出尽风头的钟氏家族的长老。

祭奠仪式要有两位主祭者，主祭者身份有要求，不仅要辈分高、年长，还要“福禄寿喜”俱全，具备这几个条件才能负责主祭。显然，这一高一矮的两位主祭老者完全符合以上要求。这一点，钟家人应该绝对放心，不仅有钟铁亮严格把关，还有周围那么多乡邻们的眼睛进行审查。

祭奠仪式庄重、肃穆，钟叶从来没有见过这样的庄严场面，在电影里也没有见过。她原本以为祭奠逝者，无非就是烧纸钱、跪地痛哭，然后揉着红肿的眼睛离开，没想到却是这样隆重。经过姐姐的提醒，她才恍然大悟，这是爷爷的诞辰纪念。哦，原来诞辰纪念与忌日还是有几分区别的。纪念诞辰可能会有某种欢愉的气氛。

钟叶清楚，这一切都不是凭空降临，是需要花费的，她侧脸悄悄看了一眼钟铁亮，真不知道他花了多少钱。紧紧站在钟叶身边的艾瑞克，此时双眼发直，已经被眼前的景象完全吓到了，他双手笔直地放在裤线上，脖子直挺挺的，仿佛一个准备接受检阅的军人。

钟家人排成一队走进祠堂，然后按照规矩站立。两位主持站在前面，钟家兄妹三人还有自己的配偶，手捧香火，分成两列，站在钟大同的身后。厅堂中安静如夜，没有一点儿声响。人多的地方没有一点儿声响，显得有些惊悸。此刻，安静得能够听见火苗燃烧时发出的声音。

这时，两位头上蒙罩着红绸布的壮硕青年脚步有力地走进来，他们手捧大红灯笼，健步登上早已放好的梯子，把大红灯笼安放在大厅两旁的梁下，随后脸朝前、屁股朝后，熟练地悄然退下。

还是安静，还是静如深夜。

厅堂正中的香案上，整齐地摆放着神像和牌位；最后面是救苦天尊；下面依次排列，左为祖师公公（地方神），右为三官人（天、地、水官人），中为观音菩萨；最前面的是钟谭林的牌位；在神像和牌位的前面是祭品，有米酒、豆腐、腐竹、米饭，中间是一个古铜色的大香炉；能感觉到香炉里面大概有一多半的香灰，香灰的气息缓慢地生发出来。

钟叶听见站在前面的钟铁亮悄声对媳妇说，过去供案上是全猪、全羊，现在已经简化了，要不然我们就用全猪、全羊了。目光疲惫的嫂子静静地听着，没有说话，只是轻轻地点点头。

钟叶发现霸气十足的哥哥其实非常在意嫂子，不像在外面有私生子的样子。“他们俩到底是怎样的关系？”钟叶琢磨不透，又想起自己和艾瑞克现在的关系。她不由得感叹起来“世界上最琢磨不透的关系，其实就是夫妻关系呀”，不由得暗自唏嘘。

两位主持者，一人负责唱礼，一人负责读遗嘱。矮墩墩的钟氏老者嗓门亮堂，负责唱礼，他每一句话都在祠堂里回荡，每个字都能准确清楚地送到每个人的耳朵里，至于是否能够听得明白，那就是另一回事了。那位瘦高个子的老者，肢体动作和说话的声调更加稳重，只是声音稍微有些发闷，他读亡者遗嘱时每句话的间隔时间比较长，让人听了特别着急。所谓的钟谭林遗嘱，其实就是写给孙辈的那些信件，因为信件太多、字数也太多，不可能全部读完，只选择了其中一个小段，大意是告诫后代应该知书达理、做一个对国家对民族有用的栋梁之才。

两位老者完成各自任务后，在钟氏老者响亮声音的指挥下，钟大同率领子女，开始对着神像和钟谭林的牌位三跪九叩，三上香、三献礼，然后在香炉上开始焚烧祭文、化纸钱，祭文和纸钱都不多，很有象征性的意味。

钟叶看着眼前的场景，假若爷爷地下有知，会有怎样的感想。

爷爷生前所做的一切都是要砸烂这样的场景。如今在他死后，这样的场景却成为纪念他的仪式，假如地下有知，他会答应吗?

本来仪式已经结束了，在主持者的指挥下，钟大同已经转过身去，大家正要离去，没想到钟铁亮突然走上前，从怀里抽出一打黄色纸张，重新在香炉上焚烧起来。看得出来，钟铁亮的举动不在仪式之列。

钟氏老者负责任地想要拦住钟铁亮，已经晚了。钟氏老者凑在钟铁亮耳边，问他为何如此，多出一个仪式。钟铁亮也不说话，脸色铁青，依旧认真地焚烧，嘴里还念念有词。瘦高老者瞪了钟铁亮一眼，干瘦的嘴巴动了动，想要说什么，但被钟氏老者悄悄拦住。钟大同侧身回望，眼睛里充满着五味杂陈的神情，随后一句话没讲，生气地转回身去，苍老的背影涂满了气愤和质疑。

钟叶当然明白，不是钟谭林后代的钟铁亮，是在完成自己的一个仪式。那又是什么仪式呢?莫非他在给他自己的爷爷钟谭生烧纸?毕竟今天不是他亲爷爷钟谭生的诞辰日，供台上也没有钟谭生的牌位，那他……谁也不知道那个黄纸上写的什么东西，内含怎样的天机。

钟家人走出祠堂，来到庭院中。钟铁亮最后一个出来，下意识地站在一旁，与家人有了一段距离。钟叶看见钟铁亮与站在庭院角落里的那位“京城高人”遥视了一下，似乎在传递着什么胜利的消息。

就在钟铁亮握住京城高人胳膊、高兴地摇晃时，钟叶突然看见惊讶的一幕，原来那位京城高人竟是一个没有双手的人，她这才明白为何看上去那个人总是把双手缩在袖管里，其实他根本就没有手!而且还不是没有一只手，是两只手都没有!

钟叶在心里连声“啊、啊”，不知道怎样表达心中莫名的感慨。

这时，一群道士走出来，一直没看见他们，仿佛他们从地下突然冒出来的。领头的道士穿着一件肥大的红道袍，他来到庭院中间，双手高举起一张黄色的纸；在道士们外围，又走上来几个汉子，他们开始敲锣打鼓；在鼓乐声中，红袍道士大声朗诵起来，其他道士也都随声跟着念，因为他们说的是当地方言，钟家人谁都听不懂，面面相觑。

善解人意的钟氏老者在一旁给钟大同和子女们悄声讲解，大家这才明白其中的奥妙。

原来这个仪式叫“进表”，道士们齐声念的是《拜奏科》；道士们念完后，红袍道士又把事先写好的“文书”，也就是写有死者姓名、性别、诞生日期、死亡时刻，还有道士们才看得懂的符录，在鼓乐声中烧掉，这就是“发文书”，是给天上神仙和堂上祖宗，让他们都能来道场超度亡魂，使得亡魂能在宗祠中顺利升入天堂，加入到列祖列宗行列中。

钟氏老者讲解着，忽然侧脸，下意识地看了一眼钟铁亮，脸上露出鄙夷的神情，但是这种神情又随着钟铁亮目光的看来，迅疾地消失了。钟叶能够猜测出来，拿着钟铁亮丰厚酬劳的钟氏老者，心里却是瞧不起钟铁亮，甚至还有一些厌恶的成分，只是始终没有明白表现出来。

钟叶感觉不是滋味，她站到了父亲钟大同的身旁，下意识地搀着父亲的胳膊。钟叶感到父亲的身子在颤抖，犹如筛糠一般。

钟叶搀扶得更紧了。

在“钟氏祠堂”祭奠完毕，钟家人又去了钟谭林的墓地。

钟氏老者热情带领钟家人上山，别看钟氏老者刚才还在斜睨钟铁亮，但在钟铁亮“红包”的指引下，又继续颠颠地忙碌起来，好像早忘了刚才祠堂里钟铁亮的不敬之举。

几辆小汽车开到半山上，在一片平展的空地上停下来。微风吹拂着树叶、地上的青草，还有每个人的头发。

钟氏老者率先走下车，他告诉钟大同，钟谭林的墓地，就是当年红军医院所在地“大王洞”，也是当年钟谭林与徐长奎“剿共队”周旋的地方。这片树木茂盛、空气清新、环境素雅的地方，在几年前，几乎就是一夜之间，都开发成了墓地，有国营墓园，也有集体墓园，甚至还有私人买下的墓园。墓地价格逐年攀升，现在已经比山下的商品房价格都高了。

钟大同等人放眼望去，墓地修建得倒是规整。虽然墓地在半山腰上，但是盘山公路修建得很好，路面很平整，非常便捷，汽车可以一直开到墓地大门前，人间与阴间倒是没有太大的阻隔。

钟大同在两个女儿搀扶下走进墓园。尽管这里树木繁茂，但奇怪的是，树上没有鸟儿，也没有其他鸟禽，一点儿声音都没有，能够听到的只有自己身体里血液流动的声音，寂静得简直无法形容。

钟叶慢慢地走着，她感觉耳朵边上呼来一股清凉的气体，钟谭林在她耳边轻轻地说，小叶子，谢谢你来看望阿公了。

钟叶知道爷爷来了。钟谭林的魂灵此刻走在她的身边，声音颇有节奏地追随着她。钟谭林现在不放心别人，只是相信自己的孙女。他觉得现在只有孙女钟叶理解他，所以他心里的话，一定要讲给孙女的。

小叶子，这里当年曾经遭受国民党军队的血腥清洗，几百名无法转移走的伤病员都被枪杀在这里，他们有的人身上中了几十颗子弹，还有伤兵的脑袋被国民党士兵用枪托砸进了泥塘里……他们悲壮地死在这里，也有我的责任呀。当年我们特务连没有阻挡住国民党军队进攻，这么多年轻战士牺牲了……这是我们的失职……如今让我住在这里，我能看见他们……我心满意足了……也能每天给他们道歉了。

小叶子，你不知道，这里每天早晨都会响起冲锋号声，我能看见战友们训练的样子，他们年轻，我年岁大，腿有毛病，不能冲锋了，只能在旁边为他们加油鼓劲……我是怎么住到这里来的？哦，是这样，我来到这里好多年了，说起来不好听，我还是通过"私人关系"来的呢。

本来我和陈子杰都在县上的国家墓地，我是一个普通的老表，陈子杰是大领导，可他去世后留下遗嘱，一定要葬在家乡，要葬在普通民众的墓园里，要和赣南的乡亲们在一起。本来我们住得好好的，是邻居，住的房子也一样，都是一般大的房子，我们每天都能遇见，说上一会儿话。可是陈子杰的孙子要开发那片墓地，要盖成商品房，就把我们都迁到这里来了。

你晓得的，县上地方小，活人住不下，只能打我们死人的主意了。陈子杰的孙子？对，是个房地产的大老板，专门盖大楼，把县城有特色的平房都给拆了，盖成了模样一样的“火柴盒”。他是好人还是坏人？我哪里晓得？反正他把陈子杰和我拆开了，让陈子杰住在了那边，那边都是好房子，又大又好。让我住在了这边，比原来的房子还要小，这些都不算啥，就是把我们分开了，让我们俩离得远远的。咳，不管怎样讲，这里山青天蓝，离你们是远了一些，可离那些牺牲的伤病员却是近了，我们天天在一起了……不过也有不好的消息，说是那孙子又盯上了这边，要开发这青山，要建成度假山庄，搞不好又要把我们迁走了……

钟叶在爷爷钟谭林的絮叨中，来到了他的“家”。

钟谭林的“家”真的很简单，也就是一平方米左右。墓碑是一块很普通的石材，黑色的，没有光泽，还有许多明显的裂纹。墓碑上面没有亡者的照片，只有“钟谭林之墓”的字样。墓碑上的字体不太好看，有大有小，字体间隔也不一样，有宽有窄。钟叶总是感觉，爷爷钟谭林墓碑上的字体，像是小孩子的一幅习作。

钟叶站在蒙满灰尘的钟谭林墓碑前，耳边回荡着爷爷轻柔的话语。她向四周眺望，周边都是相同的墓地、相同的墓碑，黑压压一片，不像是墓碑，倒像是人。虽然接近中午，但是阴天，没有太阳，仿佛许多亡者都走出“家”，坐在家门口歇息、说话。

墓地管理者来了，是个皮肤白净、唇边无须的中年男人，脚步轻盈，无声无息，说话也是轻声细语。他告诉钟大同，这个墓园在当地卖得最为火爆，必须持死亡证明才能订购，交完定金三十天后，如果不履行购买手续，就会取消购买资格，定金不退。不像有的墓园，拿着病危通知书，或是什么都不拿，只要给钱就能订购。

钟大同点点头，环顾四周，问，这片墓地很大吧？

墓地管理者叹口气，说，是呀，只可惜开发了两期，本来还要开发第三期，不久前接到上面指示，不让开发了，只好停下来。

钟叶看见不远处的墓地和这里不一样，虽然都属于一个墓园，但不是统一的样式，墓碑都很高大，而且每个墓碑下面的面积也大。

钟叶指着那片墓地，问，那里和这里……是不是价钱不一样？

墓地管理者说，这里是“精装修”，那里是别墅区，是有区别。

一旁的钟大同脸色阴霾。

钟叶问，这个墓园是国营的、集体的，还是私人的？

管理者听了，稍微怔了怔，没回答。

钟叶问，开发这个墓园的人，是姓陈吗？

墓地管理者看着钟叶，小声地问，您认识……

钟叶微笑着，没说话。

钟铁亮走过来，问钟叶，你怎么知道的？

钟叶指着眼前钟谭林的墓碑，说，是爷爷刚才告诉我的。

钟铁亮脸色白了一下，站在周围的人，全都脸色发白地看着钟叶。

钟大同嘴唇抖了一下，低声对钟叶说，不要乱讲。

墓地管理者眨巴着眼睛，舒缓了一下情绪，继续给钟家人做着介绍，话语中带着遗憾，原本是能够继续扩大规模的。钟叶顺着墓地管理员的手指方向看去，果然一大片平整的空地上，都是还没有收拾利落的石碑、墓穴。

开始吧。钟氏老者对钟大同说。

钟大同说，好吧。

在钟氏老者的指挥下，钟大同带领子女们，在钟谭林的墓碑前烧香磕头。

仪式完了，钟家三兄妹又在钟氏老者指挥下，收拾祭品，重新擦拭一遍墓碑。钟氏老者跟钟大同说着话，讲着赣南一带的葬礼习俗。

钟氏老者说赣南一带的丧葬，那繁文缛节可是多了。死了人，都会大办葬礼，请道士“起香火、做法事”，即使没有钱的人家，借钱也得做个通宵，做“大燃灯”。有钱的人家那就别说了，做几天几夜的“香火”都是常见的事，谁要是不这样做，就被人看不起了。

钟铁亮简单地擦拭了几下墓碑，随意地站起来，站在钟氏老者面前，问起更多的祭奠礼节。

钟氏老者接着说，上午在祠堂里那会儿，为啥要在庭院里鼓乐齐鸣？为啥要吹唢呐吗？这叫“打闹子”。目的简单，既为了安定亡魂、惊醒祖宗、通知神仙，也意味着开始起香火，还有就是给村里的人通风报信，吸引人们来观看。花了那么多的钱，不就是让人看的吗？

对吧，钟先生？钟氏老者对钟铁亮说。

钟铁亮居高临下地看着钟氏老者，面无表情地说，你应该去做说书先生。

您这是批评我哩？钟氏老者自嘲起来。

钟铁亮面向司机，挥挥手，走，回去吃饭。

钟铁亮再次宴请家人，还宴请村上的村长，还包括忙前忙后的钟氏老者，还有上午那个瘦高的主持老者。

看着忙前忙后、已经面带疲惫的钟铁亮，钟叶忽然心酸起来，如此忙碌，祭奠的却不是自己的亲爷爷，也确实难为了他。况且眼前的父亲也不是亲的。即使他在祭奠过程中做出一些出格的事情，那也能原谅，他也没有做出什么太不好的事情，不过就是自作主张地多烧了一卷纸。钟叶还感觉出来，钟铁亮内心有许多的话没有讲，毕竟他也是六十岁出头的人了，虽然腰缠万贯，可毕竟没有自己的孩子，即使外面真有私生子，也不是正大光明的。那天当钟叶知道自己也不是钟谭林亲孙女的时候，她忽然理解了钟铁亮，但是她的这种理解极为短暂，很快就消失了，她在心里不断告诫自己，我就是钟谭林的亲孙女，我就是钟家的血脉……她在心里一遍一遍说着……顽强地说着……不断地说给自己，为什么有如此强烈的意识，她自己都不清楚。

艾瑞克不想参加中午的家宴，他说他累了，天天板着身子吃饭，实在劳累。但在钟叶劝说下，艾瑞克还是礼貌地参加了，看上去情绪不好，有些应付的样子。

其实，每个人情绪都不是特别好，可能也跟劳累有关吧。

只有钟铁亮情绪还好，他挨个敬酒，感慨地说，明天一早，大家就要回去了，时间过得很快呀。

看得出来，钟铁亮有些伤感，他的伤感情绪也带动了众人，一时间酒桌上弥漫着感伤的气息。

是呀，钟叶和艾瑞克明天早上也要走了，他们先从赣州到南昌，再从南昌到达庐山——完成他们这场特别的度假。钟大同看上去最为疲惫，好像无能为力的样子。只有钟叶能够理解父亲的内心，她知道父亲此时的心境，他把家里的一切都告诉孩子们啦，一个心中没有秘密的家长，看上去应该轻松了，手里也再没有牌可出了，一切都在走向结束。钟叶还感觉出来，钟大同已经无能为力维护几个孩子的团结了。

这样的饭，吃得实在寡淡，大家心不在焉，说话都少。

就在吃完饭快要走时，钟大同却讲了一段早年发生在赣南德安县的"桃花源"故事。这个故事在赣南时钟氏老者曾经给钟氏族人们说过，只不过没有钟大同现在说得详细。

"桃花源"的故事，也就是那段"义门陈氏"家族的故事：当年"义门陈氏"十八代同房，历经 332 年，生活在一起的人口，鼎盛时期已经发展到近四千人，"击鼓传餐"和"百犬同牢"的盛景，就是那时鼎盛时期的具体表现。在这三百多年从唐代到宋代的历史时光中，"义门陈氏"得到过十二位皇帝的御赐旌表，也就是"赐御书"和"题赠御匾"；但也就是在这种繁盛之中，皇帝们忽然担心起来，担心这个家族过于庞大，会给别的家族形成某种效仿，于是在宋仁宗年代，将陈氏族人迁往各地。如何迁移的呢？办法倒是有，他们将一个铁锅挂在宗祠前面，然后让其掉落在地，摔成多少片，就分成多少支。最后那口铁锅摔成了 291 块的碎片，于是分成了 291 支，随即"陈氏家族"被迁往全国各地。

钟大同讲完这个故事，轻轻地叹息了一声。所有人都在看着钟大同，一时间餐桌旁鸦雀无声。

钟大同站起来，说了一句，走吧。

钟叶和姐姐一直把父亲送到房间，两个女儿临走时，钟大同叫住了她俩，讲了关于钟铁亮的事。

钟叶和姐姐这才知道，原来钟铁亮这么折腾，花了那么多钱来赣南，不是为了发财，也不是为了重新认祖，就为了简单的一件事，祈祷能有自己的孩子。据说钟铁亮和媳妇准备“试管婴儿”。

钟大同说，今天早上，铁亮……什么都跟我说了，他听从那个“京城高人”的建议，目的就是为了能够“试管”平安。

钟叶感动之余，发出疑问，嫂子都52岁了，还能“试管”？

钟大同说，你嫂子讲了，有的女人60多岁了，还能“试管”生，她为了家庭，为了圆铁亮的梦，她完全同意。

姐姐大吃一惊，问父亲，钟铁亮这次祭奠，是为了请求祖先保佑？这么简单呀？

钟大同点点头。

真是荒唐！姐姐说。

姐姐这样一说，钟叶也感到钟铁亮夫妻俩的做法实在不可理喻。

钟大同再次叮嘱两个女儿，不管怎样，你们一定要把铁亮当成自己的亲哥哥，你们不是亲兄妹，可你们从小一起长大，这是不容置疑的事实，不能因为他的一些做法，你们就不理他了！？

钟叶和姐姐全都点头答应父亲，她们同时看见父亲的眼睛里含着泪水，泪水在灯光下更加闪亮，像是一片片飞溅的碎银子。

玖

不知为什么，钟叶自己都没有想到，当天晚上她竟然就把钟铁亮夫妻俩的“大胆做法”，一五一十地告诉了艾瑞克，说完了，自己脸上都是疑惑，心里还在问自己，我怎么想起来说这些呀？

艾瑞克怔了片刻，似乎完全理解钟铁亮夫妻俩的做法，表情完全正常，没有任何异样。

艾瑞克答非所问，说道，中国有着几千年的悠久历史。

你想说的……就这些？钟叶疑惑起来。

是呀。艾瑞克耸了一下双肩，然后想起什么，说，还是继续……钟谭林吧，科隆还在等着他后面的故事呢。

波尔舅舅……充满兴趣？钟叶问，波尔舅舅一定想起了他那曾经到过中国的革命者父亲，还有他自己的革命经历。如今在德国、在欧洲，想要回味红色革命，已经是不可能的了。波尔舅舅把回忆的希望寄托在了中国。

应该是吧。艾瑞克表情丰富起来。

那我们就一起听我爷爷是怎么说的吧。钟叶望着窗外赣南的夜，轻轻地说。钟叶心里却在想，艾瑞克能够理解钟铁亮夫妻的做法，可……我为什么却不理解呢？

在艾瑞克的催促下，钟叶的心情终于回到了爷爷钟谭林的身上。

钟叶清楚地看见，钟谭林的目光已经看到了1945年10月的太阳和月光，看到了赣南大地的一草一木，看到了大山中那掩映在树丛中的茅草屋。

就在这年这月这天，钟谭林和余翠娇经过上级组织批准，正式结为夫妻。在新婚的月光还没有出现之前，余翠娇让钟谭林去采一点野菜，还嘱咐他不要急着回来，她要收拾一下屋子。钟谭林疑惑地问为啥？余翠娇粗糙的脸上，双颊绯红。钟谭林看见余翠娇眼睛里有许多萤火虫一样的光亮，他好像明白了什么，笑了笑，挎起竹篮，走出屋子。

当钟谭林顶着月光回到茅草屋时，他完全怔住了：屋里的角角落落都奢侈地点满了牛油灯，亮堂堂的，如同白昼。破桌子上摆了一大捧野花，满屋子都荡漾着野花的香气。原本铺着草的炕上，那张破旧的炕单子不见了，新铺上了一床大红的单子，虽然布单子很小，还不到炕的一半，但却因为灿烂的红，把一切都给遮住了。

钟谭林这才晓得，这个大红色的布单子是余翠娇用两个多月的时间自己织出来的，她还在上面精心地绣了一朵硕大的红花。

钟谭林满眼的惊喜，余翠娇把他支走，原来是在布置“婚房”。

大同呢？钟谭林左右看着。

余翠娇声音很低地说，他玩累了，去了乡邻家，我拉他回来……他就是不回来，说啥都要住在乡邻家……这伢子……不听话了……

钟谭林明白了什么，他把盛着野菜的大篮子放在地上，走过来，抱住了余翠娇。这是他第一次拥抱她，他用手抚摸着她的后背，然后扳过她的身子，双手捧住她的脸，继续柔情地抚摸着。余翠娇把头抵在钟谭林的下巴上，闭上了眼睛……也就在这年这月这天，中国进入了最为关键的历史时刻。

钟谭林从上级那里晓得当前的形势，即中共广东区委抽掉了东江纵队的第五支队、珠江纵队的第三支队和东纵干校学员等一千多人，组成北上部队的粤北指挥部，来到赣南继续开展工作。

更让钟谭林高兴的是，陈子杰作为特派员，来到了大余。当陈子杰站在钟谭林的茅草屋前，大声喊着“老钟、老钟”时，钟谭林看着陈子杰，再也控制不住自己的情绪，紧紧地握住了陈子杰的手。他们握得很紧，使劲儿地握，彼此都感觉到了疼。

陈子杰和钟谭林感慨过后，开始说起工作。钟谭林这才知道，陈子杰回到大余找到他，并不仅是简单的看望，而是按照上级部署，准备组成武工队。陈子杰任武工队政委，上级命令钟谭林重新归队，担任队长职务。

陈子杰告诉钟谭林，我们这支武工队的主要任务，是在大余西部的河洞、内良、崇义一带开展工作，用游击战的方式与敌人展开秘密斗争。

离开战斗部队多年的钟谭林不理解上级为何如此小心谨慎，为何不能大张旗鼓地开展斗争？陈子杰呼出一口长气，告诉他，说来话长，以后你会知道其中的缘由。

钟谭林望着越发瘦弱的陈子杰，想起第一次见到陈子杰陈校长时的样子，二十多年前的情景历历在目，他如何也想不到文弱书生的陈子杰，在他身体里面竟然蕴藏着那么持久的革命火焰，一直在燃烧着，经久不熄。

钟谭林的伤腿基本恢复正常，除了阴天下雨还疼之外，平常日子已经没有大碍，他现在期盼着的就是马上回归队伍，立刻开展武装斗争。

武工队终于成立了。

陈子杰又给钟谭林安排了一名警卫员，这依然是上级的安排，目的只有一个，要在关键时刻保护钟谭林的生命安全。钟谭林还是不知道为什么要给他安排警卫员这个秘密。

钟谭林期盼着快一点打响战斗，陈子杰告诉他，不要着急，战斗马上就会来临。

经过一段时间的队伍训练，武工队终于打响了第一场战斗——攻打一个作恶多端的乡公所。此时在赣南广阔的红土大地上，国民党政权在每一个乡都成立了乡公所。乡公所十几个人，配备十几条长枪，在所长的带领下，乡丁们背着长枪，整日游走乡里，收敛各种名目繁多的苛捐杂税，他们欺压百姓、无恶不作。遇到乡民稍有不服，立刻把人抓去，捆绑、吊打、拿钱赎人，甚至把人杀害。杀死人后，他们还要张榜公示，告知天下，说是只要不听从乡公所的话，那就只有一条路——死路。

武工队在攻打第一个乡公所的战斗中，牺牲了一个队员，还有几个队员负伤。陈子杰和钟谭林总结经验，决定下一步开始夜袭，尽量压缩战斗时间，快打快退，在运动中进行战斗。

武工队运用夜袭方法，连续端掉了几个乡公所。武工队政委陈子杰告诉队员们，我们就要在打击乡公所的行动中，唤醒百姓对反动政权的反抗，我们在为民除害的同时，也在彰显我们反抗的决心。

武工队一个接一个地端掉乡公所，也在逐步扩大着革命的影响。

钟谭林和余翠娇共同的孩子终于呱呱坠地了。

这个小生命无比瘦小，又黑又瘦，就像一块黑泥巴，或者说像是长着一小截“尾巴”的“黑泥巴”。刚出生的那天，“黑泥巴”哭声很大，但从第二天开始，哭声逐渐减小，而且昼夜不眠。坐月子的余翠娇只得下地，一边给儿子大同做饭，一边照顾新出生的儿子。

“黑泥巴”出生那天，钟谭林没有在家，他在和陈子杰共同指挥着武工队转战大余山区。后来利用战斗的间隙，陈子杰让钟谭林归家看一看。钟谭林不走，最后硬是在警卫员小虎的拉拽下才勉强归家。

可是钟谭林归家后看到的一幕，让他差点晕倒。只见妻子余翠娇抱着毛伢子，坐在地上，抽泣不止。儿子大同蹲在余翠娇眼前，双眼张得老大，双唇紧闭。原来，新出生才刚半个多月的毛伢子“黑泥巴”，因为严重的肺炎，加上无药医治，已经悲惨地死了。

钟谭林悲痛不已，他双手颤抖地抱起面条一样的毛伢子，感觉伢子身上的余热似乎还没有完全消退……毛伢子在他的怀里，一点、一点变得冰凉，变得僵硬。

这时，余翠娇突然爬起来，跪在钟谭林面前，说她没有照看好孩子，实在是对不起了。

钟谭林左手抱伢子，右手将余翠娇搀起来，然后把她脸上的眼泪擦干，他说这怎么能怨你呢？要怨，也应该怨我呀……

余翠娇转回身，把钟谭林抱住，终于放声大哭起来。儿子大同双手抱着姆妈的大腿，也哭了起来。一家人陷在无限的悲伤之中。

钟谭林回家只有短短的半天时间，他必须马上归队。于是，他和余翠娇掩埋了毛伢子“黑泥巴”。

这是一次极为重要的行动。

钟谭林要亲自前往一个叫马洼村的小村子，村子里有一位特殊的村民，他有重要情报交给武工队。本来这位“村民”可以去村外接头的，由于不小心摔断了腿，只能待在家里。这个“村民”提出要求，必须面见武工队的队长钟谭林，当面告诉，其他的人一概不相信。

为了避免人多眼杂，钟谭林只带了警卫员小虎前去马洼村。

马洼村位置特别，距离驻扎在大余县城里的保安团还不到一里地，可以说就在敌人的眼皮底下。钟谭林之所以冒险来取情报，全是因为这个“村民”刚从大余县保安团回来探望得病的家人，“村民”之所以要有情报汇报武工队，是因为这个“村民”跟班长打起来，心里窝了一口气，要赌气报复，所以才要把情报送给武工队，好让武工队去袭击保安团，然后再把责任转嫁给那个班长，好让那个班长倒霉。这样这个“村民”也就出了气。听上去，这个理由倒也成立。

陈子杰听了这件事，觉得不妥帖，担心有变故，毕竟保安团的士兵都是一些品质不太好的家伙，虽然也有被迫参加的穷苦农民，可那只是少数，这件事凶多吉少。可是钟谭林却认为机会难得，这是保安团的“狗咬狗”，一定要充分利用。况且武工队不能只是满足袭击乡公所，一定要把大余县最大的武装保安团消灭，这样才能真正打掉敌人的嚣张气焰。

钟谭林决定试一试，经过不断劝说，陈子杰终于同意了。

可是由于时间拖得有些长，终于发生变故了。钟谭林没有想到的是，这个“村民”又打消了原来的主意，他决定用钟谭林的脑袋去换取自己的荣耀，这样不仅能立大功，还能得到赏钱，说不定还能晋升官职，压过那个班长。这样做，比原来的复仇办法更有成效。

所以在那天夜晚，当钟谭林和警卫员小虎在那个“村民”家刚刚落座，立刻发现情况不对，想要撤退，来不及了，当地保长带着十几个保丁，已经把屋子团团围住，上来就打枪。钟谭林在打死那个狡诈的“村民”后，已经无法脱身了，保丁们乱枪射击，为了保护钟谭林，小虎中弹牺牲了。保长叫喊，赶快投降，否则大火烧掉房屋。保丁们搬来大批的柴草，很快就在周边十几户人家的门前堆满了，为了不牵扯周边的村民，避免百姓无辜伤亡，钟谭林没有开枪抵抗，最后被抓住，五花大绑地捆起来。

钟谭林被抓后，马上被送到近在咫尺的大余县保安团。

钟谭林被扔在了保安团牢房那冰凉的地上，浑身的伤口尤其是刚刚好转的伤腿，发出钻心的疼痛。他双手反绑，双腿也被绑着，身子无法动弹，脸贴在脏兮兮的地上，小虫子爬到他的脸上，他只能通过挪动身体，通过脸蹭地的办法，才能躲过小虫子的袭击。

就在这时，牢门打开了，被几个士兵拥着的一个人，站在了钟谭林面前。这个人的双脚就站在钟谭林眼睛的前面，锃亮的马靴几乎都要贴在钟谭林眼睛上，马靴的皮子味儿，呛得钟谭林不住地咳嗽。

快点把他扶起来。穿马靴的人命令道。

士兵把钟谭林扶了起来，“摆”在穿马靴的人眼前——因为钟谭林双手、双脚都被紧紧绑着，根本无法自己站立，只能在士兵扶着的情况下才能站着。

钟谭林努力睁大眼睛，在昏暗的牢房里，看了好半天，才终于看清面前站着的这个穿马靴的人、也是被士兵叫作“团长”的人，原来竟是杨大清！

后来钟谭林被营救出去之后才知道，在崇义县消失多年、流窜到大余、重新拉帮结伙的杨大清，在大余县国民党支持下，组建了大余县保安团，他亲任团长，以屠杀进步民众和共产党员的残忍，得到了大余县府的赏识。之所以最初陈子杰和钟谭林不知道大余保安团长是杨大清，原来他改了名字，改叫“杨宗保”，所以暂时蒙蔽了武工队。

但在钟谭林面前，“杨宗保”还是那个无耻的叛徒杨大清。

杨大清命人摆上酒菜，“热情”招待钟谭林。杨大清开始“动情”回忆过去与钟谭林相识时的情景，劝说钟谭林不要再为共产党卖命，投靠国民政府才是最好的人生抉择。钟谭林再不能耐下心来了，他推翻了酒桌，痛骂杨大清，请求杨大清枪毙他。

杨大清恼羞成怒，开始酷刑折磨钟谭林。尤其是对他的那条伤腿，更是有意“照顾”，不仅让几个保安团士兵轮番踹他的伤腿，更是把他的伤腿先用火烤，然后再放进冰凉的塘水中浸泡，如此往返多次，几番折腾下来，钟谭林已经站不起来了。

钟谭林清楚，杨大清是想让他成为残废人，不杀他，让他活着。尽管活着，以后什么也做不成，让他干着急，让他在自我郁闷中焦灼地死去。

就在杨大清百般折磨钟谭林身体、摧残钟谭林精神时，陈子杰正在谋划营救钟谭林的行动。

那是一个有风有雨的晚上，就像很多年前钟谭林逃婚的那天晚上一样，陈子杰带领武工队夜袭保安团的驻地。杨大清组建的这支保安团，建成时间不长，队员都是乡间游手好闲之徒，加入保安团的目的很简单，就是为了捞取好处，平时参加训练，也都是走形式，他们面对百姓凶神恶煞，战无不胜。但是遇到作战勇猛的武工队，根本没有招架之力。在不到十分钟的战斗里，保安团死伤大半，剩下的早就逃跑了，本来还有希望活捉杨大清，但是狡猾的杨大清没有硬拼，带着几个亲信，趁着夜雨逃走了。

钟谭林身受重伤，尤其是那条左腿，已经无法站立，加之身体受到酷刑，整个人处于昏迷状态。

余翠娇又一次见到了半死不活的钟谭林。

陈子杰含泪对余翠娇说，交给你了，我对不住老钟呀。

坚强的余翠娇擦干眼泪，让陈子杰带领队伍赶快走，她一定要救活钟谭林，一定让他活过来。

余翠娇实现了自己的诺言，她救活了钟谭林。但是半年后重新站立起来的钟谭林，却只能依靠拐杖行走了。他不可能再参加战斗了，陈子杰安排他在地方工作。因为战斗频繁，扬眉寺钨矿寻找、开采之事，上级也还没有任何指示。

这年这月这日，国共“双十协定”签订。中共为了顾全大局，避免内战，许多部队撤离赣南、粤北一带。但是留下一批干部和武装人员应付随时变化的形势，等待时机，迎接新的斗争。

陈子杰带领部分武工队员留了下来，但是上级指示，必须绝对隐蔽，不做公开活动，避免遭国民党的围剿。陈子杰遵照上级指示，进入大山，建立了隐秘营地。武工队也改了名称，对外称作“雄狮队”。

钟谭林和余翠娇的家，成为秘密交通站。钟谭林留起了胡须，扮作普通百姓，继续为革命做工作，同时也与陈子杰保持密切的联系。

再说逃走的杨大清，他费尽心机，再次重新拉起队伍，但也变得更加狡猾，不再张牙舞爪，不再四处张扬，而是变成秘密行动。他在区公所安插眼线，只要发现有人为“雄狮队”购买电池、药品等紧缺物品，便抓起来进行秘密严刑拷问，伺机找到“雄狮队”的下落，抓住陈子杰，摧毁“雄狮队”。当然杨大清也没有忘记钟谭林，他也在派人秘密寻找钟谭林。

又过去了一年，终于内战全面爆发。

也就在这时，钟谭林、余翠娇的第二个孩子——钟大同的同母异父的弟弟，安全诞生，并且活了下来。

第十章　失踪的矿石

J

关于钟谭林的活动终于结束了，钟家人异地相聚也算告一段落，大家马上就要各奔东西了，重新回到自己的生活中。当然，最纯粹的也是真正的告别，还是钟叶与家人的分别。其他人毕竟都在国内，而钟叶呢，将要离开中国。

最伤感的人，当然是钟叶。

这是她离开中国五年来第一次与家人团聚，这一走不知何时才能相见。虽说她和艾瑞克还要再回北京，但那只是转机。他们从赣南前往庐山，游玩庐山之后返回北京，从北京直接飞往巴黎了。姐姐说，我到机场去看你。钟叶说，不用了，匆忙一见，只能流眼泪。姐姐唉了一声，可不是呗，机场匆匆相见，只能是眼泪相见。

自从早上起来，钟叶的眼圈就始终红红的，仿佛一个不愿意去幼儿园的孩子。吃完早餐后，站在招待所的大堂里，她开始拥抱父亲，然后与姐夫、嫂子告别;最后才缓慢地走到姐姐跟前，怔了片刻，突然一把抱住姐姐，因为用力过猛，姐姐后退了两步，一个趔趄，差点儿摔倒。钟叶再也控制不住了，她放纵地哭了起来；她把早就准备好的、放在信封里的一沓钱，趁着拥抱的机会，悄悄地放在了姐姐的口袋里。

钟叶最后告别的人，是……钟铁亮。

还没等钟叶走过去，几天来消瘦不少的钟铁亮主动走过来，喘气粗重地站在钟叶的面前，语气却是轻轻的。

叶子，不知道这几天我安排得怎么样？有不满意的地方，你就原谅哥哥吧。

哥……挺好的，让你费心了。钟叶鼻子发酸，凝望着哥哥。

钟铁亮正好身体斜侧、站在阳光照射的地方，他鬓角处飞扬出来的白发，钟叶看得异常清晰，再加上临别时他的一番话，让钟叶瞬间温暖起来。

哥，谢谢你了，你也要……保重身体呀……

钟铁亮嘴巴微微张了一下，微笑起来，这是几天来他最为轻松的表情。他笑着，却是女人一样忽然用手捂住嘴和鼻子，把脸扭向一边，然后又赶紧转过来；他使劲儿眨眼睛，不断地眨，努力要把夺眶而出的眼泪镇压回去。

那个没有双手的京城高人，此刻躲得远远的。笔直地站在一棵香樟树下，凝望着这边的亲情告别。

钟家人也在静静地看着相互凝望的兄妹俩。本来艾瑞克站在钟叶身边，随着钟叶的脚步挨个儿向钟家人微笑道别，他赶紧向后退了几步，给兄妹俩留出礼貌的空间……随后，他就悄悄回房间拿行李箱去了。

钟叶第一次庄重地伸出手，与钟铁亮握手；钟铁亮也赶紧伸出手来，握住了妹妹钟叶的手。

不管你走到哪里，你都是我妹妹，你做什么，我都不说什么。可是那个法国佬，我实在不喜欢他，我做的一切都是为了你，跟他没关系，我还是想劝你，要是有可能的话，跟那个法国佬分手吧……他不适合你，怎么说呢，我从他眼睛里已经看出来了……他不适合你……钟铁亮说得滔滔不绝。

钟叶怔了怔。

钟大同年岁大，但耳朵不背，再加上钟铁亮声音也不小，于是赶紧走过来招呼说，铁亮，你妹妹该走了，别耽误了时间。

钟铁亮这才闭住嘴，侧过身，看见艾瑞克已经把两件行李箱和两个“双肩背”拿到大厅中，站在出门处，不停地看着手表。

钟铁亮与妹妹最后相抱。

在赣州开往九江的火车上。

艾瑞克和钟叶又恢复了当初从巴黎来北京时的情形，两个人什么话都不说，各自做着自己的事，似乎瞬间又成了陌生人的样子。

钟叶眺望着车窗外面，耳边再次响起钟铁亮劝她跟艾瑞克分手的话，难道他真的看出了什么，或是他身边的那个没有双手的“京城高人”看出了什么？她用余光看着艾瑞克——他还在看着笔记本电脑，聚精会神，仿佛身边没有任何人。钟叶感到心里特别烦乱，再加上这些日子没有规律的生活，顿时觉得特别的累，好像累得她连喘气的力气都没有了。

你不应该给你姐姐钱。艾瑞克把脸从电脑屏幕上离开，也没看钟叶，毫无征兆地抛出一句话。

钟叶转过脸来，看着艾瑞克。

艾瑞克对钟叶说道，你这样做实在不好，是对你姐姐不尊重。

钟叶没好气地说，这是中国，还没回法国呢。

是呀，是在中国，但有区别吗？艾瑞克耸了一下肩膀，继续阐述钟叶给姐姐钱这件事，较真儿道，对别人最大的羞辱，就是没有任何理由地给钱，尤其是悄悄地给钱。貌似友好，实则施舍和怜悯。没有人需要施舍和怜悯。

我知道，你又有马赛和科隆的来信了。钟叶赌气地说。

此时，钟叶依旧在想着钟铁亮跟她说的话，又开始对艾瑞克憎恨起来，她倒要看一看马赛和科隆又有哪些胡言乱语，即使艾瑞克与他们远离万里，他们还在用他们的思维操控他，还在不断地给他“打点滴”。原本在赣南时，看到艾瑞克的一些变化，钟叶内心有所松动，甚至还有几分欣喜。现在她又想起了最初从巴黎来时的想法，不成的话，真的考虑要跟他分居了。当两个人尤其是夫妻之间，总是在思考彼此的未来时、总是处在一种情绪波动的状态时，这样的关系还能是稳定的关系吗？

艾瑞克似乎没有看出钟叶的不高兴，他看着电脑屏幕，兴致勃勃地再次转述来自马赛和科隆的看法——钟叶真没想到，赣南之行，莫非加深了艾瑞克和他父母之间的感情？过去在法国时，他们之间是那样的冷漠与陌生，甚至没有往来，如今他们联系如此频繁，这一切都是因为一段“中国故事”。而中国之行，又让艾瑞克理解了他的父母，反而让一个法国家庭团结、友好起来，当然也更包括他与波尔舅舅之间的感情，甚至他们的走向显得更为牢固。

这是怎样一种令人啼笑的因果关系？

在艾瑞克兴奋的转述中，钟叶又看见了远远走来的艾瑞克的父亲。他似乎有些胖了，原本瘦削的棱角分明的脸上，现在有了圆润的轮廓，但他的背有些弯了，个子瘦高的人，一旦腰弯了，显得特别明显。

艾瑞克的父亲开始认真地说起来，或者说继续指责。

钟叶面色冷峻地望着越发陌生的艾瑞克父亲。他与我到底是什么关系，是我的公公吗？

这时候，体态丰腴的艾瑞克的母亲适时走出来，遮住了艾瑞克的父亲。她披着一件暗红格子的羊毛披巾，似乎也瘦了许多，脖子上的肉已经耷拉下来，像是火鸡的脖子，但是她胸脯和臀部永远都是庞大的，丝毫没有缩减。她灰色的眼珠儿——艾瑞克那灰色的眼珠儿就是遗传了她的基因——比过去黯淡了许多，她的声音也比过去低了不少，好像语调中带着忧郁和担心。

钟叶发现艾瑞克母亲说的，依旧还是过去的陈词滥调，除了指责和攻击之外，还是没有任何新意。

钟叶没有想到艾瑞克的母亲变成这个样子，完全语无伦次了，没有了过去的女人的锋利，没有了一贯保有的矜持，没有了对生活细节的关注，却变成了现在一派胡言的样子……

艾瑞克的母亲消失了，另一个人应该出来了。奇怪的是，像过去一样此刻应该取代艾瑞克母亲的波尔舅舅始终没有出现，也可能出现了，钟叶没有看见，他躲在了雪茄烟的烟雾后面。那片烟雾越发浓重，已经完全看不见烟雾后面的人。

是呀，波尔舅舅哪里去了？艾瑞克也发现了这个问题，他自问自答道，也可能是睡下了吧，毕竟有着时差的阻碍。

钟叶有些发困，平稳而快速的列车，让人无法真正领略车窗外的景致。她再次感到思想消沉，于是拿起了爷爷钟谭林的最后一封信。是的，五个多小时的火车行驶不能浪费掉，应该看看爷爷最后想说什么。

这是爷爷钟谭林生命的最后阐述。

拾

钟叶讲述故事的语气，越来越像她的爷爷钟谭林了。她不是再给艾瑞克讲，也不是说给自己听，而是完全变成了爷爷，像是钟谭林的自言自语，更像是钟谭林在讲述别人的一个故事。连钟叶自己都感到异常奇怪，她在讲述当中的咳嗽、讲话的腔调，甚至一些呼气、停顿，也像极了爷爷钟谭林的讲话风格。

“钟叶”和“钟谭林”两个人思想交缠着、思维环绕着，就这样“混乱”地前行。

艾瑞克始终在认真地倾听，看他的神情，仿佛坐在电影院里，在亲眼目睹早年赣南的红色斗争历史。

在“国共内战”爆发初期，由于多种原因，尤其是地缘因素的桎梏，赣南的政治形势是另外一种非常微妙的情况，和其他一些地方不一样，似乎更像一块与外界毫不搭界的“飞地”。

陈子杰领导的“雄狮队”，已经被再次组建起来的另一支保安团强力围困，犹如铁钳一样把“雄狮队”困在了一个狭长的不足百里的山坳里，他们与上级彻底失去联系，就像一个失掉了耳朵的人，只能凭借自己的感觉来行动。

在这样极为严峻的形势下，“雄狮队”率先开始了赣粤湘边的“解放战争”。可以这样讲，赣南的“雄狮队”是打响全国“解放战争”的共产党的第一支地方武装力量。应该骄傲地承认，这是陈子杰的政治敏感所开创出来的一条绝处逢生之路。

陈子杰考虑到“雄狮队”人少、枪少、伤病员多的问题，决定以“游击战”为主，躲开围剿的国民党正规部队，专门去袭击地方反共武装，以及那些死心塌地的乡长、保长。不要小看那些乡、保长，他们是国民党政府外伸的“爪子”，这些爪子触及之处会带来极大的危害。“雄狮队”打断敌人的爪子，也让敌人变成瞎子、聋子。

钟谭林焦灼万分，他已经半年多没有与陈子杰联系了，他不晓得“雄狮队”转移到了哪里，更不敢贸然去找。“雄狮队”一点儿消息都没有……后来开始有了一点儿，但也都是来自国民党方面的消息，诸如国军已经全歼“雄狮队”，“匪首”陈子杰已经被击毙，“雄狮队”已经“众叛亲离”等等。钟谭林不相信，他断定这些消息都是敌人的造谣，目的只有一个，扰乱民众对共产党的信任，降低共产党在民众中的威信。

焦灼中的钟谭林，经常独自一人拖着一条残腿，假借上山采野菜、下山卖粮的各种机会，悄悄打听“雄狮队”的下落。他有时也在山上分析各种脚印，判断是否可能“雄狮队”来过。还有的时候，他独自爬山走出很远，期盼着有可能碰见“雄狮队”的“探子”……可是，“雄狮队”依旧没有任何消息，他们仿佛彻底遁地了或是彻底升天了。

随着钟谭林的行动变得越发大胆，他也终于露出了“尾巴”。一些同样在山上游逛的乡长、保长手下的那些“探子”，终于发现了他的异常，他的真实身份很快被村上的保长发现。幸亏那个保长贪功，没有上报保安队，也没有上报军队，想要自己发大财，大概认为抓一个“跛脚佬”用不了兴师动众，认为带着几个人就能把他拿下了。

就是因为这个保长的贪财，给了钟谭林逃脱的机会，当他那天看见一个形迹可疑的“山民”在背后跟踪他后，立刻意识到了情况危急。他回到家后，马上带着余翠娇和两个伢子，顺手捎上了几件简单的衣服，没做任何停留，立刻逃走了。为了让“远走他乡”变得逼真，他让余翠娇和两个伢子先走，然后自己放火点着了茅草屋。钟谭林试图给抓他的保长，留下可以“理解”的原因。

果然，保长带着两个保丁来抓他时，远远地看见了漫天大火。在是否“因为大火而背井离乡”还是“因为身份暴露而主动逃走”这个问题上，的确搅乱了那位贪财保长的正确判断——这也为钟谭林四口人的安全，增加了一定意义的保险。

多年以后，当钟谭林回忆这段日子时，他依旧无法想象——他是怎样拖着一条伤腿，带着余翠娇和两个伢子，一边躲避经常搜山的保安队，又一边寻找着“雄狮队”下落的呢？

钟谭林想，只有找到“雄狮队”，才能继续为党工作，才能保住余翠娇和两个伢子的性命。他们老老少少四口人，就在这样躲躲藏藏中，竟用双脚从大余走到了崇义，来到了思顺，来到了钟家村。

冥冥之中，钟谭林终于回到了阔别多年的家乡。他没有直接进村，躲在半山上向村中眺望。钟家村似乎没有任何改变，可能唯一改变的，就是变得更加寂静了。村子里没有狗吠声，没有伢子的哭声，没有大人的说话声，没有鸟儿的啁啾声。只有香樟树、柏树、紫薇树的轻轻摇动声，还有寡淡的炊烟仿佛细绳一样地袅袅升空。

钟谭林决定先在半山中一个破洞里住下，钟家的人都死了，房子也都破败倒塌了，进村还有什么意义？说不定又要暴露身份。还是找准机会进村吧，不能再给余翠娇和伢子带来危险了，也更不能给村人带来麻烦。

茂盛的树木将破山洞完全遮蔽起来，仿佛与世隔绝。他们在破山洞里住下来的第二天，钟谭林就决定为阿爸、姆妈扫墓。第三天做的事，是为钟刘氏、涂彩花这两个苦命的女人扫墓。这两次扫墓，余翠娇默默地陪在钟谭林身边。她不说一句话，只是默默地跟在钟谭林的身后，默默地摆上供品。

第一天扫墓，是个大晴天，而第二天扫墓，则是一个阴天，阴沉得像是天塌了下来，天空与大地完全接合，人压抑得就连喘息都感到艰难。

钟谭林拄着一根拐杖，来到了两个为他而死的女人的墓前。所谓的墓，其实就是两个破败的坟堆，没有墓碑，没有木牌子，什么都没有。两个坟堆旁边长着一棵巨大的柏树，柏树旁边是一条深而狭长的水沟，水沟里流淌着从山上奔腾而下的泉水……即使没有如此明显的标志，钟谭林也能深深记住。因为这里面埋葬着深爱他的女人。

钟谭林低着头，双手抱着拐杖，在坟茔前慢慢跪了下来，他声音颤抖地说，我来看你们了……你们受苦了。钟谭林说完这句话，再也说不出别的话了，全身上下都被眼泪完全包裹住了，要是从远处看，他就像是从地上“汩汩”冒出来的山泉。

余翠娇随着钟谭林跪下来，她没说一句话，目不转睛地看着眼前两个破败的坟茔。也就是从这时开始，她更加深爱着眼前这个有情有义的男人。

杨大清在赣南地区消失了。

这次消失，是他的第二次消失。第一次消失，是他在崇义消失、在大余悍然出现。那么这第二次消失，他又会在哪里第二次出现呢？

钟谭林不知道，陈子杰不知道，赣南地区有着那么多的山，有着那么多的树，随便躲在一座山上、躲在一棵树后，没人能找到，更何况狡猾的杨大清呢？

只有杨大清自己晓得他在哪里。

数年前，杨大清的保安队被陈子杰带领武工队夜袭后，武工队不仅救出了钟谭林，杨大清的保安队还受到了重创。杨大清在逃跑中，被陈子杰的一颗子弹打伤了眼睛，他的脸部也被手榴弹的弹片划伤了，由于没有及时治疗，伤好后在脸上形成了一大块伤疤。最初杨大清想重整旗鼓，再次组织保安队，与陈子杰、钟谭林进行一次生死决拼，可经过一段时间努力，重新组建队伍的步伐不甚理想。后来经过再三权衡，还有“国共”双方战场上力量对比的不断变化，杨大清审时度势，决定离开军界，要在生意场上打拼，要用金银财宝再次“武装”自己。

隐姓埋名的杨大清，加上脸部的巨大变化，赣南一带已经没人认识他了，但是有一次却遇到了当年在崇义县叱咤风云的徐长奎。

杨大清出席崇义的一次商会活动，本来活动已经结束了，又来了一位穿戴不俗的老者，众人见老者来到又都重新坐下。但是老者挥手让大家走，言明他不是来开会的。众人见状，就都跟老者抱拳行礼，然后礼貌地退下。杨大清也想走，但是老者喊住了他。

其实，杨大清已经认出了这位老者——徐长奎。

年岁已高的徐长奎，早就不在崇义县府掌事，但仰仗着过去的人脉，开始在生意场上肆意畅游，他很少抛头露面，躲在幕后指挥他人做生意。崇义县上的生意人，只知道徐长奎幕后指挥生意，可很少有人能见到他。要想见到他，需要通过诸多关系才能登门拜访。

那天谁也没想到，徐长奎竟然主动来到商会。

徐长奎如此气势，当然不是仰仗他作为前任县长遗留下来的威风，而是因为他的儿子继承了他的衣钵，在崇义县府任职县长，徐长奎表面上离开县府，可暗地里依旧与崇义的政界、军界藕断丝连，还能在商场上驰骋。徐长奎除了指挥生意，还暗地里继续为国民党做事，一旦发现可疑情况，马上告知他的儿子。徐长奎还拥有大量“耳目”为他取得消息，所以退居幕后的徐长奎，实际上继续操控崇义县府。他是县府的真正掌控人。

徐长奎坐在太师椅上，冷冷地看着杨大清。

杨大清赶紧弯腰行礼，连声道歉，回到崇义，没有登门拜访徐老先生，实乃不敬。

徐长奎说，我乃一介老朽，是个快要入土的人了，拜访我何干？

杨大清再次弯腰，说道，徐老先生是崇义的大救星，是崇义的太阳。我们永远都是您的臣民。

徐长奎停顿了一下，忽然哈哈大笑，说，我的杨大团长，你怎么变成了江湖人士，嘴皮子倒是滑溜了。

杨大清脸色一会儿红、一会儿白，不知道徐长奎到底想要做什么。于是，干脆把话挑明了，恭敬地问，徐老先生，晚辈恭听指教。

徐长奎摸着花白的山羊胡子，挥手让身后的随从退下，然后把杨大清召唤到眼前。

徐长奎、杨大清之间说了什么？没人晓得。

时间就像一条蛇，它迎着春天的阳光，开始挣脱身上的旧皮，经过艰难的蜕皮，终于爬行到了1948年的春天，迎接着新年的阳光。

费尽周折的钟谭林，重新联系上了陈子杰。

钟谭林又有了自己的“新家”，这是他和余翠娇吃尽苦头，带着大儿子钟大同，经过半年多的伐树，最后在树木茂密的山间，搭建成了一座小木屋，在小屋前面，开出了一小片空地。这个“家”，继续成为转战在大余、崇义一带的“雄狮队”的秘密联络站。

但好景不长，由于“雄狮队”内部出了叛徒，钟谭林的家又迎来了新的危险。一场灾难就在眼前，马上就要发生了。

一天上午，灿烂的阳光从林叶间的缝隙倾洒下来，松软的土地上，到处都是虎皮纹一样的斑斓亮光。

钟谭林为了让得病的余翠娇休息好，这一天，他带着两个伢子上山干活。所谓的干活，就是捡拾生火做饭的树枝、采些野菜，当然还会下夹子，野兔之类的小动物绝不会让它跑了。

大儿子钟大同真是钟谭林的好帮手，处处抢着干活，春天的早上，山上还有凉意，但很快大同的脸上都是汗水了，脸蛋早就变成了一朵小太阳，红通通的。小儿子年岁小，顽皮，跟在阿哥的身后，蹦蹦跳跳，树枝子划破了手，根本不晓得疼，跌倒了，照样“呵呵”地乐。

钟谭林跛着残腿，看着两个伢子，心里充满了无比的甜蜜。但他不晓得，此时凶残的国民党士兵，正在“雄狮队”叛徒的带领下，悄悄地摸到了钟谭林家的小木屋前。

疾病缠身的余翠娇躺在木炕上昏昏欲睡。由于长期颠沛流离的生活，营养不良，再加上过度操劳，原本身体健康的余翠娇，已经大不如前了。她瘦了，早年肥大的臀部缩成了枣核状；壮健的胸部，变成了一马平川，伢子吸干了她的奶水，没有营养，她是用血来营养伢子的。

士兵站在炕前，把余翠娇拖到地上。眼见屋里只有她一人，晓得钟谭林和两个伢子出去了。领头的班长见余翠娇不说话，干脆把士兵分散在木屋里外，设下圈套，单等“鱼儿”上钩。

余翠娇心里着急，看着屋外的亮光，晓得丈夫和两个伢子马上就要回来了，怎么才能给他们报信呢？她想到了逃离大余县时的情景，想到了钟谭林的那把火。

坐在地上的余翠娇，悄悄靠近了炉灶。她趁着身边两个士兵不注意，赤手把炉灶下面没有熄灭的树枝子拿出来，放在了身后。

屋里立刻有了白烟，就在士兵和班长寻找白烟出处时，余翠娇猛地将炉灶里的火红的木块，用双手掩出来，四处抛洒。两个士兵喊叫着，用枪托猛砸她的手、身子、脑袋，但是余翠娇疯了，不顾一切地继续抛洒……

木屋着火了。

已经下山来的钟谭林和两个伢子，看见了那熊熊燃烧的大火……他们得救了。

敌人抓走了双手起满了火泡的余翠娇。

敌人用酷刑折磨她，让她交待“雄狮队”的行动规律，让她交待钟谭林可能的去向。余翠娇就是不说话，一个字都不讲，嘴巴仿佛长在了一起，默默地看着遥远的天边。敌人晓得这是一个不屈的女人，终于失去耐心。敌人疯狂地割掉了她的耳朵，挖去了她的乳房……余翠娇被活活折磨而死，被暴尸山间。

钟谭林冒着生命危险，在一个大雨之夜，将暴尸多日的余翠娇的尸体，悄悄掩埋了。钟谭林拖着两个孩子，继续隐居在山上，苦苦挣扎着活下去。

钟谭林再一次失去了与“雄狮队”的联系。

1949 年 8 月。崇义解放了。

徐长奎在新中国成立前夕跟随县上的头面人物逃跑，半道上被解放军的流弹打死了，终于结束了他罪恶的一生。但是杨大清没有死，下落不明。

新中国成立后，钟谭林没有再娶，虽然身体有病，但他依旧坚持在乡村参加劳动，成了一名普通的老表。

转过年来的冬季，已经长大成人的钟大同，也到了男大当婚的年龄，他和一名小学女教师情投意合，二人结婚了。婚后那位女教师流产，还得了病，大夫建议他们晚两年要伢子，于是他们收养了在一对老夫妇家中大病不断、老夫妇已经无力照顾的一个细伢子。

这个细伢子，钟大同夫妇为他取了一个新的名字——钟铁亮。

钟铁亮就是已经去世的钟谭林表兄钟谭生的孙子。钟铁亮的阿爸参加了国民党军队，后来官衔升至少将，本来说好要来接伢子的，怎奈时局变化太快，国民党兵败如山倒，最后没有来接他，直接去了台湾。

对于儿子收养一个国民党将军的后代，起先钟谭林不晓得，后来晓得了，什么都没讲，他支持儿子钟大同的做法，表明无论钟铁亮父母身份如何都不重要，关键不能不管伢子。况且钟铁亮毕竟姓钟，也是钟家的血脉。

生活艰苦的钟谭林，没有享受国家的补助，也没有进荣誉军人院——这一切，都是钟谭林自愿的。

1956 年，已是少将军衔的李山鸿趁着来赣州开会的空当，顺便回到家乡崇义，看望家乡父老，也终于见到了坐在田埂边、正在用一张发黑的窄纸条、慢慢卷着烟卷的钟谭林。

将军李山鸿让警卫员站在远处，他脱下皮鞋，赤脚走到田埂边，坐在了钟谭林的身边。钟谭林问他是谁，怎么没见过，从哪儿来呀。李山鸿眼圈红了，他伸手搂住钟谭林的腰，叫了一声：“老阿哥呀，队长呀，我是山鸿呀，你的好兄弟呀”。钟谭林眯缝起眼睛，看着近在咫尺的、穿着粗布白衬衫、双鬓已经发白的人，他看着、看着……终于笑了起来……接着哭了……再接着又笑了。

李山鸿要找有关部门，要为钟谭林讨个说法，但是钟谭林拒绝了，他平和地说，做一个普通的老表，不好吗？再说，我还有大同他家呢，他们照顾我很好，没有事情的。

老阿哥，需要我做啥，就跟我说吧。哪怕一件也成呀？

有一件事，我死不瞑目呀！

啥事？

叛徒杨大清，不晓得藏在哪里？

他还没死？

他要是死了，我肯定能晓得，他还没死。

因为公务缠身，李山鸿将军没有时间再待了，他依依不舍地告别了钟谭林，走时对钟谭林讲，杨大清一定会被抓住的，逃不脱人民对他的审判。

李山鸿临走前，把二百元钱给了钟大同，让他定期给他阿爸添置生活用品，改善生活。

村上人都晓得钟谭林的经历，男女老幼都非常尊敬他，钟谭林生活倒是幸福美满，只是整日惦记着杨大清的下落，没事的时候，拖着残腿，四处乱转，希望能从地缝里把那个恶贯满盈的叛徒抓住。

功夫不负有心人。

有一天，崇义县大集，钟谭林在钟大同和小儿子的帮助下去赶大集，正好在集市上看见擦肩而过的杨大清。尽管多年没见，杨大清变化很大，尤其是脸上的伤疤，再加上岁月的变化，几乎变了一个人，他还戴着一顶压低了的斗笠，可是这所有的一切，都没能逃脱钟谭林的眼睛，钟谭林还是一眼认出了杨大清。

钟谭林不顾一切地抓住了杨大清的衣领子。

抓叛徒！抓叛徒呀！

人流拥挤的集市，腿脚同样不利落的杨大清根本无法逃走，在钟大同和弟弟的帮助下，钟家父子三人合力抓住了杨大清。

一个月以后，杨大清被政府公审枪毙。

钟大同问阿爸，杨大清从您身边过，那么多年了，又有那么多人，您是怎么认出杨大清的？

钟谭林说，我没认出来，我是闻出来的，他从我身边过去，我一下子就闻出来了，他身上有一股气味，与众不同。

什么气味？

叛徒的气味！

钟叶突然停住讲述，对艾瑞克说，一个人通过气味抓住另一个人，你相信吗？

艾瑞克说，只要一个人恨一个人，恨了一辈子，就能闻出他的气味。

是吗？钟叶说，那么要是爱呢？一个人要是爱一个人，爱了一辈子，也能闻出他的气味吗？

艾瑞克眨着眼睛。他亚麻色的头发似乎又变成了另外一种颜色。

我想，也能吧。钟叶自语道。

我爷爷钟谭林的故事还没有完，因为他的老战友陈子杰还没有最后出现，说完陈子杰，我爷爷的故事就应该结束了。

新中国成立后，陈子杰在江西省政府工作，已是副省长，他负责文体、教育和卫生方面的领导工作。有一次，陈子杰副省长在南昌视察一所中学时，见到了代表全校师生登台发言的一个学生；这个个子高挑的学生，在发言中，提到了革命的爷爷钟谭林。

视察结束后，陈副省长特地把这个学生叫到校长办公室，只是问了几句，陈副省长一切都清楚了，原来这个学生，是钟谭林和余翠娇生的小儿子，同时也知道了钟谭林的情况。

陈子杰回去后，立刻给钟谭林去了信，要接钟谭林去南昌生活。钟谭林回信说，他还是决定留在家乡，他哪都不想去，想为他的三个女人守坟。陈子杰再来信，婉转地批评了他不要求进步，还需要努力学习。钟谭林回信说，为自己的女人守坟，那也是学习，他除了守坟，还有一件事没做，他要留在家乡，一定要做完那件事。

因为工作忙，陈子杰这一次没有再去信，但心里却想，还有什么事让他不能离开呢？

钟谭林要做的那件事，就是自己上山寻找当年发现的扬眉寺一带的那个钨矿，他不能死后留下遗憾。经过钟谭林一年多的艰难寻找，他终于找到了，他还费劲画好了图，并且寄给了陈子杰。

陈子杰收到图纸后，感慨万千，后来他借着视察的机会，专门来崇义县看望钟谭林，终于把两个战士为钟谭林牺牲的情况，还有上级不让他离开赣南的真正原因，全都告诉了钟谭林。

钟谭林听后，沉默了好长时间，最后老泪纵横，责备陈子杰为什么当时不告诉他。

陈子杰说，这是上级的决定。

钟谭林生气了，大声说道，你们总说上级、上级，那是两条人命呀，我要是不把钨矿图纸寄给你们，你们是不是就忘了这件事？你们对得起牺牲的两个战士吗？共产党怎么能……

陈子杰脸都白了，他一把捂住钟谭林的嘴巴，温厚地说道，你不要再讲了，要犯错误的，你没看外面那么多的右派吗？我明白你的意思，是的，上级也会犯错误，我就在这件事上犯了错误……我怎么就忘了那个矿藏了呢？

那块闪亮的石块呢？它现在哪里？钟谭林问。

陈子杰摇摇头。

那块凝结着鲜血的宝贵的石头失踪了。

第十一章　波尔舅舅的邀请

K

钟叶回到法国，转瞬之间已经两个月了。每当她独自一人、安静地坐在窗边，观望窗外树影婆娑、无人行走的街道时，她就会感觉自己慢慢地沉到了寂静的水底，好像身边只有鱼儿在无声地漫游。周围没有声音，但又分明声音很大，她努力寻找声音来自何处，但是一派茫然。

生活重新变成了过去的样子。好像她从来没有回过中国，从来没有去过潮湿、闷热、新鲜、激荡的赣南；没有见过父亲、哥哥、嫂子、姐姐、姐夫，也没有读过爷爷钟谭林跨越世纪给她写来的那些饱蘸亲情的信。

好像一切都没有发生过。这是怎么了？

缓慢、凝滞，没有声响。

艾瑞克还如过去一样，白天端坐在电脑前，不断修改他的设计图；晚上依旧住在另一间屋子，再也没回到钟叶的房间。数月前他抱着被子独自去另一间屋子的背影，每到夜晚降临时都会在钟叶眼前出现。钟叶已经没有第一次时的震惊，现在似乎已经习以为常了。

一个阳光灿烂的午后，艾瑞克像是突然想起了什么，平静地提出要与钟叶分居，说是要给彼此一个沉静思考的空间。

现在不是已经分居了吗？

不，今天我正式提出来。嗯……我是要到另一处去住。嗯，离这里大约……要是跑步的话，大约15分钟的时间。

你已经测量过了？

每天早晨跑步，我看了一下表。应该是这个时间。

哦。

阳光从百叶窗外照射进来，因为经过了树叶的过滤，显得屋子里光影斑驳，零碎杂乱。钟叶再次看见艾瑞克亚麻色头发变换成了另外一种颜色，他那灰色的眼珠儿，看上去倒是没有任何波澜，永远平静如水。

你应该给个分居的理由。钟叶坐在铺着暗红格子餐布的长圆形的餐桌前，同样一副淡然的样子，说，否则人家会说你没有教养。

理由当然有。艾瑞克站起来，坐在钟叶身后的沙发上，看着她的背影，不紧不慢地说，我们心灵不适合。

你坐在我前面来，看着外面的太阳，再说一遍。

艾瑞克没有听从钟叶的命令，依旧坐在钟叶身后，说，无论坐在哪儿、看向哪儿，都是一样的话。

那也应该详细一点，你说得过于简单，缺少细节。

好吧，我就再找个温和的理由。艾瑞克有些不耐烦了，但还是压制着语调说，了解越深，距离越远。

讲得好勉强呀。钟叶呵呵笑了一下，然后站起来，转过身，站在艾瑞克面前。

艾瑞克看着钟叶，不说话了，随后低下头。

屋里所有的家具，瞬间都在发出轻微的咯吱的声音，像有许多人在低声喧哗或是议论纷纷。

钟叶再也不看艾瑞克，回到自己的房间，她关上门，倚在门上，怔了好一会儿，一下子扑在床上，将脸埋在被子上，忽然呜呜地哭起来。

人的情绪也是有潜在意识的，犹如跟人讲述愤怒，往往愤怒是在讲述中逐渐高涨的；哭泣也是这样，越哭越是委屈、越是气愤。本来准备彻底分居，也就是搬出去的想法，是钟叶内心的主意，实际上已经在进行着，她已经看好了一处房屋，正在悄悄进行租住前的洽谈；现在没想到，却让艾瑞克的行动在前。“了解越深、距离越远”，这是什么狗屁理由，是冠冕堂皇的丑恶、无理的理由。

日子从这天开始，忽然变得不明不白起来。奇怪的是，钟叶竟然忘记了这是哪天发生的事。更加令人奇怪的是，说完分居搬家的事，艾瑞克却突然没有了下文。钟叶想要找他谈一谈，让他兑现自己的话，这是一件非常重大的事情，不能像泼皮无赖一样，对自己说过的话不负责任。

艾瑞克犹豫着，说，我感觉鲁莽了一些，我想……我们还是要……坐下来谈一谈。

钟叶更加气愤，突然提高了声调，大声喊道，还谈什么？不用谈了，是你提出分居的，是你提出来要搬走的，十五分钟的距离，你忘了？·请你走好了，我不会阻拦你的，走吧，快走！马上走开！

艾瑞克耸了一下肩膀，摊开双手，一脸的委屈。

但是接下来的事，那就更让钟叶气愤了。

艾瑞克为那家社区文化中心设计的方案，本来一直没有进展，甚至已经走进僵局，完全钻进了死胡同里。但他从中国赣南回来以后，立刻糅杂了赣南建筑的特点还有东方风水的理念，设计进展变得非常顺利起来，很快图纸就出来了，他把方案拿了出去，谁都没有想到，震惊了审读方案的各位专家，给予非常高的评价，由此艾瑞克独立设计师的证书将要顺利拿到，只不过是时间的问题。

钟叶得知情况后，她在第一时间质问正在吃早餐的艾瑞克，把你的设计方案和跟我搬家分居的理由，这两件事放在一起，你好好地想一想，你觉得你是一个怎样的人？

你心里不平衡，我能理解。艾瑞克用餐巾轻轻擦了擦嘴角，然后振振有词地说道，你有没有想过，你的博士论文答辩不是也通过了吗？为什么能够顺利通过，难道不是法兰西给予你的灵感吗？

钟叶瞪着艾瑞克。就像愤怒的羊，看着狡猾无赖的狼。

你怎样解释？“狼”也是有理由的。

这是两个范畴。“羊”只能发出理智的抗议。

不，一个范畴。或者说，这是两件不能拿在一起比较的事，分居是分居，事业是事业。

钟叶看着艾瑞克，看了好半天，终于愤怒地说，你想要分居，第一步先分床，第二步再搬家，你是不是特别丑恶？我不想再见到你，现在！

第二天下午，当钟叶从学校回到家时，她发现艾瑞克果真搬走了。什么都没有拿，只拿走了他心爱的电脑还有堆在桌子上的两英尺厚的图纸。当然，还拿走了那只硕大的拉杆箱——曾经漫游过中国赣南的那只弥漫着赣南气味儿的拉杆箱。

钟叶搬过一把椅子，坐在屋子正中央，气愤而又悲伤地环视着四周。她不知道艾瑞克提出搬家分居的真正原因是什么。她根本不相信艾瑞克的理由，但此刻却想起了哥哥钟铁亮在赣南临别时跟她说的话，莫非钟铁亮身边的那位没有双手的“京城高人”看出了什么？

波尔舅舅给钟叶打来电话。

钟叶礼貌地说，我和艾瑞克没有关系了。

我也是刚刚知道。波尔舅舅呼出一口大气，说，艾瑞克搬走后，给我打来电话。

早就知道、刚刚知道，有什么区别？钟叶的语气丝毫没有礼貌。

波尔舅舅好像没有听出钟叶的愤怒，他慢慢说道，最近半年来，我身体不太好，否则我就去巴黎看你了。

钟叶举着话筒，不知道波尔舅舅说这话是什么意思。

我想……邀请你来科隆，住上一段日子。

我跟艾瑞克没有关系了。

分居不代表离婚，况且我不是艾瑞克，我是波尔。

不管怎样，我都不想出去。

钟，你不要马上拒绝我，你再考虑一下。

在随后一个星期的时间里，波尔舅舅又打来几次电话，还是邀请钟叶前往科隆散散心，暂时离开巴黎，可能会对接下来的事有好处。钟叶能够听出波尔舅舅的诚意，但还是婉拒了，她对巴黎、对科隆都没了信心，她现在特别想回国。想要再次前往赣南，在赣南好好生活一段时间。五年来，她从来没有像今天这样想念中国、想念自己的祖籍赣南，想念父亲、姐姐还有哥哥钟铁亮。当然，也特别想念从来没有谋面的、去世多年的爷爷钟谭林。爷爷的那些信件，钟叶放在一个散发着香味的盒子里。那只盒子本来是要放首饰的，但是不喜欢首饰的钟叶，拿来存放爷爷的信件。

波尔舅舅又来电话，他没有再提邀请钟叶来科隆，而是开始批判自己、检讨自己。他再次提及他和艾瑞克的关系。艾瑞克因为从小跟父母生疏，把他当成精神教父。他的思想对艾瑞克影响很大，但是现在，他开始反省自己，反省自己走过的路，可能自己的错误观念影响了艾瑞克，造成艾瑞克自私、多疑、孤僻、反复无常。假如讲艾瑞克做错了什么，那么最应该检讨的不是艾瑞克，而是他——波尔。

钟叶觉得波尔舅舅的言行极为奇怪，与过去完全不一样。他跟钟叶讲话，就像到教堂跟神父讲话一样。每句话里都充满着自责、自怨。

电话那边的波尔舅舅忽然感慨起来，悠长地说，你祖父钟谭林的人生经历，对我刺激很大。我现在每天都失眠，我在想我的经历。

波尔舅舅继续说，你祖父的人生之路、精神追求，让我感慨不已。我真的从心底敬佩他。他是一个值得所有人尊敬的人。

钟叶更加奇怪，小心地问，这跟我和艾瑞克的矛盾……有关系吗？好像没什么关系呀，波尔舅舅。

你和艾瑞克之间的矛盾，极有可能是你跟我的矛盾。波尔舅舅坦诚地说，艾瑞克提出搬家分居，这件事做得实在不冷静，不是一个绅士的行为。我觉得你们不能分开，艾瑞克这样做，实在过于草率了。他其实没有其他的打算，他就是想在精神上折磨自己。就像……一个自虐的人，只有把刀子扎在自己手臂上，才会心情高兴一些。艾瑞克的变化，你可能没有察觉，或者说没有清楚。

钟叶一句话都讲不出来。此刻她脑子里完全糊涂了。

我希望，你真的能来科隆。波尔舅舅再次发出诚挚的邀请。

钟叶有点动心了，我考虑一下吧，谢谢你，波尔舅舅。

迷茫的钟叶放下电话后，立刻把艾瑞克提出分居，并且已经搬走的事，毫不保留地讲给了姐姐。哪里想到，气愤难平的姐姐，马上告诉了父亲，还有哥哥钟铁亮，随后钟叶的电话就开始忙碌起来，一会儿父亲的电话，一会儿钟铁亮的电话，他们反反复复就是一句话，艾瑞克这个不知好坏的家伙，一点儿不值得挽留，既然已经决定分开，就没有必要再去艾瑞克舅舅那里。没有必要！

面对家人顽强而又坚定的劝阻，钟叶反倒做了另外的决定。她决定去一趟科隆，倒不是为了挽回她和艾瑞克的婚姻，只是真想听一听波尔舅舅说什么。另外的原因是，这段时间也正好是她的空闲时间。换一个地方重新思考，可能会得到新的启示。

钟叶是在中国家人一致反对的情况下，独自一人去了科隆。她也不知道波尔舅舅见到她会说什么，同样她也不清楚自己想要讲什么。

一场有可能完全混沌的相会。

钟叶是在法兰克福机场降落的，然后又从机场坐火车前往科隆。

科隆的十月，从来没有过如此长久的阴霾，始终见不到太阳，天空永远都是灰色的，还会经常无缘无故地下起淅沥的小雨。下雨的时候肯定会有风吹来，尽管风不大，却始终不肯停歇，显得绵延悠长。风雨中的那种冷，像是全身的骨头缝都渗入进了冰水，即使穿上最保暖的衣服，还是觉得从里到外的冷。初来乍到的亚洲人，总会禁不住把全身的骨头缩紧，但依旧无法抵御那种彻骨的寒。

走出科隆车站，除了迎接她的这种鬼天气，还有一个她没想到的人，戈迪亚在车站迎接她。

在一年多前钟叶、艾瑞克的婚礼上，钟叶曾经见过戈迪亚。当时戈迪亚躲在草地旁一棵高大粗壮的梧桐树下，一个人孤零零地站着。戈迪亚身材一点儿都不像欧洲人，倒像是亚洲人。她比钟叶矮了半头，身材也很瘦弱。她好看而又精致的小脸只有成年人巴掌大，鼻子又小又窄又尖，眼睛是深蓝色的，头发金黄得仿佛紧缩起来的收获时节的麦地。

戈迪亚前来接站，钟叶真是没有想到。她搞不清这个“等待”艾瑞克的女子为什么要这样做。是向她挑衅还是搞好关系？钟叶一无所知。

你好。戈迪亚说。

钟叶也礼貌地说，谢谢你来接我。

戈迪亚还主动帮助钟叶拉起拉杆箱，她走在前面，走得并不匆忙，节奏掌握得很好，一种礼貌的节奏。因为这样一种特别的关系，并且拉开距离走，肯定会引起矛盾。走得过快，会显得带着气恼；走得过慢，又会呈现某种怠慢。但是戈迪亚的步伐走得非常适度，分寸感拿捏得恰到好处。这就让钟叶没有感觉出来戈迪亚有哪些故意气她的地方。

走出车站，钟叶上了戈迪亚的车。

戈迪亚的车子是一辆很旧的奔驰，应该有很多年的车龄。笨重的车身与戈迪亚娇小的身子一点也不匹配。后来钟叶才知道，这辆车不是戈迪亚的，是波尔舅舅的车。波尔舅舅有钱，怎么也不换辆新车？

天空依旧阴沉沉的，好像又飘起了雨丝。于是显得更加阴冷。

老旧的奔驰车驶上了一条靠近河流的公路，车子开得不快，戈迪亚纤细的胳膊似乎摆动不了方向盘，看上去她似乎有些吃力。坐在后面的钟叶，发现戈迪亚把后视镜放在了一个看不见她的角度。

公路旁边有一条不宽的河流，安静地流淌。钟叶透过车窗、通过公路边上的指示牌，她知道这条河叫“哈韦尔河”。哈韦尔河是大名鼎鼎的易北河的支流。不要以为支流就很短促，实际上哈韦尔河很长，有三百多公里长度。是德国一条很著名的河流。

大概雨丝飘落河面上的缘故，原本安静的河面忽然皱起许多波纹，那些停泊在岸边的船只，在波纹中似乎有些起伏的状态。一切看上去都是那样忧伤、感怀，心情始终不能快乐起来。

钟叶心里猜测，法国人戈迪亚为什么不在巴黎生活而来到科隆，难道波尔舅舅不仅是艾瑞克的精神教父，现在也成了戈迪亚的精神教父？听说戈迪亚已经在科隆生活了大半年，这半年的时间，波尔舅舅会向她灌输怎样的思想？是让她离开艾瑞克还是继续等待？

戈迪亚似乎猜测出来，始终不发一声的钟叶此刻心中一定有着很多的疑问，她不想让这种疑问伴随，于是主动讲出自己来科隆的目的。原来戈迪亚所在的巴黎审计事务所因为涉及造假，被检方问询并且暂时停止营业，戈迪亚一时找不到工作，于是在波尔舅舅的召唤下来到科隆。主要就是换个环境，同时也换个心情。戈迪亚语气轻松地说，她很快就会回去的。

起先钟叶听了，心中颇为好笑，原来法国人也会造假，也有腐败现象，当他们每天鼓动新闻媒介指责中国许多部门存在腐败问题时，其实他们自己也存在同样的问题。其实，法国和中国有着许多相同之处。比如那年钟叶刚到法国时，看见艾瑞克家里也有一把鸡毛掸子，只不过把柄比中国短一些。当艾瑞克拿着鸡毛掸子打扫房间时，她大为惊讶，怎么跟中国一样的生活习惯？这在其他西方国家是没有的。

但很快，钟叶又不相信戈迪亚的话了，她认为戈迪亚所讲，不过就是一个托词，她生活在波尔舅舅身边，对于艾瑞克来讲，实际上就是一种脚踏实地的爱情召唤。艾瑞克与自己爱情出现问题，最大的症结就是戈迪亚，其次就是波尔舅舅。一个爱情、一个精神，这两种力量将艾瑞克生硬地从钟叶身边拽走。艾瑞克与钟叶生活始终心不在焉，就是因为这一老一小、一男一女。他们像吸铁石一样，远远地吸引着他。

很快到了波尔舅舅的家。

钟叶远远看见波尔舅舅站在门口遥望，他高大魁梧的身形，远望过去显得有些颓败，仿佛一棵马上就要垮掉的大树。钟叶心中忽然有些感动，有些五味杂陈。她不由得紧缩了一下肩膀，轻轻地打了一个喷嚏。

波尔舅舅家门前，是一条稍微有些倾斜的路，也恰好是一个拐角处。非常安静，安静得能够感觉秋风扫过地面与石子路碰撞发出的刷刷的声音。因为小雨的冲刷，石子路异常闪亮，仿佛天上闪烁的星光。

温暖、伤感的波尔舅舅，热情地接待了钟叶。最有意思的是，戈迪亚说她今天有事，晚餐不陪钟叶了，明天她再过来。钟叶说你有事还去接我，真是不好意思，非常感谢你。戈迪亚说你今天好好休息，我会陪你在科隆走一走。

戈迪亚说完，回到车里。钟叶心情复杂地看着戈迪亚的车远去。波尔舅舅伸出胳膊，轻轻地拍了拍钟叶的后背，礼貌地让她走在前面。

这是一座老旧的公寓，老旧的楼梯。二楼。倒是不高，但是波尔舅舅走得很慢，而且抓着陈旧的木扶手。钟叶想要搀扶波尔舅舅，但他摆手不用，说他身体没关系，前几天有些感冒，现在已经好了。并且开玩笑说，明天你会看到一个生龙活虎的年轻人，就是打一场棒球都没关系。

波尔舅舅变化真的很大，与钟叶一年多前见到他时相比，他几乎变成了另外一个人。臃肿了许多，脸上黑斑也明显多了，走起路来，脚步有些拖沓。别说他打棒球，就是跑上几圈，都有可能瞬间坍塌。大概见到了想要见的人，精神上还是不错的。

波尔舅舅把粗布外罩脱掉，露出一件松松垮垮的粗线毛衣，砖红色的，里面仅穿了一件白色背心，因为线孔粗大，能够隐约看见里面发皱的皮肤。他让钟叶坐稳了，然后给她烧咖啡——钟叶最爱喝的玛莎克兰咖啡。这是把热咖啡、砂糖、红葡萄酒倒入小锅中加热后的咖啡，尤其是加一片柠檬和可以用作汤勺的肉桂棒之后，除了咖啡的香气，还有肉桂和柠檬的芬芳。

钟叶很感动，因为去年她和艾瑞克来科隆，波尔舅舅得知她爱喝玛莎克兰咖啡之后，已经过去这么长的时间了，他还依然记得清楚。

看得出来，你心情不好。波尔舅舅说，马上又补充说，其实我的心情也不太好。

波尔舅舅，今天能不能不说艾瑞克？钟叶要给波尔舅舅打预防针。她说完，目光真诚地看着老人。

还是要说一说。怎么能够不说呢，要是没有他，我们也不能坐在一起。是不是这样，钟？

波尔舅舅倒是坦诚，他告诉钟叶，戈迪亚一直在给艾瑞克发邮件，他们一直有联系，包括她和艾瑞克在中国度假期间，他们也始终在联系。当然，波尔舅舅也承认，他也始终跟艾瑞克联系，并且通过艾瑞克转告过钟叶。

钟叶深吸了一口气，她不能容忍欺骗。她突然想到艾瑞克提出搬家分居的缘由竟是那样虚伪无力时，钟叶真想现在即刻离开，马上回到巴黎，立刻跟他离婚！一刻都不想拖延。

我知道你在想什么。波尔舅舅说，钟，我们缺少交流，你跟戈迪亚也缺少交流，我希望你在科隆期间和戈迪亚能成为好朋友。戈迪亚是个很好的姑娘，她一点儿都不奔放，甚至有些腼腆。比东方人还要含蓄。

钟叶不说话。

我替艾瑞克向你道歉。波尔舅舅说，我看得出来，你心情不好，真的不好。

波尔舅舅，您不要把什么责任都揽在自己身上。钟叶激动起来，说，这件事跟您没有关系。完全是艾瑞克的责任。

钟，这件事与我有关系。波尔舅舅语重心长起来，你们中国有句话，叫作“刨根问底”，艾瑞克之所以变成这个样子，跟我有关系；还用你们中国话来形容，叫“子不教、父之过”，艾瑞克与他父母很少联系，可以说……我就是他的父亲，你说，我怎么能没有责任呢？

钟叶看着有些激动的波尔舅舅，她感到些许的温暖，或者说是一种特别的委屈。许多时候，委屈和温暖都会让人流泪，也都会让人感动。

钟，在科隆多待些日子吧，你的论文答辩已经通过了，不用急着回去，散散心，好吗？波尔舅舅轻声地劝慰。

钟叶点点头。

直到这时，钟叶还没有意识到，波尔舅舅正在向她敞开胸怀，他好像有许多话等着讲述给钟叶。

波尔舅舅走路稍微有些摇晃，钟叶觉得他可能心脑血管有些问题，建议他做一次身体检查。波尔舅舅笑起来，说他可能随时就去了天堂，恐怕没有时间再做身体检查了。钟叶安慰他，怎么能如此悲观呢？波尔舅舅说，悲观是人的天性，我是一个很快乐的人，可这个世界不让我快乐。

钟叶真的不好说什么了，只是礼貌地笑了笑。

波尔舅舅考虑到钟叶旅途劳累、需要休息，晚餐后想让钟叶早点睡。本来德国人晚餐非常简单，就是汉堡、腌黄瓜，但考虑到钟叶是第一天来，晚餐应该丰富一点，所以波尔舅舅特意加了一道菜——黄油焖洋葱。

当然要喝一点酒。钟叶记得上次见面时，波尔舅舅喝的是“科涅克”，今天还是一样。两个铝制的绿色杯子，稳稳地摆放在桌子上。钟叶说不喝酒。波尔舅舅也不勉强，微笑着自己喝。他像大多数的德国人一样，嘴巴小心地贴着杯子，缓慢地抿了一小口。

波尔舅舅的喝酒姿势，让她想到了一年前。那时候也是这样，同样的酒、同样的杯子、同样的姿势。

晚餐很快结束了。

可是钟叶睡不着，于是两个人坐在客厅软得像是棉花垛的沙发上开始说话。其实两个人都明白，假如不坐在一起讲话，根本睡不着。因为，波尔舅舅邀请钟叶来，就是要说话的；同样，钟叶接受邀请前来，也是要说话的。

不说话的相见，还有什么意义？

波尔舅舅说，钟，我为什么邀请你来科隆，因为我从艾瑞克那里听了你们在赣南的故事，也听了你祖父钟谭林的故事，生活就是这样奇特，相信你也听艾瑞克讲了，我父亲也就是艾瑞克的外祖父，也曾经在赣南革命过……多么神奇？

钟叶知道波尔舅舅肯定要讲这段不同寻常的经历，只是没想到这样迫不及待。但科林不是菲恩，况且钟谭林讲，他记得当时瑞金只有一个德国人，只有那个大名鼎鼎的、来自共产国际的李德。不仅没有科林，菲恩这个人，钟谭林似乎也不好确定，他在信中也只是朦胧记得有这么个人，只是提了一句，记忆并不深刻。毕竟那时候的钟谭林只是一个“小人物”，与中共高层接触很少，接触最多的也只是最后走到赣南特委职位的陈子杰。

菲恩，就是科林。波尔舅舅肯定地说，他们是一个人。

波尔舅舅说着，站起身，前往书柜。艰难地蹲下身，打开柜子的下层，好像寻找证据给钟叶看。

钟叶下意识地站起来，站在书柜前，看着柜子里的书。

来到人家做客，欣赏书柜里的藏书，也是一种良好的修养。钟叶看见书柜里摆放着一排《列宁全集》，正好在目光对视之处，也就是说摆在最显眼、最容易看到的位置，书脊处是烫金的字体，在橘黄色的灯光下熠熠生辉。看得出来，波尔舅舅经常打扫书柜里的书，尤其是气势轩昂的《列宁全集》。

波尔舅舅喘气粗重地站起来，转过身子，钟叶看见他左手拿着一张照片，右手拿着一个褪色红布包裹着的东西，此刻波尔舅舅满脸红光，仿佛被炽热的太阳照射，都能感觉他脸上发烫。他示意钟叶坐下来，然后表情又变得庄重了，他先让钟叶看那张照片。

钟叶接过照片。

发黄的、缺了一个角的照片上，是一位头发卷曲的英俊小伙子，脸部棱角分明，尤其是刚强的下巴，中间有一道深深的印痕，就是这道印痕，倒显出英俊之中的英武。最让钟叶震惊的是，这个西方小伙子穿着赣南一带青年男子穿的黑色中式立领布衣。虽然后面模糊的背景看不出来是在哪里，但有这件中式衣服已经可以了，已经能说明历史背景了。赣南一带的男子，几乎都是穿黑色衣服的。

波尔舅舅示意钟叶看看照片背面，钟叶轻轻地翻过去，她看见背面有德文的签名。钟叶自修过德文，况且“菲恩”是德国人非常喜欢的名字，很多人都是这个名字，钟叶当然认得。但她不知道这个签名是否来自照片上的人。

他就是我的父亲。波尔舅舅没有说签名的事，而是手指照片，非常有力地强调道，一个真正的布尔什维克。他为了自己的信仰，到死亡那一刻都没有犹豫过，他的信仰始终不变。

波尔舅舅脸膛再次泛起红晕，胸部开始起伏。同时也再一次强调，菲恩，就是科林。科林也就是菲恩。他们是一个人。

波尔舅舅又把褪色红布包递给钟叶。钟叶接过来，感觉沉甸甸的，她看向波尔舅舅。波尔舅舅表情柔和地让她打开。

原来是一块黑色中带有褐色的异常闪亮的石头。

钟叶一惊！在那一刻，她好像看见爷爷突然出现在眼前、听见爷爷由于激动而剧烈的喘息声。虽然钟叶在此之前没有见过这块石头，但是在信中、在与爷爷无数次的“相遇”中，她已经熟识了这块影响爷爷命运的石头。怎么……怎么在波尔舅舅手里？

这是菲恩……不，是科林从中国赣南带回来的。波尔舅舅说。

当年为了保护我的祖父钟谭林，死了好几个人，为的是将来一旦开矿，好让祖父钟谭林带人前往。钟叶伤感地说，祖父要是没有发现这块石头，要是他的上级陈子杰没有推断这是一块优质矿石，要是没有陈子杰说的那个在瑞金的德国人的断定……我祖父的后来命运又会是什么？

钟叶感慨不已。这块石头呀……影响了我祖父钟谭林的命运，没想到竟然藏在异国的柜子里。如此安静！

波尔舅舅已经从艾瑞克的电子邮件中知道这块神奇石头的“魔法”，如今钟谭林的后代钟叶亲口讲出来，还是让波尔震动。他问钟叶，你想听当年科林为什么去了中国，为什么会成为共产国际一员的吗？

当然想听。钟叶说。

不管怎么说，科林和钟谭林已经相互影响了，这真是一件令人意料不到的事情。

已经深陷过去岁月中的波尔舅舅，开始讲起父亲科林的早年经历，似乎在他心里已经蕴藏了很多年，只是无人倾听。在这个已经无人相信“共产主义一定实现”的国家里，还能跟谁讲述一个早年德国共产党人的理想和追求？没有了，已经没有了。波尔舅舅曾经在心中不断地发问，在诞生卡尔·马克思的德国，那些曾经的民主德国的共产党人，还有谁在心中唱着曾经激动人心的党歌？

如今，红色中国的革命者后代钟叶的到来，似乎能让波尔好好地回忆一下自己的父亲了。

其实，不仅是回忆父亲科林，也是回忆波尔自己曾经的红色生活——在他逃往联邦德国之前的日子。

拾壹

波尔舅舅的讲述，语调中既有激动、欣喜，也有伤感、悲壮。

在 20 世纪 20 年代的末期，英俊潇洒、思想活跃、做事激进的科林还是一个在德国学习矿业勘探的大学生。德国本土矿业资源非常贫瘠，除了东南部有少量铀矿之外，其余就是鲁尔地区的煤炭资源。学习矿产专业的学生，出路将会很窄，意味着在德国找到工作的机会很少。至于科林为什么喜欢这个专业，长大以后的波尔并不知道，科林也不会跟年轻的儿子讲这些。

波尔后来才从已经年老的父亲科林那里知道，在当时青年科林的心中，学习什么专业并不重要，因为那时候科林已经向往共产主义了。唯一能够解释他选择这个冷门专业的原因，大概是因为他的老师是德共党员。据说科林大学老师的入党介绍人是后来叱咤德国政坛的共产党主席恩斯特·台尔曼。但是台尔曼结局悲惨，1933 年纳粹上台后，台尔曼立刻被纳粹政府逮捕，十一年之后也就是 1944 年纳粹即将失败前夕，台尔曼在集中营被看守残忍地杀害。

青年时代的科林加入德国共产党后，经历过一件痛心疾首的事。那件事对他影响很大。

那是在 1931 年一次大规模的集会过后，科林险些被跟踪的秘密警察抓捕。当时恰巧路上出现一场车祸，其中一个跟踪科林的秘密警察被车子撞倒，导致路上交通发生混乱，科林这才得以迅疾逃脱。后来得知，驾车制造车祸撞向秘密警察的人，是科林最好的同学。这位同学得知秘密警察要抓捕科林，立即来通知科林马上转移，但是科林已经离开了学校，这位同学驾车追赶，在路上发现科林已经被跟踪，已经来不及通知了，于是采取了激进的办法营救了科林。但是那位同学却被急速赶到的秘密警察当场抓住，从此科林再也没有见过这位要好的同学。后来听说被秘密杀害了，而且死不见尸。那时候科林陷入自责之中，有段时间萎靡不振，甚至还大病了一场。

这时他的老师找到他，通知他一件彻底改变他命运的大事。

科林后来跟儿子波尔回忆说，那天老师找到他，神秘地问他，想不想去古老的东方中国？科林非常诧异，问老师，去东方中国做什么？

科林的大学老师据说长相酷似俄国的高尔基。这位德国“高尔基”讲了共产国际的事，告诉他革命之火不能仅在俄国燃烧，也不能仅在欧洲，还要烧到遥远的东方。要在全世界播种共产主义的火种。在“高尔基”革命烈火点燃下，最初只是想要为同学报仇的科林，视野一下子开阔了。革命理想变得辽阔无边，而不再仅是局限在狭小的莱比锡，局限在德国。

科林 1932 年离开家乡莱比锡，前往柏林。

在柏林，他在共产国际的安排下，与早期曾是中国共产党旅欧支部的一位中国共产党人相识。这个中国人因为特殊原因没有回国革命，但在柏林依旧与中共有着频繁密切的联系，这位华人革命者向科林详细介绍了中国革命现状还有一些风土人情。

之后，科林为了躲避德国秘密警察的跟踪，以旅游者的身份前往法国马赛，最后在一个漆黑的夜晚，在昼夜不息的马赛港偷偷地上了一艘货船，他将要绕道多国，最后秘密前往中国。

几个月以后，科林在香港上岸，随后开始了辗转前行。他几乎绕了大半个中国，期间他的身份不断变化。传教士、医生、商人、矿产专家、银行家……几乎能够掩护他前行的可能身份，科林全都使用过了。

科林先生前往中国的目的到底是什么？不会是勘探矿产吧？钟叶问。

波尔舅舅说，钟，你总是很敏感。一下子就能问到关键之处。他已经不是未来的矿产专家，而是职业革命家。他不可能去勘探矿产，他是要革命的。

波尔舅舅告诉钟叶，科林前往中国的真正目的，是协助已经先期到达中国的一个德国人营救牛兰夫妇。那个德国人就是后来在中国大名鼎鼎的李德。当时协助李德的人还有好几个，科林不过是备选者之一。共产国际这样做，目的很简单，为了保险起见，要是其中一个人被抓，还有其他备选者。什么样的情况都要考虑到。当然，这些备选者并不知道自己是备选者之一，都以为自己是唯一。

营救牛兰夫妇？钟叶完全糊涂了。

波尔舅舅说，是呀，这个牛兰在当时中国也是很有名的。波尔舅舅向钟叶简单说了“牛兰事件”。

牛兰，本名叫鲁德尼克，是当时共产国际联络部在上海的秘密交通站负责人，当时牛兰的任务是专门负责转送各种文件和经费。他的夫人叫汪德利曾。牛兰夫妇特工经验丰富，夫妇俩持有比利时、瑞士等好几个国家的护照，还经常使用各种化名，夫妇俩有好几个信箱、好几个电报号，还有十几个非常分散的住处。但是没有想到，就是这样一个经验丰富的国际特工，却在1931年连同儿子，全家三口人一起在上海公共租界被警务处逮捕。但是警务处却怎么也查不清他们的真实身份。此时国民党情报机构得知后，立刻怀疑牛兰夫妇是共产国际在上海的联络人，于是经过秘密协商，公共租界警务处答应把人交给国民政府。随后国民政府动用大批宪兵，荷枪实弹地将他们从上海押解到南京，关押在南京老虎桥“第一模范监狱”。国民政府没有想到的是，当天的《申报》立刻在头条位置做了详细的报道，一时间激起层层波浪，许多国际媒体也都纷纷转载这个消息，顿时成为一个国际事件。

波尔舅舅说，钟，你当然不知道，在当时的中国，竟然形成了营救牛兰夫妇的大浪潮。有中共方面的，有共产国际方面的，当然这些营救都是秘密进行的。还有公开进行的，宋庆龄、爱因斯坦、高尔基，许多国际知名人士一起成立了“国际营救牛兰委员会”。你说，动静大不大？

最后营救出来了吗？钟叶问。

波尔舅舅说，无论是公开的还是秘密的，谁都没有营救出牛兰夫妇，一直到了 1937 年 8 月中日爆发全面战争，牛兰夫妇和儿子才趁乱逃出监狱，然后立即前往上海。后来听我父亲科林说，直到 1939 年，牛兰夫妇才从中国新疆去了苏联。

是不是可以这么讲，科林先生没有协助李德完成任务？钟叶说。

完成任务？波尔舅舅始终严肃的面容松弛下来，笑道，他根本就没有参与营救。

为什么？

你忘了，科林只是备选者之一。

哦，我真的忘了。他是备选，还是之一。钟叶说，看得出来，当年共产国际为了营救牛兰夫妇真是下了大功夫。

是呀。波尔舅舅说，没有参与营救任务的科林，没有回德国，而是去了苏区。

去了苏区？

是呀，当时中共总部撤离上海，去了赣南地区。

科林先生真的去了赣南，去了瑞金？钟叶激动起来，不是说当时瑞金只有那个军事顾问、德国人李德吗？怎么还会有另一个德国人——科林先生？

波尔舅舅重新拿起放在桌上包着红布的那块闪亮的矿石，说，这就是最好的证明呀，这说明科林也就是菲恩，的确去过赣南，否则他不会拥有这块钟谭林先生说的矿石。描绘得完全一样，我后来找到德国矿业部门鉴定，这是一块来自中国赣南一带的矿石。由此推断，我父亲科林真的可能与你的祖父钟谭林见过面。

钟叶再次抱起那块矿石。紧紧地搂抱在怀里。

他们的魂灵要是知道他们的后代，现在坐在德国科隆的屋子里，一起回忆他们的人生故事，那该是多么高兴的事。波尔舅舅高兴起来。

哦，岂止是回忆。高兴中的波尔舅舅又马上纠正自己的话，说，要是知道还有婚姻彼此相连，他们会兴奋异常呀！

钟叶却笑不起来了。

波尔舅舅好像马上意识到当下钟叶、艾瑞克的婚姻困境，马上止住笑。

为了快点把尴尬躲过去，钟叶也尽量让自己笑起来，于是继续问询波尔舅舅，当年科林前往苏区的真实情况。只有说起过去的父辈之事，才能躲开当下的尴尬之情。

波尔舅舅说，父亲科林在上海曾经和李德见过一面，据说时间短暂得只有喝一杯咖啡的时间，然后匆匆告别了。李德只是记住了科林的名字，没有记住人。后来科林听说李德去了苏区，并且成为中共军事顾问，在苏区大展宏图，于是也有了要去苏区的想法。恰在这时，共产国际援助中共的药品、电子配件要送到苏区，得知一个叫科林的德共党员正在上海，并且还跟李德见过面，说是相当熟悉，于是就决定派科林前往苏区。

这是哪年？钟叶问。

波尔舅舅想了想，似乎有些拿不准，于是又回到书柜那里，从下面翻出一个破旧的笔记本，打开，慢慢翻看。过了一会儿，波尔舅舅告诉钟叶，应该是1933年。具体月份，笔记本上没有讲清楚。但我猜测应该是1933年的冬季。

钟叶又问，也就是说科林先生在上海待了一年，这期间在上海做什么工作？也是为共产国际服务吗？

波尔舅舅说，科林为了掩护自己，也是为了生活，他去了一所教会学校当德文老师。当然这期间始终跟共产国际保持联系。甚至据说曾经想让科林取代牛兰的位置，后来大概考虑到科林太过年轻的缘故，没有让他替代，而是选了别人。必须承认，那时候的共产国际做事比较随意，或是更理性一点讲，不了解别国的情况，完全照搬苏联革命经验。

在教会学校教书？这确是一个很好的掩护身份。钟叶说。

是呀。波尔舅舅说，也能说明当时中国上海是一个非常活跃、非常包容的大都市，但也充满着太多的危险，因为有着那么多不同势力的人在那里。这些人互相较力，都想把对方甚至是第三方置于死地。

是的。钟叶说。可是要把药品、电子配件从上海送到赣南苏区，路太远了，这是极其危险的事。还有就是李德跟科林仅见过一面，只知道名字，对人还不熟悉，共产国际就这样安排，是不是太草率了？

波尔舅舅叹口气，说，当时共产国际许多做法，现在看来真是非常草率。比如那个李德，仅是在苏联伏龙芝军事学院学习过三年，还是学习的巷战经验，哪有过指挥大部队打仗的实战经验？可是李德却统帅了中央红军。他的意见谁都不能反驳。一年多以后，也就是刚刚进入 1935 年，李德的军事指挥权就被中国共产党人“缴械”了。为什么缴械？因为李德不了解中国情况，给中国革命造成很大的损失。岂止是李德，国产国际也不了解中国实情。

共产国际存活到哪年？钟叶问。

存活？哦，也可以叫存活吧。波尔舅舅笑起来，大概 1940 年吧，那一年中共驻共产国际的代表团解散了。哦，说起来很有意思，中国的国民党在 1925 年、1926 年的时候，曾经两次申请加入共产国际，可是都被拒绝了。历史很有意思呀。是不是，钟？

钟叶忽然感慨起来，自己是一个中国人，一个中共党员、革命者的后代，中共历史却由一个原来的德国共产党人讲述，想一想，实在不好意思，甚至心生愧疚。但是钟叶从心里承认，自己确实没有波尔舅舅了解得多。看得出来，波尔舅舅这些年始终在回忆自己父亲的共产主义经历，大概也在回忆他自己的红色经历。虽然他从资产阶级夫人那里继承了一笔遗产，但始终没有忘记过去民主德国的日子，不仅是怀念，还有反思。这很难得。

波尔舅舅继续讲述当年科林前往赣南苏区的经历。

科林看到共产国际上海联络站送来的药品、电子配件，他独自做了一个大胆的决定，要把这些药品、电子配件换成革命书籍送到赣南苏区。科林认为中共现在最需要的是主义和思想、是革命的前进方向，而不是眼前这两箱快要过期的药品，还有那些晶体管、电线、旋钮、天线。那点药品能有什么用？那些电子配件又有什么用？

青年科林没有向联络站新负责人提出想法，而是自作主张，决定把药品、电子配件换成红色书籍，然后送往苏区。他要给共产国际做一件大事，让他们对他刮目相看。当然还有另一个因素，科林对于李德匆匆与他见面，始终耿耿于怀。他觉得李德这个人太过傲慢，科林觉得自己的思想不比他低，所以他要做成一件大事，到了赣南苏区，使得李德不能轻视他。

但是科林很快发现，药品换书籍，这是一件很难的事，于是又决定把药品、电子配件先换成银洋，然后再用银洋去买书籍。

但这也不是一件很容易的事。科林发了愁。

科林决定铤而走险，想要去黑市找买家。科林始终天真地认为，他的德国人身份会帮助他完成想要做的事。只要他不暴露共产国际还有德共党员的身份，国民政府不敢把他怎样，就是租界警察也不敢怎样。但是问题来了，他在人生地不熟的上海，想要找到黑市，同样也是一件困难的事。

这天，科林在上海大街上无目的地闲逛，忽然发现一家日文书店，他站在门口发愣。这时，一个看上去温文尔雅、书生模样的男子走出来，操着熟练的英语问他需要帮忙吗？

科林英语一般，但也能完成基本对话。就在这一瞬间，科林忽然开窍了，干什么非要药品换银洋、再用银洋换书籍，这太繁琐了，这不就是书店吗？直接用药品换书籍，不是也可以吗？

欣喜的科林立刻告诉眼前的日本人，他非常需要帮忙。日本人礼貌地把他让进书店，问他需要帮忙什么？科林马上冷静下来，觉得自己刚才的想法过于冒失，怎么能第一次见面，就委托一个陌生人做事。这毕竟是在异国，况且他要的是赤色书籍，这是禁书！

日本人见眼前这个欧洲人吞吞吐吐，似乎也不为难他，依旧礼貌地自我介绍，说他叫佐藤，在上海已经居住了十多年，不仅会英语，也会汉语。

佐藤说，我在上海，可能比有的中国人还要熟悉上海，你要是需要帮忙，我会尽力协助。

科林觉得这个日本人看上去和蔼可亲，哪里像是书店老板，更像是大学教授。但是为了稳妥起见，没有急于讲出药品换书籍的事，心想还是应该熟悉一下再说。于是说道，佐藤先生，我来到上海时间不长，出来熟悉一下街道，还希望与佐藤先生今后成为朋友。

佐藤表示欢迎来书店做客，又礼貌问道，先生怎么称呼？

科林灵机一动，没有讲出真名，而是说了“菲恩”这个名字。那时候，科林还不知道，“菲恩”这个名字将要伴随他在中国的日子，以及进入赣南苏区后的崭新生活。

这时，正好有人进来，佐藤说菲恩先生可以参观一下书店，然后又去迎接新来的读者。

科林正好借机在书店巡视一番，发现除了日文书、中文书，也有英文书和德语书，当然没有科林想要的“赤色书籍”。科林心想，先认识，建立联系，然后再讲药品换书的事。

科林临走时，佐藤还把名片给他，欢迎他随时来书店。

科林告别佐藤，心中已经有了主意，这个和善的日本人肯定能够帮助自己。科林在心里定下时间表，要用十天左右的时间，把自己的要求讲给佐藤。但在讲出要求之前，科林决定试探一下佐藤，最后再看看这个日本人是否真是一个信得过的人。

与佐藤相识后的第四天黄昏时分，科林来到书店拐角处，把自己头发搞乱，领带拽开，又抓起地上的土，往额头上抹了两把，然后镇定了一下精神，随后一路小跑，故作慌张地跑进书店，气喘吁吁地抓住佐藤，说是有警察抓他，想要在书店躲避一下。

佐藤镇定自若地向外面看了一眼，用目光示意店里伙计看好店，然后把科林带到书店后面的屋子，佐藤轻轻推开柜子，露出一道暗门，让科林藏进去，告诉他千万不要出来，只有听到连敲三下柜子的声音，才是证明安全。佐藤说完，马上到外面去察看情况。

大概过了一个小时，佐藤回来了，连续敲了三下柜子，然后把柜子推开，让已经憋得满头大汗的科林出来。科林出来，还没站稳，当即握住了佐藤的双手，握得很紧，久久不想松开。

刚刚走出大学校门的情绪激昂的科林，已经相信了这个面带真诚的日本人。一个人能够在危急时刻营救自己，你还怀疑人家吗？还能不相信人家吗！

佐藤说，科林先生，以后有需要我帮忙的事，尽可能提出来，我一定会尽力的。

第二天，科林再次来到佐藤书店，把自己的想法讲给了佐藤，希望他能帮忙。佐藤听完科林“药品换书籍”的要求，没有拒绝，只是礼貌地说，为什么要这样呢？

科林真诚地说，佐藤先生，你是一个善良的人，让大多数民众过上精神独立的生活，是不是您的愿望，是不是人类的愿望？

佐藤指着满屋子的书，严肃地说道，我为什么远离家人、忍受孤独来到遥远的中国开书店？就是为了让更多的中国民众了解外部的世界，不能让中国人再做东亚病夫，要斗争、要争取解放。

科林激动地再次握住佐藤的手，使劲儿地摇晃。随后把自己的想法讲给了佐藤。佐藤表情疑惑，询问为何不要药品？药品对于苏区的中共军人帮助应该更大。科林心中一愣，佐藤怎会知道共产国际的行动？科林还是留了一个心眼，没有暴露共产国际，也没有暴露自己想要前往赣南的行动，他躲过佐藤的疑问，只是说自己有医院的朋友，想要把快过期的药品快点分发给看不起病的穷苦人。

佐藤好像不是一个刨根问底的人，听了科林漏洞百出的解释，也不再追问，只是说一定帮忙把药品、电子配件换成书籍。

科林先生，你想要什么书籍？

科林从口袋里掏出一张纸，原来他早就把想要的书列在了单子上。佐藤看了看写满英文的书单，点点头。科林语调着急地问，凑齐这些书需要多长时间？佐藤说，十天时间。科林还想时间再早一点。佐藤说争取吧，

科林没有想到，仅仅三天的时间，佐藤就把一百多本英文、德文、中文、日文的书凑齐了，这些书都是国民政府禁售的“赤色书籍”。佐藤心细，还配备了英汉词典、德汉词典、日汉词典。并且按照科林的要求，还配备了一些有关矿石开采、矿山勘探的专业书籍。

钟叶问，这个日本人佐藤是什么人？

波尔舅舅说，佐藤是日本特务机关潜伏在上海十多年的老牌特工。

啊？

波尔舅舅说，当年我天真的父亲科林，竟然完全相信了佐藤。科林是幼稚的共产主义者，他没有任何斗争经验，就像在瑞金的李德一样。你知道李德怎么指挥打仗吗？当年李德住在一个“独立房子”里，也就是在田地里给他单独盖的一套房子，他看着地图指挥打仗。最为可悲的是，那张地图就连地名都不准确，甚至两地的距离有很大的误差。李德就是依靠这张极不准确的地图指挥军事行动，而且还要求红军必须严格执行，这样的指挥打仗，能不失败吗？

钟叶看着波尔舅舅发红的脸。

波尔舅舅继续说，科林也是幼稚，他把赤色书籍的书皮撕下来，把矿石开采、矿山勘探的书皮，重新包在赤色书籍的外面，然后带上两名共产国际派来的英国人，装扮成地质勘探队，前往江西。那两个英国人，其实就是大学生，根本不是什么具有丰富经验的革命者。科

林同样没有革命斗争经验……他们三个人都是没有经验的人。

直到这时候，共产国际也没有发觉科林先生把药品换成了书籍？钟叶着急地问。

波尔舅舅尴尬地笑了笑，什么都没有发觉，就这样上路了。我天真的父亲，把苏区最需要的药品、电子配件扔掉，换来了谁都看不懂的外文书籍，现在看来，这是多么天真的革命者呀！

那个佐藤呢，他为什么要帮助科林先生，有什么目的？钟叶觉得过往的历史，现在看来如此不可思议。

波尔舅舅说，日本人是世界上准备最充足的人。他们无论做什么，都要提前准备。侵略中国，他们准备了一百年。后来我听父亲讲，当年瑞金还有赣南地区，潜伏着许多日本特务。这些日本特务只是收集各方面情报，包括地质、水文、天气，也包括中共党人、红军各方面的生活习惯、打仗特点。日本人只是收集情报，不搞任何破坏，所做的一切都是为了将来侵略中国所用，他们在发动侵华战争前，不仅把国民党人了解清楚，也非常清楚共产党人的一切。所以后来侵华战争，日本人才能长驱直入。他们了解得太清楚了。就像一个上考场的学生，功课准备得非常翔实。

钟叶长舒一口气，又问，科林先生去了赣南，都做了什么？

波尔舅舅笑道，钟，你应该休息了。

钟叶看看手表，已经晚上十二点了。

明天戈迪亚要陪你，早点睡吧。波尔舅舅说，我们有得是时间，我肯定要把知道的都讲给你。

钟叶点点头。

第十二章　莱茵河畔

L

钟叶无法拒绝戈迪亚的好意，或者说无法拒绝波尔舅舅的友情安排。她答应接受戈迪亚的邀请。波尔舅舅劝慰道，人与人之间应该接触，不接触你就永远不知道对方想什么，包括你的“敌人”。你不知道对方想什么，你如何作出未来的判断？

钟叶觉得波尔舅舅的话非常具有哲理性，似乎也是对她善意的提醒，并且使用的语气是倾向她的。这倒让钟叶颇为不解。波尔舅舅既然倾向钟叶，那为何还要留住戈迪亚？把戈迪亚留在身边，就是对钟叶婚姻的骚扰，艾瑞克就会心神不定。

但眼下，对于波尔舅舅的好意，钟叶也不好拒绝，于是应道：“好吧，我答应”。

转天上午，戈迪亚来了。

她穿了一件黑色的风衣，走进来时，因为面对光线，钟叶看见戈迪亚脱下风衣的瞬间，有晶莹闪亮的水珠儿飞扬起来，她金黄色的长发也有水珠儿掉落下来。刚才还没有下雨，现在开始下雨了。不，更确切地讲，刚才只不过稍微停歇了一下。

来到科隆已经三天，钟叶始终面对细碎的小雨。其实，她是不想出去的，她已经忘了来科隆的目的，本来是要接受波尔舅舅的劝慰，探讨她与艾瑞克的情感问题，修复她与艾瑞克的情感裂痕，可是她却“走了神儿”，如今只想待在屋里，倾听波尔舅舅讲述“赤色科林”的故事。道理吗，就是因为科林去过赣南，甚至有可能与爷爷钟谭林见过面。如今钟叶只要想到这些，她就有着极大的兴趣。其实现在她还在后悔，当初怎么就没有过多地去了解爷爷的人生经历？假如这次没有前往赣南，她还会像现在这样时刻惦记着爷爷的过往经历吗？当然，她还想倾听波尔舅舅自己的故事。“两德统一”前后，曾经的德共党员波尔该是怎样的生活？他逃过柏林墙去“约会”那个联邦德国的资产阶级女人，在他的内心深处又会是怎样的感受？

钟叶真的忘了她为何来到科隆，原本是为了拯救自己的婚姻，可是现在她已经忘了初衷。她真的忘了。比起祖辈、父辈的人生经历，她现在所遇到的一切，犹如襁褓面对苍生。

波尔舅舅已经答应她，要把他的经历告诉她。钟叶已经越发感受到波尔舅舅需要倾诉。倾诉，也是需要正确的听众，并不是面对所有人都随意可以倾诉的。钟叶是波尔舅舅最好的倾诉者。

但是现在，钟叶需要面对戈迪亚。

戈迪亚说，我想你应该出去走一走，来了三天，还没有出门。

钟叶说，我平时也不是经常出门的。

戈迪亚笑道，在雨中看科隆是一件非常愉快的事。

你适应科隆气候了吗？戈迪亚说，你要是5月到9月之间来，那才是科隆最好的季节，广场前有许多活动，用你的话说是富有民族特色的活动，就像你家乡那些民俗活动……可惜晚了一个多月。

是吗？钟叶疑惑道，我家乡的民俗活动……你也知道？哦，你应该知道。会有人告诉你的。

不过在小雨中眺望莱茵河，也是不错的选择。戈迪亚说。她好像没有听见钟叶带有挑衅的回答。

戈迪亚透露出来艾瑞克赣南之行的细节，不知道是无意还是有意。但在钟叶看来，戈迪亚这样做，就是故意提示钟叶，她和艾瑞克始终保持着密切的关系。对于刚才钟叶带有刺激性的反应，戈迪亚表现得好像毫无察觉一样。但也有可能，她就是要讲出来，至于钟叶有何反应，她并不关心。她要表达自己的想法。

年轻，就是浪漫。钟叶微笑道。随后对戈迪亚说，你特别适合在科隆生活，这里平稳、温和。你也应该温和起来。

戈迪亚接道，那就意味着……缺少活力。

钟叶笑起来，不，科隆很浪漫。你也很浪漫。

戈迪亚面带浅笑。

波尔舅舅走到客厅，说，你们聊得很开心，我进来，不会打扰你们吧？

戈迪亚说，我想带钟出去，看莱茵河，您不反对吧？

为什么要反对？波尔舅舅说，我觉得钟也要出去走一走了。

戈迪亚开着车，沿着莱茵河慢慢地行。

科隆横跨莱茵河，因为这条河，工业城市的科隆，坚硬的线条一下子变得柔软起来。也让这个百万人口的城市充满浪漫气息。

其实应该坐游船，去圣戈阿小岛。戈迪亚说，当然最好的路线，是应该先坐火车到科布伦茨，然后坐游船到圣戈阿，上岸后再到海德堡。

钟叶说，你说的这个路线，上次来科隆，我和艾瑞克走过。

哦，对了，戈迪亚说，我想起来了，艾瑞克跟我说过，你们结婚后来科隆，走过这趟线。

钟叶说，你走过这趟游线吗？

走过。戈迪亚说。说完，对着后视镜粲然一笑。

莱茵河畔走过了，戈迪亚把车子开到大教堂附近，她提议要喝杯咖啡。钟叶也是感到身子发凉，爽快地答应了戈迪亚。

大教堂前的广场是科隆最热闹的地方，也是咖啡馆最多的地方。戈迪亚轻车熟路把车子停好，带着钟叶走进一家安静的咖啡馆。服务生好像认识她，径直把她带到靠窗的位置。

钟叶坐下后，目光正好面对窗外，视野极好的位置。

两个人各自要了自己喜欢的咖啡。钟叶还是玛莎克兰。这个时候喝这个咖啡，似乎更加吻合。因为这款咖啡特别适合失恋的人喝，钟叶慢慢地喝，体味酸、甜、苦中的“苦”。

此刻戈迪亚面对钟叶，尽管暂时还不能做到敞开心扉，但是钟叶能感觉到戈迪亚试图走近她，好像有许多的解释要跟钟叶讲，却又始终找不到恰当的机会。

戈迪亚说，钟，你看看窗外，能看到什么？

钟叶看着窗外，来来往往、脚步匆匆的人，继续飘飞的雨丝，还有教堂。上次来科隆，钟叶和艾瑞克走进过这座七百多年历史的大教堂。如今再次面对它，它那两个高耸入云的塔尖，越是离得远看，越能感受它的肃穆端庄。

我希望我住的地方或是喝咖啡的地方，必须要有一扇窗户面对教堂。起码也能看到教堂的塔尖。

为什么？

只有这样，我才能觉得心里安妥。戈迪亚说这话的时候，眼睛忽然闪着晶莹的光芒，看不出来是伤感的泪花还是激动的眼泪。

钟叶也受到感染，想起自己与艾瑞克之间莫名其妙的羁绊，眼睛里也有了和戈迪亚一样的闪光。

大概心中拥有同样的感受，两个女人说话的语气终于缓和下来，似乎都想讲出心中的真实感受，敌视对方的篱笆悄然拆掉，瞬间不见了。当然这一切始终围绕着艾瑞克。

戈迪亚告诉钟叶，她和艾瑞克是中学时代相识的朋友，彼此尊重对方，她在科隆是因为自己的原因，与艾瑞克没有关系。至于与波尔舅舅的来往，是因为她的外祖父与波尔舅舅早就相识，曾是法国左翼阵线的一位领导者，参加过议员选举。钟叶多少知道一些法国左翼阵线的情况，是由法国共产党、左派党以及“一元左派”组成，左翼阵线的理念还是比较温和的。想必波尔舅舅去法国看望姐姐的时候，也会与戈迪亚的外祖父见面，大概他们也会相谈甚欢。

钟叶本来想问戈迪亚现在科隆做什么、为什么来到这里，既然不是“情感等待”艾瑞克、“精神诱惑”艾瑞克，那又是为什么呢？

一个单身女子，来到另外一个国家，总应该有些理由吧？

钟叶想问，但是话到嘴边，钟叶还是止住了。她知道，法国人把隐私当作生命中高于一切的东西，这是法国人的天性。隐私是神圣不可侵犯的禁地，就是父母还有恋人也不能触碰。她当初就是因为这一点，与艾瑞克吵过嘴。记得艾瑞克总是把自己喜欢吃的小吃放在一起，不许钟叶触碰。有一次，钟叶吃了一颗艾瑞克最喜欢吃的大杏仁，艾瑞克竟然急了起来，说她不尊重他，为什么动他心爱的小吃？你有你自己爱吃的小吃，为什么要动我的小吃？钟叶委屈之后，感觉这里面有问题，于是又问他为什么喜欢大杏仁？艾瑞克更加急了，几乎就是愤怒了，说她窥探他的隐私。钟叶真的不明白，问他为什么爱吃大杏仁这样简单的问题，竟然变成了窥探他的隐私？但也会证明，这里面真的有事。

戈迪亚好像尽快要让钟叶抹平与艾瑞克的感情间隙，以此来证明艾瑞克与钟叶的情感矛盾，与她没有什么关系。

戈迪亚颇有深意地说，两人无论好到什么程度，也是两个人。夫妻关系也是这样。绝不能因为夫妻关系，而把两个人混成一个人。

钟叶明白，这是戈迪亚友好地忠告她，应该如何处理与艾瑞克之间的关系。这要是以前，钟叶肯定不喜欢听，甚至敌对戈迪亚，但现在她能听进去了。之所以能听进去，因为钟叶真切希望能够找到开启她和艾瑞克之间矛盾的钥匙。她现在还不想离开艾瑞克，尤其是有戈迪亚的存在。

但是钟叶警惕戈迪亚的心理防线，其实已经开始慢慢松动了。她回想起艾瑞克的种种行为，认为自己虽然待在法国五年，但并没有融入法国社会，还没有真切了解法国人的生活行为。她所了解的法国，应该是图书馆里的法国，是课堂上的法国，而不是生活中的法国。

咖啡馆里座位已经满了，但是悄然无声。人们低着头，悄声低语。咖啡馆里荡漾着温暖的时光。

钟叶还记得艾瑞克父母离开他们的那天晚上，艾瑞克的父亲、母亲，当着钟叶的面，把三天的饭钱交给艾瑞克，艾瑞克非常自然地放进腰包。他们的确这样，分得异常清楚。至今艾瑞克有着自己的账户，那个账户里有多少钱，钟叶并不知道。他们还有两个人的公共账户。钟叶还记得，他们结婚的第一年，钟叶一位好朋友来巴黎，钟叶开着艾瑞克的车子去机场接站，回来后，艾瑞克当着钟叶朋友的面，硬是找她要 10 欧元的汽油钱。当时让钟叶非常尴尬，钟叶的朋友面红耳赤。钟叶后来说，我知道你的习惯，我尊重你，但是能不能你也尊重我的习惯，等我的朋友走后，你再找我要油钱？但是艾瑞克似乎并不觉得这有什么不正确。但又让钟叶气恼的是，钟叶的朋友走了，艾瑞克得知后却又埋怨钟叶，认为他应该送钟叶的朋友到机场。钟叶又气又笑。艾瑞克认真地说，我跟你的朋友见过面了，所以我应该送她，否则我会被我的朋友看作没有礼貌、没有修养。钟叶说，你的朋友并不知道这件事呀？艾瑞克固执地摇摇头，不知道和知道，又有什么区别？钟叶只能摇头走开。还有一次，艾瑞克生日时，钟叶煮了一锅猪蹄汤，还做了一桌丰盛的晚宴。艾瑞克非常高兴，举着红酒杯，大声说着“我爱你”，可是当他喝着香喷喷的汤，得知是猪蹄熬的时，立刻不喝了，说喝这样的汤，不利于身体健康，容易长出臃肿的肉。钟叶灼热的身体，被艾瑞克这句冰冷的话，浇灭得完全冰凉，她无可奈何地摇摇头。本来那天晚上她想做的“夫妻功课”，因为艾瑞克的话，让钟叶没有了任何兴趣。

回想过去的点点滴滴，再加上戈迪亚的“解说”，钟叶似乎开始慢慢理解艾瑞克，理解戈迪亚，但还是不能理解去北京的那天巴黎晚上，艾瑞克突然抱着被子独自去了另一间屋子，作为一个妻子，难道不能问一下吗？问一句，就成为侵犯他的隐私了，难道真的不能告诉我为什么？哪怕不能全说，说那么一点，那么一丁点儿都不能吗？

作为妻子，假如没有质问的权利，起码也应该拥有问询的权利！钟叶刚刚松开的心结，一想到那天晚上艾瑞克决绝的背影，松开的心结，又系上了！这个心结一天不解开，钟叶心中就会隐隐作痛。

时光在咖啡馆里仿佛凝住了。那种温暖、那种清香，也把顾客的双脚“冻”住了。

钟叶问戈迪亚，艾瑞克心系波尔舅舅，难道再没有人让他惦记了吗？

钟叶的发问，带有双重目的，她就是想要看看戈迪亚的第一反应。假如戈迪亚没有讲出第二人，那就证明戈迪亚在钟叶面前，主动把自己“开除”了；假如说她自己，那么面对钟叶，看她又该如何解释？

钟叶问完了，才觉得自己这一问话，实在是刁钻呀！

但是戈迪亚好像没有过多思考，说了艾瑞克心中另一个人的名字，原来竟是艾瑞克的祖母。钟叶一愣，因为与艾瑞克相识、结婚一年多来，艾瑞克从来没有提及过他的祖母。

老人还在世吗？

已经去世了。

钟叶轻轻地“哦”了一声。

不知不觉间，已经是下午四点钟了。钟叶想要回去。但她想要戈迪亚先走，自己想要独自在雨中走一走。

戈迪亚礼貌地笑笑，尊重她的想法。钟叶拿出钱包，想要结清自己那杯咖啡，但是戈迪亚拦住了她，说今天请她喝咖啡，来之前已经说好的，所以钟叶不用付款。钟叶说了声谢谢，然后两人走出咖啡馆。

戈迪亚没有问她自己是否认识回家的路，表情轻松地挥手告别。钟叶看着戈迪亚的背影，那样娇小、轻柔，心里在问自己，难道艾瑞克喜欢娇小柔媚之人？

钟叶向前走着。她想走进教堂。

这座欧洲北部最大的教堂，耗时六百多年才完工，因为选择的石材容易风化的缘故，这座教堂又永远在修缮中。至今没有人看见过科隆大教堂没有脚手架、没有遮挡布的全部样子。

钟叶站在细雨中的教堂门口，望着右侧的遮挡布，再次想到自己和艾瑞克的婚姻。莫非继续走下去的话，也需要永远修缮？尽管在法国的一位中国朋友，在得知她决定跟艾瑞克走进婚姻前告诉她，中国人的婚姻是以共同理想与爱好为基础的；但是法国人的婚姻，是以和谐甜美的性生活为基础的。钟叶此时再次想到这个朋友的忠告，莫非艾瑞克感觉与我性爱不和谐？钟叶联想起艾瑞克的那些“床上花招”，她曾经告诉他，她不能接受，因为这是“不堪忍受的丑陋的折磨”。难道因为这些，艾瑞克才在前往北京的巴黎夜晚抱着被子突然去了另一间屋子？继而发展到现在搬家分居的地步？

钟叶站在教堂门前，她瘦长的腿、健康的上身，在细雨中仿佛一个美妙的雕塑。许多人从她身边走进去。

钟叶雕塑一样站在教堂门前。进入还是离开，似乎比她考取博士学位都更艰难。

拾贰

夜晚来临的时候，钟叶向窗外望去，街道极为安静，路灯也是黯淡的。德国街道总是那样安静，无论季节怎样变换，街上都不会出现任何喧闹。

钟叶把自己蜷缩在宽大饱满、柔软舒适的沙发中，感觉好像躺在了无边无际的海浪上，这个时候她会遥想过去共产党人的艰难岁月，尽管“过去”她不曾经历，但如今已经深陷其中，自从读了爷爷钟谭林的信还有赣南之行。钟叶总是不由自主地设想自己，假如我生活在那个年代，我会成为怎样的人？我能勇敢地牺牲吗？看见飞来的子弹、挥舞的屠刀，我能勇敢地继续上前吗？这样的假设时刻伴随在钟叶的脑海中。

如今来到远离赣南的德国，钟叶心中依旧没有离开那段不曾经历的艰难岁月。恰巧波尔舅舅对中国上个世纪二三十年代的中共历史，因为他父亲科林的缘故，还有艾瑞克不断发送回来的“赣南之行感想”，也是充满极大的兴趣。这样他们之间也有了共同的兴趣和话题。

钟叶认真倾听波尔舅舅的讲述，因为科林的一切都有可能和爷爷钟谭林紧密相连，而且还会弥补爷爷信上没有讲述或是遗忘的事。如今的钟叶，在婚姻困境、异国文化等的焦虑中，还是固执地回望自己的国家，回望自己家族的悠长历史。

波尔舅舅更是不能自拔于父亲科林的经历。

波尔舅舅说，我的父亲科林经过三个月的长途跋涉，终于来到中共大本营、当时的赤色首都瑞金。遗憾的是，科林的两个英国随行，竟然……死了一个。他们已经到达江西境内了，在通过一座木桥时，由于桥板年久失修，其中一块已糟透了，再加上刚刚下过雨，那个英国人没有走稳，重重地摔在桥面上，由于摔得很重，一只脚用力过猛，踩掉一块糟朽的木板，当即掉进湍急的赣江。科林和另一同伴没有任何反应。他们张着惊慌失措的眼睛，根本救不了，因为人掉下去后，瞬间不见了踪影，好像那个人从来不曾存在。他们的脚下只有滔滔江水之声。

科林和那个二十岁英国小伙子当即慌了神儿。他们大喊着，想要桥上、桥下的人快点帮助营救，可是他们的洋面孔、他们的洋话，围在周围的中国人没人听得懂，后来终于明白科林“手舞足蹈”的意思，有热心人走到江边，想要帮助这两个欲哭无泪的洋人，可是谁都无能为力，因为浩渺的赣江上早就没了落水者的影子。

科林和他的伙伴只能背起死掉同伴的行囊，这才想起来什么，他们四处张望，原来按照约定的时间和地点，他们下了木桥后，应该会有人接应他们的。可是接应的人在哪里？他们应该在桥下等着哩。

人呢？

焦急的科林望着湿漉漉的泥地，望着水雾缭绕的小道，真没想到他们能在一个陌生的国度里，竟然走了那么远的路。应该承认，勘探队员的掩护身份，的确帮了他们大忙，当然帮忙最大的还是一百多本的外文书，这些书几乎成了他们的护身符。科林在上海出发前，把所有赤色书籍都做了特别的包装。他把书皮撕掉，换上勘探矿产书籍的外皮。那些专业特点非常明显的书皮，蒙混了许多守卫关卡的中国士兵。调换书皮的办法，科林认真做了好几天，一般情况下不懂外文的人根本看不出来。再加上沿途地下交通站的暗中保护，科林他们有惊无险地走过来了。

就在科林望眼欲穿、同伴已经绝望的时候，三个推车的脚夫大汗淋漓地站在了他们面前，其中一个精瘦的青年，用力抹了一把脸上流淌的汗水，从独轮车的下部，魔术一般掏出两本巴掌大的小书——《三字经》和《百家姓》——递给科林，科林大喜过望，从口袋里掏出同样巴掌大小的《圣经》交给精瘦青年。他们相视一笑，完成了接头，随后立刻紧紧地握手。

精瘦青年用蹩脚的英语告诉科林，他们在来的路上遇到突发情况，所以耽搁了时间。科林问他什么突发情况？精瘦青年不想说，只是讲现在终于见到要接的人，心里踏实了。但是看见脸色悲伤的科林，问他发生了什么事？不是说三个人吗？怎么少了一个？

科林也不说话，把三个“脚夫”带到江边，在不断比划中，精瘦青年几个人终于明白了事情经过，这才彻底明白为什么只有两个人。精瘦青年带着他的伙伴，对着江边鞠躬默哀，随后立刻出发。精瘦青年讲，谁也不敢保证还会不会遇到什么意想不到的危险，一定要尽快离开。

一行人顺利来到瑞金，科林和同伴并没有住在中共领导住的地方，而是把他们秘密安排在了偏僻的山上，给他们换上了百姓的衣服。赣南百姓特别是男性，喜欢穿黑色的衣服。科林穿上黑色的衣服，戴上黑色的头巾，从远处看，倒是看不出是洋人，以为就是土生土长的本地人。

科林想要马上见到李德。他认为李德代表共产国际，他又是共产国际派来的，应该尽快见面。

科林终于在来到瑞金的第三天，在“独立房子”见到了大名鼎鼎的李德。

那是一个漆黑的夜晚，大地肃静，微风遥吹。草窠里传出不知名小虫的鸣叫声，他们沿着细长泥泞的小路来到“独立房子”。科林不知道，此刻“独立房子”周围已经增加了岗哨。不仅有明哨，还有流动哨。中华苏维埃政府尽管接到有关方面通知，证明科林一行的情况，但还是格外小心。

科林走进了这个被中国人称为“独立房子”的李德住宅。一共三间，左边卧室；右边办公屋，也是指挥所；中间接待客人。科林非常激动，他见到了在中国驰骋共产主义事业的李德。

很久没有听到德语的李德，面对科林，表现欣喜。科林带来了马克思、列宁的著作，还有好多对照词典，科林把一些书摆在李德的面前。科林告诉李德，一共有一百多本重要书籍。

李德翻看着几本书，显得异常高兴。科林看见李德兴奋的表情，越发自鸣得意，心想自己还是换对了，那些药品有什么用？看来这里真是缺少指路明灯呀！没有正确思想指引，怎么能走正确之路？就是身体再健康，也会打败仗的。

李德忽然有些发火，他大声吆喝，招来旁边屋子里的一个女子。科林不明白李德为什么发火，细看揣摩。看李德的表情和动作，原来是让那个女子再添一个油灯，同时再把另两盏油灯的灯捻挑大。那个眉目布满愁云的女子，好像嘀咕了什么，虽然科林听不懂女子的话，但是意思能够明白，好像讲灯油不多了，应该节省用。李德不高兴，猛地站起来，继续大声呵斥那个女子，傲慢的态度就像奴隶主呵斥一个奴隶。科林后来才知道，那个年轻女子，是李德找中共领导人要来的夫人。

科林劝阻李德先生，不要着急。李德看着女子的背影，说了一句非常不好听的话，让科林大吃一惊，心想李德先生怎么能够这样讲话？就连最基本的礼貌都没有？未免太过霸道了？

李德把科林让进他的指挥所。

正面的墙上挂着一张军用地图，非常显眼，几乎占满了整个房间。科林看见地图上面标注了许多奇怪的符号。李德站在地图前，讲给科林。他是如何指挥打仗的。李德蔑视地说中共军队都是农民组成，不懂得战术，而且自由散漫，必须严格要求他们。一定要按照部署去执行，不能有丝毫的折扣。否则肯定会失败的。

李德讲，要求他们怎样做，他们就必须怎样做。可就是这样严格要求，他们还是要触犯我的规定，我要求半个小时到达指定地点，他们竟然总是不能按照规定时间到达。

那该如何？科林万分焦急，他恨不得也能帮助李德。

科林站在地图前，发现原来标记的地名，经常被改名字，甚至一些地方的距离，也有改变距离的标注。

为什么地图上的地名会有错误？科林问。

李德讲，他们告诉我，上面的地名与实际地名不符。

为什么不符？科林感到奇怪。

没有真正的测绘人员测绘地图。他们没有任何测绘仪器，许多地方山高路陡，没有人去过。有些地方还被敌方占领。

这样讲……这张地图有问题，不应该按照地图指挥。科林说。

指挥打仗，没有地图怎么指挥？李德说，我必须按照军用地图部署。我在伏龙芝军事学院就是这样学习来的。

科林有些语塞。

他们不懂军事。李德眉头紧蹙，说，当然，他们更需要革命理论。革命方向错了，比地图错了还要危险。

科林一时不知怎样回答。

科林立刻向李德表达了准备向中国革命者讲述革命理论与革命思想的急切想法。李德也是认为，中国革命者缺少正统的革命理论，必须要讲清楚这些。李德问科林还有什么具体想法。科林想到军营里去讲课。李德认为不妥，主要还是担心安全问题。

李德不想让科林到军营去讲，倒不是担心科林生命安全，而是担心抢了他的风头，最后建议科林到医院去讲，给在医院里治疗的军人讲课。科林刚刚来到，只能一切听从李德的安排。

科林在心胸狭窄的李德安排下，去了隐藏在山洞里的一所医院。那所医院，科林后来得知，叫大王洞医院。正是在那里，科林经受了一生中最为后悔的事。在后来科林回到德国后，只要一提起那段经历，就会心痛不已。

科林后来觉得，真正应该从上海带到瑞金的东西，还应该是药品。那些书籍根本没有用，科林原来认为中国人可以借助字典阅读那些革命书籍，可是这里的人们连字典也不认识，如何阅读那些英文书、德文书。科林感觉自己犯下了天大的错误。

记得有一天，一个小战士做手术，因为没有麻药，只能嘴里咬着一截用刀子削好的树枝，在完全没有麻药的情况下做手术。科林不解，问为什么不用麻药？没有麻药可以不做手术嘛。对于科林幼稚的提问，没有人回答他。事后得知，那个小战士还是死在了手术台上。不做手术，肯定是死；做手术，也有可能死掉，但还有活下来的希望。这所有无奈的选择，都是因为没有药品的缘故。科林知道国民政府的政府军把所有通向中共军队的山路都封锁了，严密检查来往的人，只要发现违禁东西，就会立即扣留，不仅扣留东西，还要扣留人。

科林住在山洞里，在一块凹处用木板搭起了一间屋子，这些屋子里堆满了他费尽千辛万苦从上海带来的书籍，他每天醒来都能看到这些书籍，每当这时候他用头撞墙的想法都有。这里这么需要药品，我却带来了一堆没用的书！

心情郁闷的科林，有一天独自出了山洞，在茂密的树林里无目的地走。他也不知道要走到哪里，总之就想散心，他是来指导中国革命的，怎么会窝藏在暗无天日的山洞里，整天与一群“哎哟”喊疼的伤兵在一起，他讲的话那些伤兵根本没人听，也是听不懂。医生、护士也不待见他，嫌弃他碍事。那个英国年轻的随从，也是心情沮丧，不想在山洞里待着。科林不想阻拦，赌气说你要是有更大的理想，现在就可以鸟儿一样飞走，我不会折断你的翅膀。哪里想到，那位英国小伙子竟然真像鸟儿一样飞下了山，竟然辗转去了白区赣州。很快赣州方面的中共地下党传来消息，说是有人看见那个英国小伙子在赣州教堂里，已经穿上了牧师的黑色大袍子，抱着厚厚的硬壳《圣经》，在街道上匆匆走过。

科林心情沮丧，备觉孤单还有极度绝望，想要再次会见李德。但是李德托人转告他，没有时间见他。科林漫无目的地在山上游逛。这一天，他遇见了一个当地山民。

山民是真正的“泥腿子”，裤管挽到了膝盖处。小腿肚子上都是干了的泥巴。他戴着一顶硕大的斗笠。山民迎面而来，好奇地看着科林。

科林停住脚步，微笑着看山民。科林觉得眼前这个山民与其他山民好像哪里不一样，虽然他外表粗鄙，跟其他山民都一样，但目光却有着独特的东西，至于是什么，科林一下子形容不出来。

山民停住脚步。两个人借助手势和肢体动作，热烈地交谈起来。山民住在离山洞医院不远的地方。山民邀请科林到他家做客，寂寞无聊的科林，当即前往。

低矮的茅草屋，门前是一块平地。有一头小黄牛，还有几只颜色漂亮的山鸡。山民有老婆，还有两个小男孩子，虽然茅草屋破旧，但看上去山民过得倒很高兴。山民给他黍米饭、南瓜粥，虽然科林吃过这些赣南一带的家常饭，但在这个普通山民家里，好像吃得更加开心。

科林说英语，也说德语，他知道山民听不懂，所以随便说。但令科林奇怪的是，好像山民能够听懂他的话，但是最让他奇怪的是，其中一个最小的男孩，也就五六岁的样子，因为跟他母亲生气，突然讲了一句日本话。当时科林一愣，想要蹲下身子跟小男孩搭讪，山民老婆赶紧把小男孩拖走了。

科林紧盯着山民，问他是什么人？

山民显得很放松，他告诉科林，他的父亲是日本人，早年在赣州教会学校工作，生下了他，后来父亲得病去世，家境落魄，他从赣州出来，因为流亡路上被持枪的逃兵抢劫打伤，他就躲藏到乡下。眨眼已经二十多年了。

科林惊奇、感慨在这么偏僻的中国乡下，竟然还有日本人，而且还懂得英语，这让科林非常高兴，更是对山民的诚恳、诚实表示钦佩。山民表示他不想暴露自己的身份，一旦身份公开，他就需要不断地解释，他嫌麻烦，所以也希望科林不要跟其他人讲。科林答应为山民保密。

山民还告诉科林，他老婆是中国人，为了能跟他在一起，逃离有钱的家，与他共患难。他有时教两个儿子讲日语，可能遗传的缘故，两个儿子没有费多大的力气，就会一些简单的日语。

你的经历，别人不知道吗？科林疑惑，问，别人不会听到儿子的日语吗？

山民放松地笑了笑，说，山高林密，这里几乎与外界隔离，几年也见不到几个人，要是没有附近这所医院，我们根本见不到外面的人，谈何被人听见？

科林点点头，觉得山民说得有道理。

科林与山民熟悉了，也知道山民的名字，叫黄有才。

以后科林经常去黄有才家，他们无话不谈。那时候科林没有想到，或者说根本就不会想到，这个山民黄有才跟上海开书店的佐藤一样，都是日本特务机关的特务。科林来到瑞金的消息，佐藤通过密电，早已告诉黄有才。黄有才为了更好地接近科林，始终秘密跟踪科林，为了与他“偶然”相遇，真是费了不少的心血，特地把“家”搬到大王洞附近。黄有才潜伏赣南一带已有七八年，他不仅会中国话，也会赣南一带的土语，还会英语。他潜伏赣南瑞金，就是收集中共情报，日本特务机关没有安排他任何破坏活动，指示他在自保安全的情况下，要更多收集中共和军队的各种情报。其实黄有才的老婆也是日本人，根本不是什么逃婚的中国人。

黄有才的日本特务身份，是科林快要离开赣南时才知道的，告诉他这个真相的人是陈子杰。科林恍然大悟，实在不敢相信。他固执地想要再找黄有才，为了让科林相信，陈子杰陪着他去找。那间茅草屋早已人去屋空。黄有才不仅从科林那里得到了许多李德的情况，还得到了共产国际在上海的情况。黄有才失踪后，再也没有发现他的踪影。

陈子杰和科林相识，说起来其实也很偶然。

当时，陈子杰带着钟谭林发现的那个有可能是珍贵的矿石来到瑞金。他是来开会的，顺便把矿石交给矿物专家做最后的鉴定。因为突然国民党来了飞机轰炸，陈子杰的腿部受伤，虽然没有生命危险，但也不能走路了，只好到山洞医院治疗、养伤，这期间正好遇到了科林。当然，那时候科林叫菲恩。

因为科林懂得矿业知识，陈子杰就把随身携带的矿石拿给科林鉴定。科林从来没有见过这样奇特的矿石，于是对照相关书籍，查找证据。这时，陈子杰因为又有急事离开医院，恰好那天科林没在医院，去了黄有才那里。陈子杰转告医院院长，要把那块矿石从科林手里要过来，然后转给国有采矿公司的专家。哪里想到，陈子杰走后，医院院长因为手术感染，得病昏迷。于是，科林拿着这块珍贵的矿石离开了中国。

科林先生因何离开中国赣南？钟叶问。

波尔舅舅说，科林离开中国，辗转去了新疆，又从新疆去了苏联。

去了苏联？

是呀，科林感觉在赣南没有用武之地。波尔舅舅说，很简单的想法。

因为科林经常与伤病员接触，这些伤兵恢复后上了战场，基本上都牺牲了。所以，见到科林的人，在苏区很少、很少，这也就是为什么在后来的资料回忆中，科林好像不曾存在一样。似乎只有一个李德。

其实父亲科林总是回忆起在中国赣南短暂的经历。波尔舅舅说，他始终觉得李德是一个失败者，尽管后来李德在苏联写了不少回忆他在中国的文章，但他把许多责任全都推卸给了中共党人。

也就是说，他讲了许多不实之词？钟叶说。

是的。波尔舅舅回答得非常肯定。中国革命受到了来自外部的扰乱。但又不可否认，那时候中国革命党人还没有建立自己的思想体系。这是事实。

第十三章　反思历史

M

钟叶在科隆已待了四天。

在这四天中，每天依旧阴雨绵绵，钟叶的心情也始终笼罩在抑郁之中，偶尔高兴，但也是倏忽闪过，很难持久。她想走，回到巴黎，继续一个人面对精神不定的艾瑞克，或者说面对忧伤的自己。但是波尔舅舅的讲述却又牵着她，在他苍老的面容中，她好像感到自己忧伤心境的微不足道，同时又感慨世界如此之大，却因为钟谭林、科林的缘故，让她和这个德国老人有了如此多的话题。

波尔舅舅的心情和钟叶一样，也正是因为这种难得的相同，钟叶才迟迟没有离开。总是今天推到明天。

我也应该陪你在科隆走一走。波尔舅舅说。

您不用客气。我不是已经走过了吗？

是呀，戈迪亚陪你走过。波尔舅舅说，她说还要陪你。

她很忙，礼节已经到了。钟叶说。

波尔舅舅意味深长地笑起来。钟叶当然明白波尔舅舅笑容的含义，波尔舅舅也知道钟叶心情复杂的原因。

波尔舅舅又告诉钟叶，他一定陪她去一趟柏林。钟叶说她去过柏林。波尔舅舅肯定地说，你见到的柏林，是现在的柏林。我要给你看一看过去的柏林。只有认识过去的柏林，才能知道现在的柏林。柏林是一座饱经沧桑、拥有沉重精神的城市。

钟叶点点头。她感觉有一股阴凉的风，从波尔舅舅身上吹过来，在陈旧的屋子里四处弥漫，实在不可阻挡。

一座城市，和一个人一样，是有连续性的。波尔舅舅面容又变得古旧起来，沉重地说，我父亲科林是这样，我也是这样。你现在看到的我，跟两德统一前的我完全不一样。是的，不一样。

钟叶特别想要知道波尔舅舅之前的故事。与那个联邦德国（简称西德）资产阶级女人之间的故事。她觉得波尔舅舅想要讲出来，可能压在他心里很多年了，他在寻找讲述的契机。钟叶的到来，提供了这个良好的契机。她是最好的倾听者。

波尔舅舅神情变得迷离起来。他慢慢地讲着，钟叶没有想到波尔舅舅是从他现在的房子开始讲起的。

你现在看到的房子，当然不是我原来的房子。我原来的房子在西柏林，那是一套能把小狗跑累了的庭院，二层楼，十几间的大房子，关键的是，庭院特别大。但是后来……我回来了，我不想待在过去的西德，虽然现在德国人没有“东、西”之分，尤其是年轻人，他们适应很快，早就没有了障碍。但我不行，我还有障碍。所以我回来了，回到了一墙之隔的东柏林。再后来，我就来到了科隆。如今住在这样的老旧房子里，我心里踏实。这才是我应有的现状。这才是真实的我。只有在这里，我才忘记了“东、西”之分。

波尔舅舅说着，环视着这间已经住了二十多年的老房子。这座老房子弥漫着老旧木头的气味。厚重的墙壁、厚重的护墙板，还有厚重的空气。一切都是厚重的、沉重的。

您为什么没有去莱比锡，那可是您的家乡，是您父亲科林出生的地方。钟叶说。

我喜欢科隆。波尔舅舅看着傍晚的窗外，说，这里有我真正的爱情。爱情让我忘记了所有。

钟叶惊了一下。

波尔舅舅继续深情地回忆，他要讲给这个来自遥远中国、一个中共党人的后代。波尔从来没有像今天这样向往东方中国。是因为自己理想的幻灭，还是因为中国曾是父亲科林去过的地方？波尔一时还不能厘清。但是他有讲述的欲望。

波尔看着钟叶，好像看着钟谭林，好像看着年轻时的科林。

钟叶感到波尔舅舅在努力压缩自己。于是，用更期待的目光看着他，看着这个曾经的德共党员。

波尔舅舅的讲述，更像是回忆。

当年，年轻的波尔不想在民主德国（简称东德）生活，他像所有想要逃到对面、逃到联邦德国的众多东德人一样。那时候许多人都有着波尔一样的想法，心里非常好奇，想要看看过圣诞节的联邦德国，想要看看伍德斯托克音乐节还有裸体示威是什么样子……促成波尔想要“过去”的原因，除了想看那些东西之外，还有一个很简单却又是很复杂的原因，他觉得《新德意志报》说的生活与现实生活有着巨大的差距，那可是德共党报呀，党报怎么能说谎呢？就像党歌一样“党啊，党啊，她永远正确，同志们，这颠扑不破……”德共党员波尔陷入苦恼之中。这个想法，有的人在1989年产生，可是波尔产生这样的想法稍早一些，是在1984年。那时候父亲科林还没有去世，但已经不能行走、不能讲话了，整日坐在轮椅上。科林并不需要儿子波尔的照顾，因为科林住在“马克思公寓”。要是父亲科林还能讲话，波尔可以跟他探讨询问，父亲不能说话，尤其脑子已经糊涂了，这些疑问该向谁讲述？要是讲述了，虽然不再像过去一样被抓进监狱或是杀头，但肯定会被开除党籍，会被除掉公职的！

波尔想要逃过去，逃到西柏林。

当年逃过去的办法不是很多。多少年之后，波尔曾经站在遗存下来的那段用来纪念的柏林墙的前面，端详着那段残墙很久、很久，现在看起来并不高，可是当时感觉就是一座无法翻越的高山、火山。曾经有人翻越时被哨兵打死了，或是打伤了，或是被发现扣押，被关进监狱。只要被关押，肯定超过五年。后来有西德人出钱，“贿赂”东德监狱的重要人物，把关在监狱里的人“赎”走。这项赎人计划越来越大，开始只是民间行为，后来成为双方政府的行为。当联邦德国政府加入之后，这项计划的开支变得吓人，据说从1963年到1989年，在这二十六年的时间里，联邦德国为此支付了数十亿马克的赎金。那些被赎走的人都是政治犯或是有着特殊技能的人才，一般的人很难享受到这样的“解放”待遇。

波尔没有胆量爬上柏林墙，也不可能把自己变成政治犯，把自己送进监狱，然后再等待西德人把自己赎走，他觉得那是一件充满危险的事。波尔想出另外一种办法，通过婚姻的方式逃走。这完全是一次大胆的想法，甚至是不可能的方法。茫茫人海，哪个西德的女人会与他结婚？即使能够结婚，他也要先跑过去，然后才能达到目的。

问题来了，他还是要首先面对“跑过去”这个问题。

波尔与别人考虑问题的方法不一样，许多东德人是考虑如何跑过去，他是思考跑过去了生活怎么办。那时候，波尔曾经听说那些跑过去的人，其实日子并不好过，生活非常艰难。比如那些被联邦德国政府暗地赎走的人，坐着伪装后的大巴，从卡尔·马克思城的集中营出发，穿越萨克森森林，最后被送到法兰克福附近的接待营，这时候意味着他们已经获得自由了，但自由后的人们却是怎样呢，没有分文，打个电话都没有钱。一切都要重新开始，找不到工作，就是找到了，也要拿比西德人低很多的工资，还要受到某些歧视，就像一个生活在西德的“局外人”。

波尔学习过电子，技术还不错，原本收入还算稳定，不想到了西柏林去过颠沛流离的日子。可是他还想跑过去，怎么办？能给波尔解决跑过去之后稳定生活的人，其实他早已经想好了，就是后来住在科隆的、他曾经的大学恋人、干练聪明的娜塔莎。

娜塔莎最初也是学电子技术的，后来改学律师，最后成了一名优秀的律师。在当年的东、西柏林，也只有律师可以经常比较容易地来往两地。就是后来建起了柏林墙，他们这些律师也是比较容易两地穿行。让娜塔莎帮助他物色“妻子”，这是一个不错的选择。成功率将会很高。

钟叶认真倾听波尔的讲述，她真的好奇，波尔舅舅怎么能够想出这样龌龊的办法？用婚姻的方式在西柏林落脚，还让当初恋人帮助他完成。波尔真的疯了！肯定疯了，娜塔莎不会帮助他的！

波尔舅舅看着钟叶猜测的眼神，他脸上肌肉抽搐着，说，钟，我知道你心里想什么。你肯定在想，一个德共党员，一个电子工程师，况且还是一个共产主义者的后代，怎么会想出这样令人不齿的办法？可这就是当时民主德国的状况，就是当时德共党员的状况，如今我还在问自己，一个人可以抛弃原来的理想，丢掉自己的追求，但不能用这样糟糕的方式抛弃，这不仅是对自己理想的背叛，也是对自己人格的侮辱。尽管我觉得曾经的理想有问题，但也不应该以这样的方式毁灭自己的理想。我当时为什么会这样做呢？真是不可思议呀。

波尔舅舅的嘴唇颤抖着。钟叶凑到近前，握住了他的手。她感到他的手冰凉，如同寒冷冬季里的冰块。

波尔舅舅大喘了一口气，说，已经过去三十年了，时间越是离得久远，想起过去的行为，我越是内心胆战。昂纳克他们有罪，可是我呢……我们呢？每一个当时民主德国的人，现在都要思考这个问题，不要把所有的问题都推卸到别人身上。自己没有问题吗？自己内心会是干净的吗？

钟叶不眨眼地望着波尔舅舅。

波尔舅舅声音低低地，继续说，我是这样想的，一个人总是琢磨这件事，那么这件事……可能就会有问题了，而且还会是大问题。一个人，总是在一件事上停留，肯定出现问题了。我觉得……我有问题。

钟叶一时不知道该说什么，只好眼巴巴地看着波尔舅舅。她明白，波尔舅舅只有说出压在心中几十年的话，他才能稍微好受一些。压在身上的石头，别人可以帮助搬开；压在心灵上的石头，只能自己搬开，谁也帮助不了。

波尔舅舅通过婚姻逃往联邦德国的荒唐想法，没有想到竟然得到了初恋情人娜塔莎的大力支持。很快，这样的支持竟然实现了。娜塔莎通过自己身份的便利，在西柏林帮助波尔物色了一位大了波尔三十岁的老妇人，一个有钱的老妇人。老妇人瘫痪在床已经十几年，想要晚年有一位丈夫陪伴她。当然需要结婚，而且必须结婚。丈夫一定还要是一个年轻的身体健康的丈夫。老妇人说了，她不管等待多少年，也要等来那个陪伴她的人。

当娜塔莎把老妇人的事讲给波尔的时候，波尔惊住了！当时，娜塔莎看见脸色苍白的波尔，以为他身体不舒服或是病了，呆呆地看着他好一会儿。柏林墙倒塌后的第五年，波尔重新回到东柏林的时候，想起自己当初求助娜塔莎、然后答应下来跟老妇人结婚这件事，他恨不得狠狠地抽自己的耳光。他真的不明白，自己当初为什么能够这样做，而且还是通过初恋情人来做这件事？

当一个人昏头的时候，当一个人混乱的时候，什么不可思议的事都能做出来。波尔舅舅对钟叶说。

波尔前往西柏林的艰难过程，他没有详细讲给钟叶，只是轻描淡写地讲，他几乎绕了大半个世界，最后才来到本可以一步跨过去的地方。

钟叶想要问波尔舅舅，第一次看见那个躺在床上的资产阶级女人，当时的心情是什么，可是这样刁钻刻薄的问题，她觉得不好讲出口。

奇怪了，波尔舅舅看着钟叶的眼睛，什么都不用问，就能猜测出来她想问什么，而且不差分毫。

波尔舅舅说，我在娜塔莎陪同下，第一次走进那个可以跑小狗的大庭院，然后走进了会客厅，然后走进了老妇人居住的屋子。看得出来，娜塔莎轻车熟路，显然来过许多次了。一定是为我的“婚姻之事”而来。那时候波尔既感动又羞涩，甚至想要钻进地缝里，把自己完全藏起来。

波尔舅舅看着钟叶，忽然不说话了。他的胸膛起伏，剧烈地起伏。随后面红耳赤，紧接着他用双手捂住脸。身子一动不动，石头一样僵硬。

钟叶想要劝解，不知怎样劝解。

过了一会儿，波尔舅舅恢复了平静，继续他的讲述。

波尔“嫁给”老太太之后的日子，说起来非常简单，他什么都不用做，只是每天陪伴在老太太身边，给他动情地念小说。念《简·爱》，一遍遍地念。老太太听着，然后慢慢睡去。

当有一天，波尔念到“假如你避免不了，就得去忍受。不能忍受生命中注定要忍受的事情，就是软弱和愚蠢的表现”时，他哭了起来。可是他的哭声太微弱了，老太太没有听见，已经在软软的毛毯下面睡着了，甚至响起了轻轻的甜蜜的鼾声。

老太太很有意思，只要波尔停歇片刻，哪怕就是一句话的时间，她就会马上醒来，用清醒的目光、温柔地催促他继续念书。有时在屋里念，天气好有太阳的时候，波尔就把“夫人”抱在轮椅上，推到庭院里念。起先，波尔是念给老太太，后来是念给自己。很多年过去了，好多句子，波尔现在还能背下来。“我越是孤独，越是没有朋友，越是没有支持，我就得越尊重自己”，还有“生命太短暂了，没时间恨一个人那么久”，还有“你以为我会无足轻重地留在这里吗？你以为我是一架没有感情的机器人吗？你以为我贫穷、低微、不美、渺小吗？你想错了，我和你有一样多的灵魂，一样充实的心”。

散发着老旧气味的屋子里，忽然沉静下来。波尔舅舅讲不下去了，他背完最后一段，似乎太累了，身子向后仰去，几乎就是躺在沙发上，仿佛一堆没有了骨头的肉，完全松懈下来。

我明天带你在科隆走一走。过了一会儿，波尔舅舅坐起来，转移了话题。他努力让自己镇定。

钟叶看着外表镇定、精神疲惫的波尔舅舅，她走过去，用脸颊贴了贴他的脸颊。波尔舅舅镇定的外表再次松懈下来，他眼圈发红，不住地点头，一句话也说不出来。

第二天，波尔舅舅坚持陪同钟叶在科隆游玩。本来钟叶不想让他累着，想要以天气的原因婉拒，哪里想到，天气非常好，还出了太阳。阳光普照。这在科隆的10月，几乎就是一个奇迹。照在坚硬房屋上的阳光，几乎都被很久不见太阳的墙砖吸收进去。

因为波尔舅舅不能走长路，钟叶提出，还是在大教堂附近走一走，坐下来喝杯咖啡。波尔舅舅想了想，同意了。

阳光下的大教堂，似乎变了一个模样。波尔舅舅眯缝着眼睛，仰望着数百年历史的大教堂，此刻钟叶不会主动问他什么了。一个经历了人生起伏，特别是精神波澜的老人，站在初恋情人生活的地方肯定是百感交集，此刻最好的办法，就是让他一个人思想。

过了会儿，波尔舅舅说，最初我憎恨那个西德老太太，但是后来我不再憎恨了，她是没有错的，况且她死后把那个大房子留给了我，她死前还说了一句感动我的话，她说非常感谢我，在她生命的最后几年，她每天都能嗅到一个健康男人的气息，这才让她感到太阳是太阳、空气是空气，这才是真正的生活。她会死得安静。

钟叶扶着波尔舅舅的胳膊。她发现，昨天讲述还在颤抖的波尔舅舅，此刻却是极为镇定，身体稳如磐石。

波尔舅舅抖颤地说，老太太讲，她感谢民主德国给她送来健康男人的气息，让她享受到了生命的乐趣。她厌恶联邦德国，厌恶资本主义。因为没有一个联邦德国男人……能够为她做这一切，为一个濒临死亡的人做一点儿好事。老太太最后还说……还说……她要谢谢德国共产党……

老太太临死前，知道我曾是德共党员……波尔舅舅终于不再镇定，他像孩子一样呜呜地哭起来。

钟叶劝说波尔舅舅不要再想过去的事了。一切都过去了。一切都已经成为不可更改的历史。她搀扶着波尔舅舅，走进一家咖啡馆，慢慢地坐下来。

波尔舅舅慢慢平息了情绪。他喝着咖啡，告诉钟叶，老太太死后，他把西柏林的房子卖了，虽然两德统一了，但波尔还是想回到原来的民主德国，于是在东柏林生活，再后来……因为初恋情人，也就是娜塔莎的缘故，又来到科隆……买下了这个老旧的房子，余下的钱他捐给了慈善机构。

波尔舅舅说，钟，你说……当我听了你祖父钟谭林的故事，怎么能不心潮澎湃呢？他是为自己的追求而走过一生，这很重要。我是为自己的追求而活着吗？我心里装着太多要说的话……

那天，钟叶陪着波尔舅舅，坐在弥漫着香味儿的咖啡馆里，看着阳光下的小广场，看着很少在阳光下耸立的大教堂。

后来，他们默默地坐了很长时间。

转天傍晚，戈迪亚来了。

三天没见，戈迪亚似乎精神焕发，眼睛里闪着异常明亮的亮光。

果然，精神愉悦的戈迪亚，带来一个好消息，更确切地说，是对戈迪亚来说的好消息。她告诉波尔舅舅，艾瑞克过几天到科隆来。随后，波尔舅舅立刻向钟叶转告了这个消息。

钟叶觉得是个坏消息，脸上立刻没有了笑容，说，那么……我就走吧。

为什么走呢？波尔舅舅说，他说不定是向你忏悔来的。他请求你原谅，然后护送你一起回巴黎。

望着波尔舅舅恳求的目光，钟叶尽量把紧张的语气放松下来，她说他要真有这样的心思，为什么不直接告诉我，而是通过别人转告呢？

钟叶的目光越过波尔舅舅，看向了另一间屋子。戈迪亚正在那间屋子里收拾什么东西。想必是为艾瑞克收拾。钟叶看得气愤。波尔舅舅明白钟叶目光的意味，但还是劝说她，不要计较这些枝节小问题。钟叶没说话。

戈迪亚收拾完了，走过来，坐在钟叶的旁边，温和地看着她。钟叶似乎也不好发火，是呀，要是责怪也只能责怪艾瑞克。这是钟叶的特点，她不会责怪戈迪亚，她没错，一切错误都在艾瑞克身上。钟叶不会像中国女人那样，当丈夫情感出了问题，不是找丈夫“清算”，偏要找那个所谓把丈夫“拉下水”的女人。钟叶不会的。

波尔舅舅能够看出来钟叶和戈迪亚在一起时没话可讲，于是建议一起吃饭。他要亲自下厨，做一顿丰盛的晚宴。钟叶说，不用费心，也不用费力，简单一些吧。

其实，也还就是那么简单的几种饭菜。当然少不了波尔舅舅的拿手好菜，黄油焖洋葱，并且一定加入羽衣甘蓝，而且还要把烫过菜的热水，倒进锅里做肉丸子。除了这些拿手好菜，一定还要继续喝他的“科涅克”酒，一定还要用一只绿色的杯子装酒。这是波尔舅舅最好的晚饭配置。

那顿波尔舅舅的拿手好饭，其实只有他自己吃得津津有味。戈迪亚吃得心不在焉。钟叶也是吃得索然无味。

因为，艾瑞克要来了。

拾叁

科隆的夜晚，因为艾瑞克即将到来，钟叶再次陷入失眠之中。她站在窗户前，望着寂静的科隆的街道。此刻，她想念未曾见过面的爷爷钟谭林，也想起艾瑞克的外祖父科林。曾经志向相同的两个人的后代，如今却面临着情感破灭、婚姻危机的地步。她忘不了波尔舅舅精神苦痛的面容，他始终纠结自己走过的道路，一会儿忏悔，一会儿反思，一会儿坚定；她也忘不了波尔舅舅讲述父亲科林时的悲壮、向往、内心的崇拜，还有其他复杂的心绪。在人生之路上，最为牵挂的，不是物质的东西，永远都是精神上的。钟叶再一次这样认定。

科林从江西前往新疆。

这是一条漫长的路，也是一条生命随时可能结束的路，尽管有人护送，但谁也不知道会发生什么突如其来的事。科林一路上小心谨慎，虽然离开了赣南苏区，但他的心始终还在那里，想在那短暂时间里的诸多感受。特别是李德面对中共领导人时那种颐指气使的姿态，科林觉得非常失望，他认为只要李德执掌中共军事指挥权一天，中国革命就不会胜利，就会流淌更多的热血、牺牲更多的人，乃至最后失败。

但科林只是一个小人物。如今，他连自己的生命安全都不能掌握，只能听天由命走下去。

足有小半年的时间，躲打仗、躲兵匪、躲瘟疫，躲躲闪闪、走走停停，终于来到广袤的新疆边地。前往苏联的路就在脚下。科林甚至嗅到了苏联伏尔加酒的热辣气息。但是没有想到，最后护送他来到新疆的人，在把他交给当地交通站之后，第二天立刻被“新疆王”盛世才的人抓走了，迎接科林的人，面对这样的突发情况，一时也不敢贸然靠近科林，担心发生意外。于是，费尽艰难来到新疆的科林，一下子悬在了半空中。

按照最初的约定，科林来到新疆后，要重新变回矿业专家的身份，然后由中共驻新疆办事处向苏联方面打报告，告知科林前往苏联，等待苏联政府批复之后，就可以过境“勘探地矿”了，边境也会有人接应。

但是，迎接科林的人，迟迟没有出现，连续几天，一点儿消息都没有。

科林哪里知道，中共新疆办事处派来接应的人，其实没有走远，就住在同一个旅店、就住在他的隔壁，始终在暗中保护他，主要是看看盛世才下一步还有什么动静。当然，一旦涉及科林的生命安全，接应的人肯定会保护他。

盛世才是一个狡猾、投机的人，随时都在变，虽然那时候他跟苏联亲密无间，在秘密出访苏联时，斯大林三次接见他，盛世才还想加入苏共，成为一名苏共党员。苏联政府考虑到各方关系，尤其是担心与国民政府的关系，所以没有答应，但后来他还是秘密加入了，可是最后又跟苏联分道扬镳，势不两立了。当然，这都是后话了。

当时，茫然无知的科林心中慌乱。晚上绝对不敢出去，白天偶尔在街上走一走，精神像是断了线的风筝。躲在屋里的时候，他就阅读随身携带的列宁的书，那本书的书皮，已经卷了边。闲暇的时候，他就吃“列巴”，这是一种俄罗斯特产的面包，小的大约一斤重，大的则有三斤重。科林买了一个大的，这样可以减少他出门的时间。但因为放的时间长，有些硬了，他就泡在开水里。吃着“列巴”，想着自己接下来要做什么，还有自己未来的前途。

这天，住在隔壁的一个老人找科林借火柴，点着了烟，却不走，老人会几句俄语，拿着烟卷跟他聊天。老人个子小，头大，驼背，说是搞皮货生意的，经常在新疆和苏联之间来往，因为这几天突发腿病，暂时走不了啦。科林不敢跟这位小个子老人更多搭讪，担心有诈，每次老人敲门借火柴，他只是应付几句，然后就以老人的俄语他听不明白为由，立刻关上门，还要用桌子把门抵上。

高度警觉的科林，知道新疆是一个复杂的地方。虽然苏联支持盛世才，但是共产国际反对苏联的支持，认为盛世才这个人不可靠，随时可能背叛共产主义理想。但是苏联政府有自己的想法，毕竟数千公里的边境接壤，一个亲苏的稳定的新疆，对苏联安全是有利的。因为在此之前，新疆这块宝地除了苏联想要控制之外，英、德、日也都插足这块土地。英国唆使沙比提大毛拉和伊敏在喀什建立“永久民主共和国”，还设立天主教堂。法国人在迪化开设洋行，瑞典人在英吉沙还建了一所医院。教堂、洋行、医院，这些设施看上去很正常，表面上都是普世价值的体现，但实际上则是列强渗透新疆的计谋之一。这里始终就是各方势力互相绞合的地方，形势非常复杂。尤其盛世才掌握大权后彻底投靠了苏联，把苏联人之外的外国人全部逮捕，还把洋行和天主教堂关闭了。表面上看起来，苏联完全影响了新疆，实际上并非如此，盛世才与苏联之间也是互相利用的关系。那时候苏联政府不知道，几年以后的1941年，当苏德战争爆发后，盛世才又把苏联一脚踢开，继而转投国民政府。当然这也是后话了。

必须重视的是，盛世才是一个什么事都可能做出来的人，因此中共方面非常小心，即使与中共“蜜月”期间——盛世才借助苏联力量，帮助中国共产党培养飞行员——也是格外小心盛世才突然翻脸。眼下既要保证科林的安全，把他安全送到苏联，好对共产国际有个交代；同时也要保证中共人员在新疆的生命安全。

科林不知道，住在他旁边客房的小个子老人，是一个武功高强的中共党员，就是他负责暗中保护科林。

七天过去了，科林安全无恙，小个子老人向有关方面做了汇报，上级决定开始“转运”科林。

与往常一样，并没有特别意味的某个黎明，小个子老人敲了科林的房间——按照三下轻、两下重的节奏——敲完之后，算是与科林进行了接头。激动的科林听完暗语，立即把屋门打开一条缝，他惊讶地看见旁边客房那个小个子的驼背老人站在门前，原来他不是驼背，而且个子一点也不矮，仿佛一个能把自己身体进行变幻的魔术师。

科林急忙把老人让进屋，又在楼道里看了看，确定没有危险后，他才关上门，他转过身来，紧紧握住老人的手，那一刻他非常激动，眼睛里闪烁出激动的泪花。

在那个带着朝霞的黎明，科林在中共有关人员的护送下，终于安全地走出了新疆。

科林哪里想到，来到共产主义理想的大本营苏联，他并没有安全，反而受到严密的监视。并且在第二年，因为怀疑他是叛变投敌者，没经审判就把他关进了监狱，两年多以后，又把他送到遥远的沃尔库塔。

沃尔库塔距离北极圈很近，一百六十公里左右，被称为“北极的珍珠”，是一个采煤中心。1932 年的时候被苏联政府建成劳改营。在这个劳改营里关押的犯人，其成分非常复杂，有日本人、美国人、中国人，也有苏联人。

科林是在冬季、一个刮着凛冽寒风的时节被押送到沃尔库塔的，那时候他才真正领略到了什么叫寒冷。他感觉身上不仅没有衣服，连皮肤都被风刮跑了，只剩下了身上没有任何遮掩的肉。

除了寒冷，还有极为繁重的劳动，面对遮天蔽日的原始森林，完全人工砍伐、人工搬运树木，一百普特（俄国重量单位，1 普特相当于 16.38 公斤）重的巨大树干，必须四个人把它扛走，不能多一个人，否则就要被看管他们的士兵扣除已经少得可怜的口粮。巨大的树干几乎压断了他们的腰。许多人在砍伐树木时被砸死，在搬运树木时累死。

除了每天繁重的伐木劳动，吃饭、穿衣、住房……所有的一切，都要依靠自己的力量解决。漫长的冬夜，他们在四处漏风的地窝子里挤作一团，互相借助别人的体温取暖。

唯一不能借助的则是饥饿。

每天无时无刻不存在的饥饿，无论白天还是夜晚，它时刻伴随。饥饿就像无数个有着尖尖嘴巴的小虫子，起先是每天在啃噬这些政治犯的肠胃，后来则是啃噬这些政治犯的精神。饿极了的时候，有人试图去杀偶然出现的黑熊，结果没有杀掉黑熊，自己反而被黑熊吃掉，场面极其恐怖。人的内脏被黑熊拖得遍地都是。后来有人开始琢磨，怎样才能吃自己，因为自己吃自己，相对还是比较安全的。有人曾经用刀子剜自己胳膊上的肉，因为饿得来不及躲藏，当着其他人的面，就开始狼吞虎咽地吃起来。任何人嘴巴在动，对于其他人都是极大的诱惑。那个自己吃自己的人，终于引火烧身，有的人扑上来开始抢吃他的肉。刚开始是一个，后来是两个……此时，要不是有头脑冷静的人出来制止，那个犯人极有可能就被众人彻底吃掉了。谁都明白，一旦开了吃人的先河，局面很难控制，将会发生更大的悲剧。劳改营管理者也发现这是一个极端危险的事，后来下令，只要发现有人试图吃人，哪怕就是自己吃自己，士兵们也会开枪把人打死，然后立即拖走烧掉。也不能掩埋，因为那样的话，有人就会把死人挖出来吃掉。所以立刻烧掉尸体，不留任何痕迹。

科林还要面临另外一个难题，似乎比吃不饱饭还要难以忍受的是，苏联士兵不允许他说德语，呵斥说，听到他说德语，他们就好像在吃干面包，把喉咙都给刮坏了。士兵用枪指着他，逼他学讲俄语。科林会一点俄语，说得不流利。但在枪口的威逼下，科林也只好讲俄语，他在心里说，俄语才真是干面包一般的语言，而且还是谜语一样的语言，就像他不明白自己追随共产主义，却在列宁的国度里被无理扣押、投进监狱一样。这个列宁的国度，到底发生了什么？为什么如此荒谬、残暴？

科林在度过最初困顿、迷茫、无助的日子之后，终于迎来了北极圈的春天。荒无人烟的原野上，在那些高大粗壮的大树下面，小草悄悄地绿了起来。尤其是一些大石头下面的小草，它们顽强地挤出来，尽管因为大石头的重压，人们很难看见它们，但这些顽强的小草，依旧不顾一切地绽放自己的生命，向严酷的世界表达自己的畅想。

科林蹲下身子，爱怜地端详着大石头下面的小草，他看了好长时间，要是没有身后士兵的威严断喝、枪托猛烈地砸落在他的后背上，他极有可能一直那样看下去，他甚至幻想自己也变成了一棵小草。那个时候，小草比人更幸福。

后来发生了历史性的改变。

1950年民主德国的建立，让科林感觉出现了生命的曙光。这时候，已经在劳改营“改造”了多年的科林，在经过无数次衷心表达愿望、想要回到祖国去建设、要在欧洲实现共产主义的伟大理想之后，他终于走出了劳改营。因为苏联方面无论怎么查找，也没有找出他有叛变的事。没有任何结论，没有道歉，只是释放了他。

科林在走出劳改营前，一个被关押的苏联人，也曾是被美国雇用的特务，小心地劝慰他，回到社会主义的民主德国，你要小心呀。科林反问他，为什么要小心？那个被美国思想完全洗脑的苏联人小声地说，共产主义嗜血，他们会吃掉你，喝你的血！科林怒不可遏地打了那个家伙一个大耳光，一字一句地说，那是我的社会主义祖国，我回去就是要流血的，甚至不惜牺牲我的生命，因为我要建设自己的祖国！随后，科林把那个美国特务的言行报告给了劳改营。

就在科林离开劳改营的那个散满花朵的春天，那个劝慰他小心“共产主义嗜血”的苏联人，被两个持枪士兵押解着，身上捆绑着粗重的棕色麻绳，非常艰难地上了一辆皮卡，随后被一个士兵用枪托打倒在车上，车轮沾满泥土的车辆，在一片烟尘中不知道开向了哪里。所有看见这个场景的人，都能清楚被枪托打倒之后的那个人，一定蜷缩在皮卡上，正在痛苦地呻吟。也有可能在皮卡上就被结束了生命。

那辆脏兮兮的皮卡，就是一辆运尸车。半个小时的路程，两个士兵的枪托足可以打死一个人。

科林在异国他乡受尽苦难之后，终于回到了祖国。

科林感到那样新鲜，似乎一切都是新的。他禁不住站在东柏林的大街上，大口吸着祖国的空气，热烈高呼着口号。街上的人看着他满脸的胡须、破旧的衣服还有他满脸的泪水。他突然跪在地上，亲吻着祖国的土地。

科林在回到民主德国的第一年，和一位纺织女工相识、相爱，第二年他们有了儿子，也就是波尔。几年以后，他们又有了一个女儿，那个女儿就是后来艾瑞克的母亲。

波尔舅舅向钟叶讲述着父亲科林在民主德国时期生活的故事，尽管那时候他还小，关于父亲科林的一切，完全是后来他听到的父亲回忆或是从其他渠道得知的，但波尔舅舅讲述的时候，仿佛他在现场一样，甚至已经走进父亲科林的心里，科林想什么他好像都能知道。

波尔舅舅告诉钟叶，父亲科林刚回到民主德国的时候，他没有做自己的采矿专业，甚至一辈子都没有再触摸矿业，而是在一个名叫“卡尔·马克思”的制作旗帜的工厂里做工人。科林每天住在厂里，几乎很少回家，把家、把儿子波尔还有后来的女儿，一股脑地全都扔给了妻子，以至于做纺织女工的妻子，后来不得不离开纺织厂，回到家里照顾孩子。

工人科林充满着无穷的精神力量。他决心要把民主德国建成世界上最富强的国家。他认为，要想完成这个理想，就要团结起来。如何团结，那就要在整个民主德国的大地上到处飘扬着党旗，要让每个人睁开眼睛，就能看到猎猎作响的旗帜。在全厂工人大会上，他字正腔圆地朗读德共机关报《新德意志报》上的文章，他还带头带领大家唱党歌“党啊，党啊，她永远正确。同志们，这颠扑不破，谁为正义而斗争，反对谎言，反对剥削……”

科林完全投入到工作中，也不能说他不惦记家人。他最惦记的家人，就是儿子波尔，他惦记的缘由，就是想要儿子长大后，能够继承他的共产主义事业，追随他的伟大理想。科林最直接的办法，就是向儿子灌输自己的理想还有自己的生命追求。除了见到儿子、肯定要给儿子唱党歌之外，还从生活上严格管教儿子。

有一天，科林看见儿子波尔脖子上戴了一个十字架，他面容严肃地问儿子为什么要戴这个丑东西？波尔讲“因为好看”。科林告诉儿子，你的父亲是共产党员，信奉马克思主义，所以你不能戴十字架，那是可怕的宗教。马克思主义者怎么能够信奉宗教呢？

年幼的波尔不解地问父亲，你是共产党员，我不是呀？

将来你会是的。科林说，所以，你要从现在开始，与这些愚蠢的东西划清界限。

科林一把从儿子脖子上扯下十字架，愤怒地扔出了窗外。因为推开窗户的力度过大，十字架已经扔下去了，两扇窗户还在摇晃着。

波尔舅舅至今还记得另外一件事，也是给他留下了深刻印象。

有一年春上他得了病，起先是咳嗽，随后身上起了好多红点。因为父亲科林忙于生产任务，加班加点工作，要把十天的任务五天来完成，要在党的生日前做出一万面党旗，送到全国各地，用来纪念党的生日。其中还要生产出来十面巨大的党旗，有多大呢？一面旗帜可以覆盖十层高的大楼。他已经连续十几天没有回家了。那时候，科林已经升任车间主任，当然要比以前更忙了。身体糟糕的母亲没有能力送儿子波尔去医院，于是到了药店，买了“泼尼松龙”给他吃。但这种药是治疗过敏性炎症的，与波尔的病不同，没有对症吃药。波尔吃完药后，反而病情加重，全身起满了可怕的红点。穿着工作服、双眼布满血丝的科林只好回来，极不耐烦地把他送到医院，然后重新回到工厂，继续做他的旗帜。已经上小学的波尔，独自一人躺在病床上，那时候他想，世界上所有的共产主义父亲都是不管住在医院生病的儿子吗？

波尔住的医院位于“起义者林荫大道”的东部，不远处有个地铁站，叫“起义者站”，母亲每天坐地铁来医院看望波尔，这给了少年波尔极大的精神安慰。有一次母亲看望他后，波尔悄悄跟了出来，他就是想要看看母亲的背影。在那条树木茂盛的林荫大道上，母亲的背影越来越远、越来越小，波尔忍不住哭了起来，他的哭声飞上了树梢、飞上了树叶，树叶随着风飘向前方。母亲看见了飞来的树叶，好像听见了随着树叶飘来的哭声，她猛地回头，果然看见站在医院大门口的儿子，她又不顾一切地跑回来。病弱的母亲还没跑上几步就摔倒了，但是爬起来，接着往回跑。波尔穿着病号服，也跑向母亲。母子两个人跌跌撞撞地跑向一起，拥抱在一起，然后号啕大哭。

父亲科林不来医院看望儿子，但在波尔住院期间，科林竟然带着工厂的同事前往“人民大团结俱乐部”跳舞，母亲拉着父亲要来医院，科林不来，说他们跳舞是政治任务，因为他们提前完成了生产任务，他们要集体庆祝党的生日。波尔当时在病床上恶毒地诅咒，希望这辈子都不要看到父亲。后来当他病愈出院，走进“起义者车站”的时候，他发誓一定要起义，要对父亲科林发起攻击。他要跟科林势不两立。

但，生活和人生永远不可预料。

多少年以后，波尔竟然追随父亲科林，在大学毕业那一年加入了德共，后来还和父亲在一个工厂上班，成为父亲手下的一员，共同生产德共党旗。最为相像的是，后来母亲同样病重住院并且直至去世，波尔和父亲科林都没有看那个可怜的女人最后一眼，父子俩在工厂里共同奋战。当父子俩忙完工作，赶到医院时，那个可怜的女人已经躺在了冰冷的太平间里。

1961 年的 8 月，沿着东、西柏林的分界线，在柏林境内修筑起了一道“柏林墙”，西柏林人进出东柏林要经过边境站的检查，还要办理入境手续。

已经是旗帜厂厂长的科林，热烈欢呼柏林墙的建立。因为他听说，之前民主德国有很多人跑到联邦德国去了，其中有大量的技术人员，照此下去，民主德国所有重要企业有可能陷入生产瘫痪的可怕状态。如今好了，带着铁丝网的高墙建起来了，谁要是再跑，那就是犯罪，有可能刚刚爬上墙、刚刚翻过半个身子，就会被哨兵开枪打下来。那时候，东德的人不知道，自从战后到1961年的夏季，跑走的东柏林人接近二百万，而且还都是重要的技术人员，所以才在苏联赫鲁晓夫的大力支持下，民主德国几乎在一夜之间修建起了柏林墙。

科林左手拿着吐司面包、右手拿着腌黄瓜，兴致勃勃地在工厂大院里巡视，仿佛一条兴奋的公狗。有时候波尔也会跟在他的身后，小狗一样，随着厂长父亲的喜怒而喜怒。即使回到家里，也依然还是工厂里的状态。波尔面对父亲，非但没有起义，还做了顺从的小狗。

科林希望儿子能够成家，可是波尔不想成家，他反过来劝慰父亲，有了家庭的拖累，还怎么建设强大的社会主义？科林怔了怔，猛地拍了一下儿子的肩膀，高兴地大笑起来。

也不能说波尔没有爱情，就在他跟着父亲大干社会主义的时候，他的初恋情人出现了。

有一天，波尔在卫星电车上，迎面看见一个身材瘦削但是女人所有部位都很明显的姑娘，他看着，那个姑娘也看向他。就在两个人迟疑的片刻，双方同时喊出来，“你是波尔”，“哦，你是娜塔莎”。

波尔和娜塔莎自从离开校园，好多年没见了。那天，两个人在卫星电车上聊得热火朝天，竟然忘记了下车。卫星电车是东柏林的一道风景，是绕西柏林的环形电车。偶遇在电车上的他们，那天也不知道把西柏林绕了多少圈。

波尔和娜塔莎开始联络起来。那时候的娜塔莎，已经不再学习电子，开始学习法律，发誓要做个优秀的律师。波尔没有恋爱，娜塔莎也没有恋爱。他们来往频繁，但奇怪的是，只要娜塔莎不小心触碰到恋爱话题上，波尔就立刻转变话题。最初的时候，娜塔莎有些不解，后来也就习以为常。几十年之后，已经离婚，再也没有结婚的娜塔莎，站在保留的那段柏林墙前，曾问过处理完毕妻子后事、重新回来的波尔，你当时在卫星电车上看见我时，是怎样的心情？波尔嘴唇轻微地抖索，什么都没有说。已经身材臃肿的娜塔莎，慢慢地转回身，沉重地走了。

钟叶问波尔舅舅，您当年爱过娜塔莎吗？

我们有过一张合影，唯一的一张合影。波尔舅舅轻轻地说，那是用“奥尔沃”胶卷拍照的照片，我至今还保留着那张照片，可是我……从来没有看过。因为那张照片照得太好了，我们俩笑得那样开心……

波尔舅舅戛然而止，什么都不说了，但他的眼圈已经红了。

在 1984 年波尔通过婚姻“逃”往西柏林之前，已经有五六年的时间，波尔开始陷入折磨人的思考中。而这些思考，则是来自父亲科林的诸多行为。

厂长科林每天上班前，带领工人们在礼堂唱党歌，唱完后工人们再去上班。其中有一年圣诞节前，科林厂长召开大会，号召共产党员带头，不能过圣诞节。

科林站在台上，声音犹如炸雷，激昂地喊道，同志们，圣诞节是宗教的节日，而宗教的节日那是属于阶级敌人的，是用来迷惑我们工人阶级的，党员同志们，我们一定要擦亮眼睛，不能让阶级敌人迷惑我们的双眼。共产党人要带头，不过圣诞节！永远不过圣诞节！

窗外飘着雪花。礼堂里鸦雀无声。科林急了，他再次举起拳头，高呼“不过圣诞节”，终于有了响应，开始声音单薄，后来逐渐热烈，再后来声音震耳。震耳的口号声冲出大礼堂，仿佛大风一样，把窗外晶莹闪亮的雪花冲击得纷乱不堪。

科林厂长流下眼泪。随后，他举起胳膊，再次带领大家唱党歌，“……谁捍卫人类，谁就永远正确。她从列宁思想中生长，由斯大林焊接，党啊——党啊——党！”

已经唱完了党歌，但是科林厂长举起的胳膊依旧没有放下来，他雕塑一样在台上一动不动。全场掌声更加热烈。

波尔看着台上激动的父亲，却突然想起了母亲去世时躺在太平间里的样子，她蹙着眉，嘴角紧紧地抿着，仿佛一肚子的心事。还有妹妹，一个几乎被家庭忽略的人。自从母亲去世后，妹妹完全一个人生活，但她学习勤奋，成绩优良，后来前往法国留学。

波尔觉得由于父亲科林的缘故，他的家完全被冲乱了，家中所有人都成为科林的精神附庸，始终围绕着他的节奏生活和思考。更让波尔感到困惑的是，他与其他人产生了隔阂，这种隔阂非常微妙，比如平日里大家也是与他谈笑风生，但只要转过身去，他就会发现人家眼睛里有一种怪异的神情。看上去都很融洽，但他却没有一个可以说心里话的人。他感觉跟所有人之间，都有一堵看不见的深厚的墙。

父亲科林虽然在大众场合意气风发，没人的时候却是另外一个样子。他曾经跟父亲科林有过一次比较深入的谈话。

那天是德共的“生日”，因为科林闹肠炎，他在开完纪念大会之后，立即回了家。从卫生间出来后，疲惫地躺在床上，好像大势已去的样子。波尔问父亲，你哪里来的坚强的意志，为什么在沃尔库塔遭受那么多年的身体折磨和精神折磨，还如此坚信自己的信仰？科林没有直接回答儿子的问话，而是陷入沉思之中。看得出来，他有很多的不解。他说他对共产主义的信念，就是在沃尔库塔奠定的。波尔问父亲，那么现在呢？科林依旧没有回答儿子的问话。是呀，科林怎么回答，那时候昂纳克政权的贪腐，还有对人民的各种精神压制，相信科林不会不知道，任何一个生活在民主德国的人都能在心里感受到。尤其是通过向联邦德国“输送”囚犯来换取数十亿马克的不光彩的行为，东德政府已经在东德人心中坍塌下去。东德人的起义，其实只是一个时间问题。

波尔清楚地记得，在他 1984 年逃往西柏林之前，他也曾经犹豫过，尽管退休的科林已经住到“马克思公寓”去了，也不需要他太多的照顾；尽管科林脑子已经糊涂，儿子的逃离人们也不会告诉他，但波尔依旧相信，作为父亲，科林会能感觉到的，只要在他已经糊涂的脑子里，哪怕留下一点儿子逃离的信息，也会给病中的父亲科林带来精神上的致命打击。

精神反思的波尔逃向了西柏林，去给那个瘫痪在床的老女人念《简·爱》，但是五年以后他又回来了。他听到了那么多关于柏林墙倒塌后的故事，虽然他没有亲眼目睹倒塌后的场景，但犹如他在现场。

倒塌的那天晚上，百万多的东柏林人，或是坐着白色甲壳虫计程车，或是开着蓝色特拉比私家车，或是骑着自行车，或是徒步，向没有了“墙”的西柏林进发。所有的西柏林人热情欢迎东柏林人，在饭馆里可以免费吃饭，在咖啡馆里可以免费喝咖啡，在广场上可以互相拥抱，仿佛久别重逢的亲人。东、西柏林的人，尽情地欢呼柏林成为一个柏林，德国成为一个德国。

波尔在两德统一后的第二年，定居在了科隆，当然因为娜塔莎的缘故。他想住在娜塔莎的家乡，想要借此怀念自己美好的初恋恋人，尽管那时候娜塔莎并不知道。

那年他前往柏林。当统一后的热情逐渐消退，一切开始恢复平静。原西德想要努力抹平东德的一切痕迹，但还是遗留着原来的痕迹。比如原来的东柏林还有“台尔曼街”，自行车道还是红色的，只是要按照欧盟的标准，要在外墙上进行保暖处理。当然，“台尔曼街”很快改了名字，怎么能让这个德国共产党主席的名字遗留在大街上呢？

有人开始怀念那堵墙，站在残留的墙壁前，端望着，久久地看着。

波尔也曾站在那里端望，当然身边还有情人娜塔莎。还有他和她之间简单的对话，以及无语的心境。

第十四章　在鲁斯彻斯大街

波尔舅舅终于要带钟叶去柏林，更确切地说是去曾经的东柏林。

是去旅游吗？钟叶问。

算是旅游，也算是“上学”。波尔舅舅认真地说。

钟叶有些糊涂。

在科隆的这段时间里，波尔舅舅向她讲述了几十年的心路历程，也包括他的父亲科林的人生旅程。直到很久以后，钟叶才猛然明白波尔舅舅的苦心，他是在挽留她和艾瑞克的爱情，挽留他们的婚姻。他用的方法是首先解剖自己，要让钟叶看见教导艾瑞克成长的人，到底是一个怎样的人。然后再让钟叶自己去想办法，如何去铲除她和艾瑞克之间的情感病灶。想必波尔舅舅也会对艾瑞克这样用心辅导。

波尔舅舅说“上学”的地方，就在那条欧洲尽人皆知的大街——鲁斯彻斯街 103 号。曾经的东柏林。

科隆是阴天，来到东柏林还是阴天。钟叶总是在心里祈祷，快一点升起太阳，如此下去，她觉得自己真要被冻病了。

钟叶嘴唇发白地跟着波尔舅舅，缓慢地站在了鲁斯彻斯街上。这里是当年“施塔基”总部原址，也就是原民主德国国家安全部所在地，现在改建成了一座庞大无比的博物馆。

您为什么要带我到这里来？钟叶望着大楼，问。

这里……应该来呀。波尔舅舅无比感慨，在这里你就能看到我过去的灵魂，看见了我的灵魂，也就看到了艾瑞克的灵魂。当然，还有许多东德人的灵魂。

钟叶情不自禁地挽起波尔舅舅的胳膊，波尔舅舅看着她，用中文说了声“谢谢”。

这里不像传统意义上的博物馆，更像是一片普通的居民区，都是灰色的普通建筑，有 49 栋大楼。这些大楼彼此相连，曲径通幽。可以从这座大楼走到另一座大楼，可以在大楼之间自由穿行，仿佛走在不见天空的地道里。

在一间面积辽阔的大厅里，到处都摆满了玻璃柜子。波尔舅舅告诉钟叶，玻璃柜子里的展品都是解密文件。波尔舅舅随后再作解释，所谓的解密文件，就是当年民主德国百姓之间互相揭发检举的信件。

钟叶站在一个展柜前，让她感到恐怖的是，这些信件都是原件，基本上都是手写的，只有很少一部分信件是用打字机打印出来的。那些手写的信件，看上去写得极为规整，一笔一画，基本上没有改动的地方，看得出来，写时特别小心、用心、细心。

钟叶看不懂德文，所以只是看。波尔舅舅继续给她解释，告诉她，许多信件都是亲人之间互相揭发的信件，有父子之间、父女之间、母子之间、母女之间，当然也包括夫妻之间，他们在揭发亲人时讲了许多恶毒之言。

钟叶俯下身子，仔细看了看，说，从这些字迹上来看，他们写的时候，手一点都没有抖动，心平气和的。

是呀，这才叫可怕呢。波尔舅舅眯缝起眼睛，慢慢说，两德统一后，这些揭发信件都解密了，所以政府拿出来展览。许多人都在这里看到了当初的自己，看到了自己的丑恶……当然，也看到了自己的天真。

都看到了……最后又是什么样的后果？钟叶问。

刚开始展览的时候，人山人海。哎呀，许多家庭……分崩瓦解了。波尔舅舅叹口气，尤其是夫妻之间互相揭发的，他们当即离婚了，那年东德离婚率奔上了最高点。

钟叶看着波尔舅舅，问，政府为什么要拿出来展览？

要想治病，就要彻底。波尔舅舅叹口气，彻底治病，需要勇气呀。

钟叶轻轻叹口气。

波尔舅舅忽然自嘲地说，钟，你是不是也想问我，我做过揭发亲人的事吗？

我没有那个意思。钟叶急忙解释。

没关系。波尔舅舅冰冷地说，在那个年代，谁要是没做过这样的事，那才是不正常的人呀，我们都告发过、陷害过别人，也被别人告发、陷害。我就告发过父亲科林，说他有一天在家里喝醉了，哭喊着、痛骂斯大林……等他酒醒之后，不住地问我，昨晚上都说了什么。我说你什么都没有说，但我还是写了揭发信，那封揭发信，我写了两封，但是只寄了一封信，我只是说科林抱怨，没有讲他攻击斯大林。

结果呢？钟叶小心地问。

波尔舅舅说，他受到了批判，在全厂大会上做检查。我想……这件事也促成了他后来得病……

假如您写了他痛骂斯大林……那会怎样？钟叶问。

波尔舅舅说，那样的话，他可能要被关押起来了……

钟叶感到波尔舅舅身子特别僵硬，赶忙上前搀住他。

我是从那个特殊年代走来的人，所以……我一定下意识地影响了艾瑞克。波尔舅舅自我检讨说，我身上有猜疑、敌意、过多自我保护等等，艾瑞克身上也有。精神也能遗传的。只不过在不同时代，被遗传者会用不同的方式表现出来。

听着波尔舅舅的话，钟叶想起第一次看见他时，他眼睛里闪烁出来的目光，确实有着不易察觉的猜疑、警惕，甚至是敌意。

况且我在婚姻上还做过那么难以启齿的事……波尔舅舅低下声来。

我们不说了。钟叶急忙搀住波尔舅舅，向展厅外面走去。她不想再让波尔舅舅提起他与西德老妇人的婚姻，总是撕裂一个老人的内心，这也是一种残忍。毕竟波尔舅舅也是老人了。

走出阔大的展厅，又来到旁边的一间屋子。

这间屋子小了一点，但是弥漫着阴森之气——在这间屋子里展出的，则是东德时代的各种窃听装置，还有秘密警察使用的各种跟踪、暗杀、绑架等秘密手段的详尽介绍。

波尔舅舅指着一个小手指肚儿大小的窃听器，说，当时的东德，每160个人中就有一个秘密警察。秘密警察监控的范围，不仅是“敌对势力”的政治活动，还包括老百姓的日常生活，比如男女间的调情，一个星期里一家人倒几次垃圾，在超市里买了何种口味的香肠，这些琐碎的事全都记录在案。在柏林墙倒塌前夕，全国每天有8个人因为“破坏国家安全”的罪名被逮捕。人们互相揭发、互相监视，每个公民都生活在极度的恐惧中。社会主义不是这样的，不应该是这样的。怎么会是这样的呢?

两个人忽然沉默下来。

过了一会儿，波尔舅舅继续感慨。

生活在恐惧中的人，躲避恐惧的最好办法，就是继续制造恐惧。波尔舅舅说，所以罗马尼亚的独裁者齐奥赛斯库去孤儿院招募保安人员。

钟叶转过脸，看着波尔舅舅。

你们中国的文化大革命也是一样的。波尔舅舅说，你没有经历过文化大革命，你祖父钟谭林经历过，我不知道他后来的命运，但依照他的性格，他肯定会是一个受害者。

您怎么看我祖父？钟叶问。

哦，我是仰慕他的，他是一个追求信仰、坚定理想到底的人，当然他还是一个正直的人。波尔舅舅呼出一口大气，说，所以我想挽留你和艾瑞克的婚姻，因为在你的身上，我也看到了正直。看到了对不明白的东西有一种勇往追问的勇气，我知道你即使将来不和艾瑞克在一起，也要得到不在一起的原因。这一点我是欣赏的，否则我也不会邀请你来科隆。

可我父亲不是祖父的亲子，他们没有血缘关系。钟叶不想隐瞒，继续说，我祖父钟谭林，不是我血缘上的祖父。

艾瑞克已经在邮件里告诉我了。波尔舅舅说，我刚才不是说了吗，精神是能遗传的。

钟叶说，谢谢您能这样看待我祖父。

波尔舅舅笑着，点点头。

我们能喝杯咖啡吗？波尔舅舅征询道，我已经闻到咖啡的香味了。

当然。钟叶说。

他们走出展览室，来到旁边的咖啡屋坐下来。

这间所谓的咖啡屋，面积很大，但是无论怎么看，都不像咖啡屋，像会议室的样子。是的，这里最初就不是咖啡屋，就是办公室。

端来咖啡的人是一个老者。老者年岁不小了，大概七十多岁，他身材高大，穿着一身侍者样式的笔挺西装，长着一张鹰脸、一个鹰鼻，还有一双鹰眼。

老者把咖啡放好后，下意识地看了一眼钟叶；钟叶感到身上掠过一身冷汗，老者的目光也像是鹰的目光。

波尔舅舅看出钟叶的紧张，他小声说，这里的服务生还有展览人员，好多人都是当年安全部的人。

刚才那个老人，会不会也是当年安全部的人？钟叶问，

当然有可能，说不定还是一个级别不低的人物。波尔舅舅说，让他们还在这里工作，这本身说明什么？他们本身也是一种展览。当然，当局这样做，有些残酷的意味。可是没有人强迫他们来这里工作，完全是他们自愿来的，这又说明了什么？可能他们无比怀念这里吧，怀念过去的时光。但愿他们在怀念之中，还能有忏悔意识。

波尔舅舅还告诉钟叶，这间咖啡屋旁边的那间屋，就是当年东德安全部总监的办公室。

钟叶“哦”了一声。

他们慢慢喝着咖啡，慢慢说着话。

咖啡柔软的香气，一遍一遍涂抹着这里的阴森之气。

波尔舅舅依旧思想在过去的日子里，他说，过去的东德，成功制造了一个互相伤害的社会，民众为了躲避伤害，只有继续去伤害别人，当局是用了所谓的“大爱”来掩盖着无爱。那时候一个最高尚的论调，就是为了国家、为了人民。

钟叶说，是呀，中国的“文革”也是这样，表面上看起来，大家都是忠于一个高尚的理想，在这个高尚理想的光环下面所做的一切，因此也就都变成了高尚的行为。

说得好呀。波尔舅舅赞叹道。随后，他接着说，我为什么敬仰你的祖父钟谭林，因为他在 1949 年之后，敢于对他的上级，也就是那个陈子杰省长，说出真实的心里话，当然我也只是听了一半，但我能猜测出来他后面要说的话。一个人让人尊敬，就是要敢于讲实话。再说当时的东德吧。你也知道，我曾是东德共产党员。反思民主德国的崩溃，其实不是一个人的错误，也不是昂纳克一个人的错误，是所有东德共产党人的错误，为什么大家不能集体站出来抵制腐败、专权呢？至今所有抨击东德共产党的前共产党人，说到底都是有责任的人，他们都是“污点证人”，这里面也包括我。每个人都有推卸不掉的责任。是的，就是这样的。

钟叶看见波尔舅舅拿着咖啡杯子的手在轻微颤抖。

我羡慕你的祖父钟谭林，因为他始终走在一条自己选择的路上，而且坚定不移。波尔舅舅说，你肯定不相信我现在说的话，我听艾瑞克讲了，你在赣南“看见”了我慷慨激昂地抨击中国，现在怎么又讲这样漂亮好听的话？人就是这样，不断地变化，就像昨天艾瑞克提出跟你分居，过几天他可能又要向你忏悔，又要收回他的话。

这一样吗？您和他不一样。钟叶已经不把艾瑞克提出分居的事放在心上了，她已经觉得无所谓了。那天晚上艾瑞克抱着被子去了另一间屋子的背影，似乎在她心里已经开始模糊了。她好像相信了，时间是抹平愤怒的最好药品。

还是一样的。波尔舅舅诚恳地说，如果艾瑞克请求你原谅的话，也希望你像原谅我一样原谅他。过去我们之间也是有间隙的，可是……我们现在不是很友好地坐在一起喝咖啡吗？你和艾瑞克，将来也能这样。

钟叶能够感觉出来，波尔舅舅此刻讲的是真心话。她也能看出来，波尔舅舅内心非常复杂、矛盾，他为自己最初追求的信仰感到羞愧，但也为自己丧失信仰而感到无颜，他就是在这种矛盾心境中，不断地回忆、自责，不断给自己找理由，然后又去推翻那个理由。

波尔舅舅早就控制不住自己的情绪，他似乎要把所有的话都讲给钟叶——这个来自中国的革命者的后代。

东德体制的改变，不是东德人主动的，是被动的；当年柏林墙倒塌，许多东德青年与西德青年把酒言欢，但是酒醒后，许多东德青年都哭了，他们非常失落。波尔舅舅说，一个国家和一个人一样，最可怕的不是失败，一味地抨击自己过去做的事情，而不去反思自己为什么要做那样的事情，这才是最可怕的事。我们不能总是抱怨，要去做点什么。

我想去中国看看，不能总是“隔海相望”，艾瑞克父母也有这个想法，说不定他们也会相携去中国。钟，你不是曾说我们是“爬墙党”吗，是的，确是如此，但我们不能总是隔海窥探呀。你说是吧？

钟叶真诚地说，中国肯定欢迎你们。

我要是去赣南呢？

我做向导。因为我祖父埋葬在那里。我熟悉那里。我是赣南人。那里是我的故乡。一个人总是要回故乡的……哦，用我们赣南人的话说，是归故乡。“归”，就是“回”。

波尔舅舅仰望着灰色的天边，真诚地说道，现在世界上有人把东德的兴衰，看成是一场轰轰烈烈的大规模的社会实验的失败，是因为缺乏自我反思、自我改正能力的失败。

波尔舅舅说完了，脸上的神情肃穆庄严。

钟叶和波尔舅舅回到科隆的那天，艾瑞克也到了科隆。

艾瑞克消瘦了许多，亚麻色的头发没有了光泽，仿佛赣南一带老房顶上枯瘦的蒿草，无论怎样在阳光下看，都不再变换其他颜色了；他眼珠儿也彻底变成了灰色，结结实实的灰色。

波尔舅舅看见艾瑞克到来，非常高兴，张开双臂，热烈地拥抱。艾瑞克也是笑着迎接，但钟叶看出来，艾瑞克笑得很勉强。钟叶明白了，波尔舅舅让她来科隆，然后又把艾瑞克唤来，就是为了让他们在一个新的地方见面，如此可能会有一个新的心情。新的心情，可能会带来一段新的生活。

波尔舅舅亲自为他们烧好咖啡，放在他们面前，然后去了别的屋子。

只剩下了面对面的钟叶和艾瑞克。

艾瑞克开门见山，说道，波尔舅舅让我来，让我向你承认错误，恢复我们的关系。

钟叶不动声色地坐着。她想好了，只要艾瑞克向她承认错误，她就会原谅。起码看在波尔舅舅的苦心上，说不准艾瑞克真的回心转意了。

艾瑞克说，我向你承认错误，按照中国人的思维，我不该有“第三者”。

钟叶差点要乐出来了，去了一趟中国，艾瑞克也知道了“第三者”的称谓。

可是艾瑞克又接着说，我想……我们与其分居，不如……我们离婚吧。

钟叶尽管没有表现出来任何的表情变化，但心里却还是吃了一惊。她没有想到，会是这样的结果。艾瑞克哪里是来忏悔、请求原谅，竟然是来摊牌的！

我们真的不合适。艾瑞克表情倒也诚恳，说，我们结婚，是个错误。

那你为什么不在巴黎讲？

艾瑞克怔了一下，环顾四周，怯怯地说，是呀！

钟叶看着他。

艾瑞克像是醒悟了什么，说，一样的，这里也是我的家。

我明白了，这里的确是你的家，这里不仅有你的波尔舅舅，也有其他人。对吧？钟叶说着，眼前出现了一直追随艾瑞克的戈迪亚。戈迪亚好像就躲在纱帘的后面。她似乎隐约看见了戈迪亚金黄色的头发，

艾瑞克不说话了。

钟叶站了起来，走出屋子。艾瑞克没有动。

钟叶一个人在街上走着，她刚才出来时，波尔舅舅没有看见她出来。

科隆又下雨了。

这一次，钟叶没有感到冷，一点儿都没觉得冷，反而有一种热血沸腾的感觉。她在想，我可能已经适应了吧。

街道上有打伞的人，也有不打伞的人。不打伞的人都是男人。面无表情的男人穿着黑呢大衣，脖子上围着深色的羊毛围巾，脚下是闪亮的尖尖的黑皮鞋。他们光着脑袋，什么都不戴，就那样在小雨和冷风中大踏步向前走。钟叶看着他们，根本分辨不出来哪个是前东德的男人，哪个是前西德的男人。波尔舅舅能分辨出来吗？

钟叶走着，不知什么时候，竟然又走到了科隆大教堂前。是的，这里离波尔舅舅的家不远。上次她和艾瑞克来这里度假时，钟叶第一个来的地方，就是科隆大教堂。

凄风苦雨，没能阻挡来科隆大教堂的人。钟叶又再次审视这个永远在维修中的教堂。朦胧之中，她依然像是第一次来到这里。

教堂前面稍微带有一点儿坡度的并不宽敞的空地上，来自世界各地的人们，做的同一个动作，全都是仰起头，敬望着这座需要仰头才能看见顶端的教堂。这座科隆市最雄伟的建筑，这座持续用了六百多年时间建成的建筑，给人以震撼的感觉。尽管因为建筑石材的原因，它永远都有一部分被遮盖起来进行无休止的轮番维修，但没有关系，丝毫没有影响它的壮观。

钟叶终于走进教堂，唱诗班的歌声在教堂里悠然飘荡，糅合在空气中。教堂里面那样阔大、高耸，人走在里面，就像宇宙里的一粒沙子。她想起去年和艾瑞克来这里时的情境，当时她对艾瑞克说，爱情是万能的，它能够战胜一切困难。现在想来，却是这样幼稚。爱情不能战胜世间所有的一切，因为它只是爱情，爱情没有那么大的作用。

钟叶双腿跪在长条椅子下面的踏板上，双手合十，放在前面伸出来的窄小的木板上，她闭上眼睛，听着回荡在教堂里面的若有若无的歌声，她感觉自己的身体在慢慢升腾。

钟叶不知道在大教堂里面待了多长时间，当她走出教堂时，天已经微黑下来了，她站在教堂门口，一时间不知道该去哪里？

这时，手机响了。钟叶接听，原来是嫂子的电话，嫂子的声音都变了调，一个音节碎裂成了好几块——原来钟铁亮在去杭州灵隐寺的路上出了车祸，生命垂危，正在医院紧急抢救。

他去灵隐寺做什么？

不知道。嫂子哭着说，这些日子，他去了全国好几处寺庙。他说他要找什么……不知道他要找什么……

钟叶举着手机，脑子完全乱了。她又想问嫂子，关于他们孩子的问题，可是电话在一片杂音声中，断了。

她举着手机，在大教堂面前不断变换方向，开始给嫂子拨电话。她一边按键，一边想起曾经在梦中前往灵隐寺路上所看见的那句话，“你因何而来，为何而去”，这句话仿佛在她心中存念很久，不知道何时这句话已经走入她的心中，牢牢地扎根了，现在已经长成了参天大树。

钟叶望着教堂前面小广场不同肤色的人，不知道自己该去哪里。

就在这时，钟叶的手机又响了，她急忙接听，以为是嫂子，没有想到是戈迪亚，戈迪亚在电话里告诉她，说是艾瑞克想要通过她戈迪亚，向钟叶转告一句话，钟，你不是一直在追问，那天晚上艾瑞克为什么突然抱着被子去了另一间屋子吗？那天是艾瑞克祖母的忌日，艾瑞克从小跟祖母长大，每当忌日，他心情都不好，以前还能控制，但是那天他实在控制不了啦，所以想要独自一个人待着。在过去的所有日子里，只要是祖母的忌日，艾瑞克都要一个人待着。

钟叶下意识地反问道，当时他为什么不告诉我，后来我那么追问他，他就是不讲?

戈迪亚缓慢地说，艾瑞克觉得孤独悲伤……是他一个人的事，他想要一个人独自面对。

我也可以陪他一起为他祖母做点什么！钟叶说。

戈迪亚忽然轻微地笑了起来，你并不认识艾瑞克祖母呀?

不认识……钟叶下意识地重复了一句。

戈迪亚那边没有声音。

钟叶把手机从耳边移开，她终于知道了艾瑞克突然抱着被子去了另一间房子的缘由。在过去的那段时间里，她曾经那么想知道缘由，可就是不知道；当她不想知道缘由时，却又那么简单地知道了。

这时候，手机再次响起，这一次是嫂子的电话，可是她犹豫着，不敢去接，担心又将是一个击破她心灵的消息。

科隆大教堂的阴影，完全覆盖住了她。

科隆的细雨，越发浓稠了。

第十五章　无国界文化行动

独自回到巴黎的钟叶，当她打开屋门的瞬间，立即嗅到了一股荒凉、孤寂、冰冷的气息，那种可怕的气息弥漫在幽暗的房间里，甚至已经渗透到了墙壁、桌椅里。她望着被白布覆盖起来的沙发、家具、桌椅、柜子……遮掩得那样细致，就连沙发的扶手、床铺的边角……都被细细地遮好。这应该是艾瑞克的“杰作”，他就是这样细腻，但唯独对她心情却是粗糙。

我们之间还有爱吗？钟叶似乎在做最后的发问。当然，她是问自己。终于她摇了摇头。

她继续环顾着，似乎越是如此细致，也就越让她感到恐惧。她又退到了门前的位置，一动不动地站着，她知道这个家……她必须走了，也一定要走。尽管当飞机刚刚降落戴高乐机场，艾瑞克的手机信息就非常准时出现了，他依旧十分绅士地告诉她，房子她可以一直住下去。钟叶短信告诉他，她已经租好了房子，只是回去取走她自己的日常用品，还有她的衣物。在从科隆回来之前，她已经在网上租好了一间房子，环境不错，离学校也不远。

颜色深紫、布料厚重的窗帘拉开了，关了许久的窗子打开了，一个难得有阳光的初冬天气。她开始快速收拾，她不想在这里过夜。一个生活了多年的房屋，总会留下太多的东西，日常穿的衣服还好收拾，就是那些日常小零碎，似乎总也收拾不完，很快满身大汗了。

钟叶从冰箱里取出一瓶矿泉水，冰凉冰凉的，拧开瓶盖，“咕咚咕咚”喝下了大半瓶，火烧火燎的心立刻凉了下来。她早已习惯喝冰水，当时连艾瑞克都惊讶她习惯冰水的速度太快了，许多在国外的中国人很多年都无法适应冬季喝冰水的习惯，但令钟叶奇怪的是，她却怎么也不习惯与艾瑞克心灵的契合。如今想来依旧让她感慨。

钟叶没有掀开沙发上的白色遮布，直接坐上去，这段时间她一直在奔忙，去完赣南、又去科隆，几乎没有停下来休息，下一步怎么办，她一直没有静心思考。尽管已经度过内心的苦痛，但面对戈迪亚转达过来艾瑞克的决绝，她放弃了一切可能。分手就分手吧。

在巴黎暖洋洋的阳光下，她又想起赣南的日子、想起波尔舅舅跟她讲的过去的故事，想起哥哥钟铁亮深度昏迷至今没有醒来、至今没有查出病因的现实……她好像觉得自己突然长大了，回头再看过去的一切，觉得自己像是小女孩一样总是纠缠在情感上……她好像看到了更加广阔的世界。

钟叶下意识地从包里拿出阿公的信看起来，她已经看了无数遍，她觉得现在能够面对艾瑞克的不讲情理、面对哥哥突然出现的生命危险，之所以还能镇定下来，就是从阿公的身上吸取了力量。阿公当年面对的情况，远比自己现在面对的现实不知严酷多少，现在自己遇到的这点情况在生死面前又算什么？许多时候，越是简单的道理，却越需要更加沉重的击打，就像任何复杂的道理其实都有着简单的解释一样。

钟叶心情好了起来，她收拾妥当，把所有需要带走的东西都打好了包，日常用品她带走，一些大件东西等待搬运公司给她搬走。

心情开始轻松下来的她，站在镜子前，看见了头上几根非常刺眼的白头发，她用一把小镊子，把那几根白头发全部揪掉了，然后这才拉起两个拉杆箱，离开了这个有着高兴、快乐但更多是有悲伤的地方，她没有回头看一眼，就像艾瑞克对她决绝那样。她发现她和艾瑞克之间，看上去许多非常简单的问题，实际上却有着深层的不可调节的阻隔。

她把几根细长的白头发扔在了这里，她要迎接新的生活。

钟叶的新家在一条安静的小街上。二层楼，但要比国内四层楼还高一些。类似公寓的楼房，一个、一个自由的门洞。她不知道房门是什么木材，但是非常厚重，门面异常光滑，虽然面对大街整日风吹日晒，却没有一点粗糙感，也没有裂纹，一堵墙一样厚重，有这样的大门，感觉心里异常踏实。进门后，左右两边是房间，中间是通向二楼的楼梯，公用面积很小，要是三个人同时站在那块地方，需要彼此保持身体的协调。

钟叶的新家在一楼的左边，宽厚、高大的木质窗户正好临街，白色的纱帘还有晚上睡觉拉上的厚帘。厚帘真厚，像是毛毯一样厚，白天拉上后，会以为是黑夜。窗户外面的街道很清静，尤其是上午时光，几乎看不见人，偶尔看见穿着深色毛呢裙子、方跟皮鞋、戴着羊毛围巾的老妇人，拄着拐杖，慢慢走过钟叶新家的窗前。拐杖和鞋跟敲击块石的地面，发出异常遥远的声音。钟叶向前探了身子，又歪了脑袋，看着老妇人的背影慢慢消失在舒缓坡度的街上。她想多少年以后，她的身影也会这样消失在这条孤独的街道上吗？

在学校担任助教的钟叶，负责的课程不多，她有大把的时间。

这一天，已经下班了，钟叶没有走，在办公桌前翻看在赣南拍摄的照片，她已经冲洗出来，照片摊了一桌子。每一次端详，都会心潮澎湃。

同屋的助教也没走，她是柬埔寨移民第二代，她有一个奇怪的名字，叫“马德望”。在她还没有出生前，她的父母就已经移民法国了，之前是柬埔寨马德望省人，大概是想念家乡，她在法国出生后，父母给她起了这样一个带有乡愁的名字。马德望比钟叶年龄小，同是亚洲人的缘故，与钟叶关系不错，马德望对钟叶的一切都很好奇，钟叶喜欢马德望，两个人在一起的时候就叫她“马姑娘”。

马姑娘看见照片，站在办公桌前一米远的位置，问钟叶能不能看一下她度假的照片？钟叶说，可以呀，这是我的家乡，希望你喜欢。

马姑娘仔细看着那些照片，不住地赞叹，她说她没有回过柬埔寨，只是在网络上看过家乡马德望省的图片。

钟叶度假回来，本是一件私人之事，但是她家乡赣南的照片，经过马德望的介绍，一传十、十传百，学校里的教师还有学生都知道了“中国钟”的家乡是一个神奇的地方，竟然在一条乡间小道的两旁，左边是天主教的教堂，右边就是民间的私人祠堂，特别是那些矗立在乡间田野上的包裹着历史故事的各种神奇的牌坊。许多人都说，“中国钟”的家乡是一个神奇的地方。一个人与上帝共存的乡间。

马德望马姑娘向往自己的故乡，因为无法返回故乡，所以把思乡之情寄托在了钟叶的身上，她反复又热情地劝导钟叶，应该在学校办一个展览。马姑娘兴奋地说，名字我都替你想好了，叫“神之赣南”。

办展览？钟叶没想过。

那么多人好奇、喜欢，为什么不办一个展览呢？马姑娘神情忽然黯淡下来说，我没有回过柬埔寨。我梦里都会想象马德望是什么样子。假如以后有机会回去的话，肯定要拍照很多的照片，让每一个认识我的人都能看到我故乡的样子。

热烈的马姑娘走了，钟叶却再也坐不住了，前不久刚回到巴黎时的郁闷、疲惫、懊恼似乎全跑光了，她看到内心突然出现一派光亮，那种光亮具有强劲的穿透力量，让她看到了前面很远的路。

钟叶觉得真要是办展览的话，不仅要展览照片，还要把阿公的信翻译成法文，让更多的人通过文字和照片，进一步了解中国、了解赣南。凭什么只要让“我”来适应“你们”，也应该让“你们”了解“我”。

钟叶是一个急脾气的人，说干就干，她利用业余时间开始翻译阿公的信，她想好了，既然要办展览，就应该有个展览的样子，要在阿公每封信的下面写出介绍说明，同样每张照片下面也要作相关的说明。这一点也要感谢艾瑞克，要是没有他拍的那些艺术性的照片，肯定无法办展览的。

很快，元旦到了。

那天，钟叶给嫂子打去电话，询问家里的情况，父亲身体状况特别是哥哥的情况。嫂子告诉她，钟铁亮还没有醒来，还躺在医院里，医生讲有可能就这样躺下去了。嫂子忍住哭泣，道，至今不知病因……真要是变成植物人的话，我就把你哥接回家去住，家毕竟比医院好。钟叶安慰嫂子，婉转嘱咐她还是要再找专家，总应该把病因找出来，真要是不治之症，那也就认命了，要是连病因都不知道，还是不甘心呀。嫂子叹了一口气说翻江倒海找着呢，钱多有啥用，再多的钱也不如好身体。钟叶知道嫂子的话，也是着急，她也不能埋怨嫂子什么，这些年这个女人跟着钟铁亮也是不容易，没有钱的忧虑，精神上的紧张更可怕。

钟叶放下电话，心情异常颓丧，她不明白自己当初那个灵隐寺梦境为何与现在哥哥的现实如此相关，哥哥钟铁亮为何要走遍那么多的庙宇，他求佛的目的想得到什么？难道仅仅是金钱？还有自己的孩子？他为什么恰巧倒在了前往灵隐寺的路上？

钟叶又想到阿公，当年阿公想得到什么？是的，年代不同，人的追求可能会有很大的不同。但人活着的意义并没有改变，都是在追求自己的理想。无论哪个时代，生命的意义都是一样的。

那么，我的理想又是什么？我的生命意义又是什么？钟叶问自己。

阿公的信件还有赣南照片的说明做好了，钟叶在忙碌中终于完成了一件大事。她把它们摆在自己房间里，然后站在一个高凳上，俯瞰展览效果。

她看着，那一刻……仿佛回到了赣南。

因为一下子站得高了，原本平视时的感觉突然消失了，又有了新的感觉，有了陌生的激动。她看着、看着，好像看到了数十年前阿公的身影，那么弱小但又那么坚强，一次又一次地死而复生，一次又一次迎接死亡挑战……她眼睛有些模糊了……身子摇晃了一下，重重地摔了下去。

当钟叶醒来的时候，发现自己躺在地上，令她特别奇怪的是，地上那么多凳子、椅子、书桌……她却像蛇一样身体弯曲在一块没有阻挡的地上，没有大碍，只是头碰在了一堆还没有及时放在书架上的书上，也就是脑袋震了一下，暂时“睡”了一会儿，她站起来下意识地用手摸了一下脸，这才发现额头破了，低头再看，是书的边角擦破了她的额头。

钟叶只用了几分钟时间就熟练地包扎好伤口。如此熟练，也是现实的逼迫。

在巴黎上公立医院是一件颇为艰难的事，需要提前预约，等到排上队看病的时候，大概需要两三个月的时间，额头破了，要是排队上医院，估计她的血早就流干了，所以她早就学会了各种简单的急救方法。不仅是创伤，就是一些其他的病，比如感冒、发烧等，她都会有办法解决，最有效的办法就是连续吃上几天维生素 C，然后自己就会好了。这个秘诀也是当初那些留学生告诉她的。

第二天，钟叶额头上还缠着纱布就去找了校方，提出自己要办展览的想法。在学校里办展览要提前向校方申请。钟叶胸有成竹，校方肯定会同意的。因为学校里的教师、学生都可以在校园里自由展示自己，钟叶曾经看过各种稀奇古怪、不可思议的“行为展览”：画在各种生活物品上的涂鸦、男生穿“三点式”踢足球、躺在校园草地上比谁能在太阳下晒得时间更长、倒背女生赛跑等等，钟叶认为自己的展览比那些“行为展览”更加充满内涵。

但是结果很失望，校方不允许钟叶办这个展览。

为什么？钟叶非常疑惑。

钟，你的展览有意识倾向，不合适。校方给出的理由，听上去简单、粗暴。

意识倾向……不合适？钟叶糊涂了，追问道，言论自由、信仰自由、行为自由……所有的自由……都到哪里去了？什么叫“意识倾向”？

代表校方回答钟叶问题的人，是一位高个、银发、赤红色鼻头的老者，他穿着板正的西装，领带就像他的银发一样，一丝不苟，整整齐齐。老者面无表情地看着钟叶，不再做任何解释，只是告诉她“不合适”。钟叶实在不明白，比起那些怪异、没有意义的展览还有行为艺术，她的展览可是规规矩矩的，是一个真正的展览。为什么一个来自中国的照片、信件的展览而被称作“意识倾向”？

为什么？钟叶再次追问。

因为着急，她的整个身体都绷紧了，额头上的白布竟然渗出了红色。

赤红色鼻头的老者依旧面无表情地摇头，随后说他还有其他事情，然后站起身，一副送客的样子。

钟叶僵持了几分钟之后，扭身离开了办公室。

钟叶被气得脑子混乱，当天晚上毫无睡意。她坐在窗户前，望着夜色中的巴黎、望着眼前安静而又陌生的昏暗街道。她觉得法国、德国或是其他欧洲国家，在貌似彬彬有礼的面容下，其实有着太多的不平等，有着某种无法言说的“平等的残酷”，但是那种“残酷”却又被“平等”遮掩了，看上去那样花团锦簇。

她想起波尔舅舅那天带她去东柏林的故事，那件事至今还缠绕在她的心上，她想忘记，却无法忘记。

那天在一条安静的街道上，在许多住户的门前，地面上有一些清晰的铜制标牌，深深地镶嵌在地砖上。有的门前多一些，三四个或是五六个，有的少一些，但也有两三个。那些铜牌上面都是德文，上面有两个日期，都是20世纪20到40年代。这是什么？不懂德文的钟叶问波尔舅舅。波尔舅舅沉吟了一下，这才慢慢告诉她，这些铜牌是纪念“二战”中被纳粹杀害的犹太人。钟叶还是不明白。波尔舅舅继续说，铜牌上的两个日期，分别是死者的出生日期和死亡日期。钟叶更加疑惑了，为什么都要镶嵌在这些房屋前面的地上？波尔舅舅说，因为当年这些房子都是那些被纳粹杀害的犹太人的房子，这里当年曾是高级住宅区，你看，这些房子已经二百年了，依旧没有任何损坏，非常结实，再来二百年也不会倒塌。钟叶回过身子，看着深灰色的厚重无比的建筑。她猜想这些房子的墙壁应该有一米厚，每个门都是厚重的木门，相信子弹也无法射穿。波尔舅舅说，世界上所有人都说德国人认真，是的，希特勒也很认真，所有被抓走的犹太人，都有严格的登记，什么时候抓走的、什么时候关进的集中营、什么时候死亡的，都有严格的登记。“二战”结束后，这些登记表都被盟军收缴、集中。后来“两德”统一了，德国人为了纪念死去的犹太人，为了铭记历史，就在他们当年曾经居住过的房屋前面镶嵌了这样的纪念标牌。钟叶有些感动，她再次弯下腰，看着那些铜牌上的日期，她发现有的日期，也就是两个日期非常接近，仅相差一年多，也就是说那还是个一岁多的孩子。钟叶当时就流下眼泪，她真的感动于德国人对那场战争的忏悔。她蹲在地上，用手抚摸着那些铜牌，就像抚摸死去的魂灵。波尔舅舅拉她站起来，默默地向前走。钟叶擦干眼泪，但她没有走，依旧看着那些闪着亮光的铜牌。波尔舅舅停住脚步，走回来，问目光凝滞的钟叶在想什么？钟叶说，现在这些房子里还有人家住吗？波尔舅舅说，当然有人住。钟叶再问，是那些死去犹太人的后代吗？波尔舅舅说，应该不会吧，都是全家人拉走的，就连襁褓里的孩子都要走。钟叶认真地问，镶嵌这样的铜牌，是为了纪念死去的人，可是活着的人每天出来进去，看着脚下的死魂灵，想着每间房子里曾经的故事……是不是也不好？波尔舅舅疑惑道，钟，你认为不应该纪念？钟叶说，应该纪念，应该永远牢记，但应该采用其他的办法，而不是这样的办法。波尔舅舅似乎不理解钟叶能够产生这样的疑问。钟叶说，每天踩着这样的“纪念牌”进出，住在这里的人会有何种感触？哪怕镶嵌在墙上也好。波尔舅舅摇头，在地上好，看得更加清楚。钟叶不再讲了，她发现这是两种思维，怎么也不能胶合在一起。

钟叶想着波尔舅舅当时颇为奇怪的神情，看着眼下窗外巴黎的夜。是的，钟叶搞不清楚德国人为什么要用这样的方式“纪念战争”，就像不理解法国校方为什么不允许她在学校某间空闲的教室里或是展览馆里摆出来她的纪念品。她的赣南故乡展览，总比男学生穿着“三点式”踢足球更有意义吧？

心情沮丧的钟叶在校园里漫步。

还是一个难得的有阳光的日子。她走，不知道走向哪里。就那样木然地走。在这所没有围墙的校园里，她好像觉得到处都是墙。她现在已经在犹豫，还在这所大学里继续攻读社会学博士吗？学了那么多年，似乎没有掌握多少处世经验，到处碰壁，感觉与这个缤纷的欧洲社会反而离得更远。助教，还要助到哪里去？钟叶似乎没有勇气在这个校园里学下去。

有人向她打招呼。

钟叶恍惚地停下脚步，发现是学校的老师，一个黑头发的犹太女教师，她比钟叶大二十多岁，看上去眉宇间紧锁，似乎总像在思考什么。

钟叶又看见她身上的大号“双肩背”。不管什么时候，哪怕就是散步，她身上也要背上“双肩背”。那里面有各种洗漱用具、各种医疗救治用品，肯定还有全部值钱的家当，也就是说只要这个“双肩背”在身，她完全可以随时踏上漫漫长途。钟叶心里发酸，不知道这样的心理状态，是从什么时候扣压在犹太民族身上的，也有可能是“二战”阴影吧，钟叶从来没有问过这个女教师的情况，但似乎不用问，犹太民族曾经的遭遇已经在多少代人的心里留下可怕的印痕。

钟叶告别犹太女教师，望着女教师沉重的背影。她突然萌生了一个想法，我要回国！当这个想法出现的时候，好像埋藏在心底已经上千年了，再也控制不住了，仿佛波涛翻滚的洪水迅猛袭来，令钟叶不可控制。

我要回国！

我要待在父亲身边，我要唤醒哥哥，我要在阿公生活的故土……做一个悠长的梦。

似乎波尔舅舅永远伴随在钟叶身边，他给钟叶打来电话，想来中国、想到赣南去看看。

你的腿……钟叶想起波尔舅舅不太方便的腿伤。

波尔舅舅笑起来，意味悠长地说，一个人身体是否健康，不在身体，还是在心里，还是在精神上。

钟叶也把自己的想法告诉他，说她想回国。

波尔舅舅沉吟着，钟叶能够听到话筒传来的喘气声，随后轻轻地问钟叶，你能告诉我原因吗？

到了赣南再告诉您。钟叶笑起来，卖了一个关子。

没有想到的是，钟叶向校方提出辞职时，校方却极力挽留她，询问她辞职的原因。钟叶说与校方没有关系，是我自己的原因。

代表校方接待她的，还是那个有着赤红色鼻头的老者，他脸上露出特别遗憾的神情，似乎想要进一步知道具体原因，看得出来不想让她辞职，只是不好直接问她原因。

钟叶特别不能理解，这个曾经毫无表情拒绝她办展览的人，这个用简单粗暴的“不合适”三个字就把她拒绝的人，现在完全换了另外的模样，脸上充满了特别的慈祥。

钟叶带着激动的口吻说了回国的想法。

红鼻头说，你不是刚刚休假回来吗？

钟叶说，我是想回国……发展我的事业。

红鼻头说，听说你下一步还想攻读社会学博士，不读了？

钟叶一点儿都不想隐瞒自己的想法，说她现在暂时不想再读社会学博士了，想要离开学校、为社会做点实实在在的事。

没有想到，红鼻头老者开朗地笑起来，头上稀疏的银发都在抖动。他笑道，钟，我欣赏你的勇气，也欣赏你的才华，不过……还是再考虑一下吧，我觉得你还是狭隘了一些。

钟叶倒是适应了西欧人僵硬的处事习惯，就像面对东柏林地上那些铜制的牌子，除了百感交集又无言可讲。此刻她还不能接受红鼻头的态度转变，还要想听他的解释，她到底哪里狭隘了？

红鼻头说，我赞赏中国的大国情怀，反对美国现在的“美国优先”政策，你也应该呈现阔大的气势。

钟叶眨了眨眼睛，没说话。

红鼻头老者还有事情，站起身，说是希望下次还能再谈。不过最后强调，校方尊重每个人的选择。

刚刚离开红鼻头的办公室，钟叶的手机就响了，原来是嫂子打来的电话，告诉她一个好消息，钟铁亮住的医院与一所医学院共同协助，联合起在医学院的外国访问学者，最后一个凝结着中国、德国、法国、美国等医学专家共同制定的治疗方案出台了。

你哥哥有救了！嫂子激动地几乎喊了起来。

钟叶问嫂子，这是怎样的治疗？请那么多的外国专家，估计要花很多钱吧，当然救人要紧，一定要花！

不花钱！嫂子说得斩钉截铁，那些外国专家医生讲，他们要仿照什么组织，那个组织的名字……好像是……无国界……哦，名字太长，我一下子说不上来了。

无国界医生。钟叶脱口而出。

嫂子应道，对，是这个名字。

钟叶在为哥哥高兴的同时，这个消息也撞击了她，好像让她突然灵魂出窍。她知道“无国界医生”这个组织，这个组织就是20世纪70年代在法国成立的，后来还得过诺贝尔和平奖。这是一个非牟利的团体。既然可以有“无国界医生”，我为什么不能仿效呢？为什么不能有“无国界文化”行动？我可以去中国的赣南乡村，也可以到非洲、到拉丁美洲……这也是社会学组成部分呀！

激动起来的钟叶，决定把自己的想法告诉校方，告诉波尔舅舅，也要告诉马德望马姑娘。她想好了，一旦这个想法付诸实践，第一站一定是故乡赣南，然后是柬埔寨马德望省，再然后就是世界的每个角落……

稍微平静下来的钟叶环顾四周，才发现自己已经走出了校园，走在一条陌生的路上，那条陌生的路离她现在租住的地方好像越来越远。但她一点儿都不害怕，因为将来准备要走的路都会是陌生的路。

她张开双臂，向着巴黎喊起来，向着更远的地方呐喊起来。

2014年3月第一稿

2017年4月第二稿

2017年6月第三稿

图书在版编目（CIP）数据

归故乡 / 武歆著. -- 北京：作家出版社，2018. 3
ISBN 978-7-5063-9996-8

Ⅰ. ①归… Ⅱ. ①武… Ⅲ. ①长篇小说 - 中国 - 当代
Ⅳ. ①I247.5

中国版本图书馆CIP数据核字（2018）第062268号

归 故 乡

作　　者：武　歆
责任编辑：史佳丽
装帧设计：百丰艺术
出版发行：作家出版社
社　　址：北京农展馆南里10号　　　**邮　　编**：100125
电话传真：86-10-65930756（出版发行部）
86-10-65004079（总编室）
86-10-65015116（邮购部）
E-mail:zuojia@zuojia.net.cn
http://www.haozuojia.com（作家在线）
印　　刷：北京明月印务有限责任公司
成品尺寸：152×230
字　　数：235千
印　　张：17.5
版　　次：2018年5月第1版
印　　次：2018年5月第1次印刷
ISBN 978-7-5063-9996-8
定　　价：38.00元
